C'est moi qui éteins les lumières

DU MÊME AUTEUR

Comme tous les après-midi, nouvelles,
Zulma, 2007 ; le Livre de Poche, 2009.

On s'y fera, roman,
Zulma, 2007 ; le Livre de Poche, 2008.

Un jour avant Pâques, roman,
Zulma, 2008 ; le Livre de Poche, 2010.

Le Goût âpre des kakis, nouvelles,
Zulma, 2009. Prix Courrier international
du meilleur livre étranger 2009.

ZOYÂ PIRZÂD

C'EST MOI QUI ÉTEINS LES LUMIÈRES

Roman

Traduit du persan (Iran) par Christophe Balaÿ

« À LA MÉMOIRE DE ZULMA
VIERGE-FOLLE HORS BARRIÈRE
ET D'UN LOUIS »
TRISTAN CORBIÈRE

ZULMA
122, boulevard Haussmann
Paris VIIIe

Titre original : *Cheragh-ha ra man khamush mikonam*

Cette histoire n'est pas réelle. Les personnages et les événements sont purement fictifs.
Si l'époque est plus ou moins repérable, certains lieux ont été modifiés.

Le traducteur remercie ses amis Zoyâ Pirzâd et Amir Moghani
pour leurs lectures attentives du texte français.

Ouvrage traduit le concours du Centre national du Livre.

C'est moi qui éteins les lumières
a été publié sur le conseil de Patrick de Sinety.

Z

Pour Shasha et Shervin

Je remercie Shahin Lotfollahi, Mahjabin Homayounpour, Minou Vasefi et surtout Armen Khatchatourian et Tanaz Vasefi pour m'avoir raconté l'Abadan de jadis.

Zoyâ Pirzâd

I

J'entendis freiner le car scolaire, puis grincer le portillon métallique de la cour. Des bruits de pas dans l'allée, au milieu de la pelouse : inutile de consulter la pendule, il est quatre heures et quart de l'après-midi.

La porte d'entrée s'ouvrit. Je m'essuyai les mains à mon tablier. « On enlève sa blouse, on se lave les mains et la figure, on ne jette pas son cartable dans le couloir ! » Je glissai une boîte de mouchoirs en papier au centre de la table, puis, bifurquant vers le réfrigérateur pour y prendre le lait, je constatai qu'ils étaient quatre, debout dans l'encadrement de la porte de la cuisine. « Bonjour ! Vous ne m'aviez pas annoncé de visite ! Pendant que vous enlevez vos blouses, je prépare le goûter de votre amie. » Dieu merci, ils n'en avaient amené qu'une. J'observai la fillette qui dansait d'un pied sur l'autre entre Armineh et Arsineh. Elle était plus grande que les jumelles. Entre les deux visages aux joues rouges et replètes, le sien paraissait pâle et maigrichon. Armen se tenait légèrement en retrait ; il regardait les longs cheveux de la fillette en mâchant son chewing-gum. Sa chemise blanche sortait du pantalon, les trois boutons du haut défaits. Comme d'habitude, il avait dû se bagarrer. Je mis un quatrième couvert en me disant, pourvu que je ne sois pas encore convoquée à l'école.

Armineh se dressa sur la pointe des pieds et posa une main sur l'épaule de la fillette. « On a fait connaissance avec Émilie dans l'autobus. »

Arsineh caressa les cheveux d'Émilie. « Ils viennent tout juste d'emménager au G4. »

Je pris un autre petit pain dans la corbeille. Comment n'avais-je pas remarqué ce déménagement ? Le pavillon G4 était en face du nôtre, de l'autre côté de la rue.

Armineh me coupa dans mes réflexions : « Ils ont emménagé hier.

— Pendant qu'on était au club », ajouta Arsineh.

Elles se retournèrent ensemble vers la fillette. Comme d'habitude, la poche de la blouse d'Armineh était déchirée. « Avant, le G4, c'était la maison de Sophie. »

Nul besoin de regarder pour savoir que la poche de la blouse d'Arsineh était déchirée elle aussi. « La maman de Sophie, c'est Tante Nina. »

Le col blanc d'Armineh était dégrafé. « Oncle Garnik, c'est le père de Sophie. » Arsineh dégrafa son col. « Ce qu'il peut être amusant ! Pas vrai Armineh ?

— Il nous fait mourir de rire ! » répondit Armineh en secouant la tête énergiquement.

Je déboutonnai le col de leur chemisier tout en observant la fillette qui ne prêtait guère attention aux jumelles. Elle regardait partout d'un air furtif, les mains croisées dans le dos. Ses lèvres étaient d'un rose vif, comme si elle s'était mis du rouge à lèvres. Je coupai en deux le quatrième petit pain en répétant : « On se lave les mains *et* la figure. »

Quand les enfants furent sortis, mon mauvais côté commença à me torturer. Qu'est-ce que cette fillette peut bien regarder comme ça ? La saleté ? La cuisine lui paraît-elle laide, ou bizarre ? Mon bon côté reprit vite le dessus : ta cuisine est peut-être en désordre, mais sale, certainement pas ! Et puis l'opinion d'une petite fille, ça ne compte pas vraiment.

Après avoir mis le fromage sur le beurre, je posai le sandwich sur la quatrième assiette en promenant mon regard sur les fleurs séchées, les pots de faïence des étagères, les guirlandes de piments rouges, les tresses d'ail qui pendaient au mur. Mon bon côté me rassura : on ne voit rien de tout ça dans les autres cuisines, il n'y a que dans la tienne. Toi, tu y tiens beaucoup. Ta mère, ta sœur et tes amies ont beau se moquer de toi en prétendant que la cuisine de Clarisse est une vraie cabane de sorcière tout droit sortie du conte de Hansel et Gretel, tu ne changeras pas ton style à cause du qu'en-dira-t-on ; tu ne vas pas déprimer pour si peu ; il ne faut pas... J'aperçus le pot de fleurs sur le rebord de la fenêtre : il fallait changer la terre.

Armen revint à la cuisine avant les filles : il s'était lavé les mains et la figure, il avait mouillé ses cheveux pour les plaquer, une mèche pendait sur son front, il avait passé sa chemise noire préférée, celle avec le motif de bélier aux longues cornes. Mes conseils répétés semblaient avoir porté leurs fruits. Mon fils de quinze ans apprenait enfin à se tenir propre ! Il fallait absolument que ma mère voie ça !

Je lui versai un verre de lait. « J'aimerais bien que Nanny te voie !

— Qu'elle voie quoi ? » répondit-il en prenant le verre.

Je m'assis en face de lui, les mains sous le menton. « Que son petit-fils se coiffe et s'habille, et pas uniquement pour aller au club ou chez les autres ; qu'il est devenu obéissant et impeccable même à la maison ! » J'esquissai un geste pour lui caresser la joue mais il retira brusquement la tête. « Ne fais pas ça ! Tu me décoiffes ! » Ma main resta un instant en suspens. Je pris la salière sur la table pour me donner une contenance.

Arsineh et Armineh arrivaient en tenant Émilie par la main. « Viens, n'aie pas peur, viens donc ! »

Émilie me regarda. Ses yeux brillaient comme deux grosses billes noires. « Entre, Émilie ! » lui dis-je en souriant. Armen se leva de table pour lui offrir une chaise. J'en étais bouche bée ; cela n'avait jamais fait partie du programme !

Armineh et Arsineh se parlaient comme toujours en se complétant l'une l'autre : « Émilie est arrivée à Abadan avec son père et sa grand-mère. On aimerait bien avoir des cheveux aussi lisses qu'elle.

— Émilie a trois ans de plus que nous.

— Avant, elle allait à l'école à Masjed-Soleyman.

— Émilie est allée à l'école à Londres.

— Et puis à Caculta.

— Pas Caculta, espèce d'idiote ! Calcutta », dit Armen en riant.

Les jumelles firent semblant de ne pas entendre :

« Maman, tu as vu comme les mains d'Émilie sont blanches ?

— Comme celles de Raiponce. »

Armen pouffa de rire, tout en surveillant Émilie du coin de l'œil. Cette fois, les jumelles se fâchèrent. Mais avant que la dispute n'éclate, j'expliquai que Raiponce était la poupée d'Arsineh.

« On le lui a déjà dit dans l'autobus », coupa Armineh qui me tendit son verre vide après avoir avalé sa dernière gorgée de lait.

Arsineh mordit dans son sandwich et ajouta, la bouche pleine : « C'est pour ça qu'elle est venue…

— Pour jeter un coup d'œil à la petite Raiponce ; du lait s'il te plaît ! »

Pendant que je lui versais son lait, je dis à Arsineh : « On ne parle pas la bouche pleine ! »

Armineh but une gorgée. « Sans quoi, Émilie n'est pas du genre à venir chez les autres si on ne l'a pas invitée…

— Et puis elle se ferait gronder par sa grand-mère… »

Elles regardèrent toutes les deux Émilie. « Oh ! » s'écrièrent-elles en même temps. Armineh avait une écume blanche autour de la bouche.

Je pris un mouchoir en papier dans la boîte : « Tiens, essuie-toi les lèvres. » Je me tournai vers Émilie : « Tu as bien prévenu ta grand-mère au moins ?… »

Le bruit de la sonnette la fit sursauter.

J'entendis sonner à nouveau dans l'entrée. J'enjambai les cartables pour aller ouvrir.

Là où j'attendais un visage, je ne vis personne. Je dus franchement baisser la tête pour l'apercevoir. Elle était petite, vraiment petite. Elle devait m'arriver à la taille. Elle portait une sorte de blouse à fleurs ; sa taille était prise dans un châle noir. Autour du cou, trois rangs de perles. Une grenouille coassait sur la pelouse tandis que la petite femme s'était presque mise à crier : « Émilie est-elle chez vous ? »

Je fus un peu saisie. « Ah ! Ces enfants, dis-je, ils n'écoutent jamais ce qu'on leur dit.

— Elle n'est donc pas ici ? reprit-elle les doigts crispés sur son collier.

— Si ! Elle est là, dis-je alors qu'elle s'apprêtait à repartir. Je viens juste de me rendre compte qu'elle était venue sans prévenir. Vous avez dû vous faire du souci !

— C'est une petite sotte ! dit-elle, lâchant son collier et fermant les yeux.

— Je comprends. À votre place, j'aurais été aussi inquiète que vous. Mais entrez donc ! »

Elle rouvrit les yeux, releva la tête et me regarda

fixement, comme si elle venait de s'apercevoir de ma présence. Puis, d'une main nerveuse, elle rajusta son chignon : « Excusez-moi, cette petite sotte me fait perdre la tête. » Je remarquai qu'elle avait des cheveux complètement blancs. « Elmira Simonian, dit-elle en me tendant la main. La grand-mère d'Émilie. »

La grenouille invisible poussa un deuxième cri. Cette fois-ci, une autre lui répondit plus bruyamment encore. J'étais embarrassée. Était-ce l'extrême petite taille de la vieille dame ? Ou le collier de perles à quatre heures de l'après-midi ? Ou encore le châle de laine par ces chaleurs ? Peut-être aussi le ton très protocolaire. Ou tout simplement les coassements de ces maudites grenouilles. Je ne m'étais pas encore habituée à leurs mines et à leurs cris, même au bout de toutes ces années passées à Abadan. Je lui tendis la main, après l'avoir essuyée à mon tablier : « Clarisse Ayvazian. » Pourquoi m'étais-je mise à parler comme cet être minuscule ?

Elle me serra la main si fort que mon alliance m'écrasa les doigts. « Les Ayvazian de Jolfa[1] ? » me demanda-t-elle en plissant les yeux. Autour de ses yeux, des rides traçaient des lignes égales, comme si on les avait hachurées avec application. « Pourquoi ne mets-tu pas ton alliance à l'annulaire gauche comme tout le monde ? » me répétait ma mère.

1. Quartier arménien d'Ispahan.

« Ayvazian est le nom de famille de mon époux, répondis-je. Les Ayvazian de Tabriz. Ma mère est née à Ispahan ; Archalous Veskanian, vous la connaissez ? » Ma sœur se moquait toujours de moi : « Comment les gens ne comprennent-ils pas que Dame Clarisse n'est pas une femme comme les autres ?! »

D'une main, elle rajusta sa coiffure. « Si je savais son petit nom, je la situerais probablement. Il y a longtemps que je n'ai pas été à Jolfa. »

Je répondis dans le vague. En général les surnoms que les Arméniens de Jolfa se donnent ne sont pas très gentils. Mon grand-père était surnommé Misak-Grande-Gueule. Je n'avais aucune envie que cela se répande. Fort heureusement, ma petite voisine ne semblait pas particulièrement attendre de réponse. Elle trépignait d'impatience : « Appelez Émilie, s'il vous plaît, je n'ai pas que ça à faire.

— Entrez, je vous prie, lui dis-je en m'effaçant. Elle est en train de goûter avec les enfants.

— Elle goûte ? » s'écria-t-elle en se retournant, les doigts à nouveau crispés sur le collier de perles.

Cette fois, je n'entendis aucune grenouille, ce qui ne m'empêchait pas d'être très gênée quand même. « Je leur ai préparé un sandwich avec du beurre et du fromage accompagné d'un verre de lait. » Pourquoi fallait-il que je me justifie ?

Elle baissa les yeux tout en observant ma petite croix en pendentif. « Elle n'aime pas le fromage. Il lui faut du lait chaud ; avec deux cuillerées de miel ! » s'exclama-t-elle.

J'eus comme le sentiment d'avoir administré le mauvais remède à un malade. Avant que j'aie eu le temps de dire ouf, elle entra, fit trois bonds pour éviter les cartables et atteignit la cuisine. Je la suivis en repoussant les cartables du pied.

Émilie était appuyée contre le mur. La pression de son corps gracile froissait la gravure de Sayat Nova. Le poète semblait tourner la tête vers Émilie ; comme si elle était la belle Güzel de la chanson. La grand-mère se mit carrément à hurler : « Si je ne t'avais pas aperçue par la fenêtre, il m'aurait encore fallu faire le tour de la ville pour te courir après ! »

Les jumelles la regardaient bouche bée. Armen fixa la petite femme d'un air goguenard. Je crus qu'il allait éclater de rire. Pour détourner son attention et me donner une contenance, je dis à Émilie : « Pourquoi ne m'as-tu pas dit que tu n'aimais ni le fromage ni le lait froid ? » Tous les yeux fixèrent le verre et l'assiette vides ! J'adressai un regard gêné à la grand-mère : « Ah ! Ces enfants, quand ils sont entre eux… »

Sans la moindre attention à ce que je disais, elle se jeta sur Émilie. « Avance ! » L'enfant sortit de la cuisine en courant comme un lapin fuyant devant le chasseur.

Je refermai la porte en les observant à travers le voilage. Quand elles furent arrivées au bout de l'allée, de l'autre côté du massif de delphiniums, la grand-mère leva la main pour administrer une gifle retentissante à sa petite-fille. J'arrangeai les plis du voilage. En longeant l'entrée, j'espérai que les enfants n'avaient pas vu leur petite camarade recevoir sa correction.

Dans la cuisine, Armineh était debout sur une chaise, le ventre en avant, criant à Arsineh : « Avance ! » sous les éclats de rire des deux autres. Je ne pus m'empêcher de rire moi aussi. Armineh n'était guère plus petite que madame Simonian et son imitation était géniale, comme d'habitude.

2

C'était toujours la même odeur qui se dégageait de la chambre des jumelles : une odeur douce, une odeur de sommeil, « une odeur de riz d'enfant » comme disait Artosh ; une odeur qu'avait perdue depuis longtemps la chambre d'Armen.

Sous la housse du piano, je retrouvai l'ours en peluche d'Armineh que je glissai dans ses bras. On l'appelait Ishy, Dieu sait pourquoi. Armineh ne pouvait s'endormir sans le serrer contre elle mais un soir sur deux, on ne le retrouvait plus. Je redressai les longs bras et les jambes maigres de la poupée blonde d'Arsineh avant de la lui donner ; elle s'appelait Raiponce comme l'héroïne du conte de la princesse aux cheveux d'or. En voulant tirer les rideaux, je trébuchai sur quelque chose ; je ramassai le yoyo en bois. Aux jumelles qui me suppliaient de leur raconter une histoire je répondis que j'étais fatiguée, que je n'avais pas le courage. En revanche, je leur promis que le lendemain matin, elles pourraient cueillir des fleurs dans le jardin pour madame Mania, leur maîtresse préférée ; à condition qu'elles n'écrasent pas toutes les autres. Je déposai le yoyo dans la caisse à jouets, tirai les rideaux, les embrassai toutes les deux en leur souhaitant bonne nuit. Puis j'entrai dans la chambre d'Armen qui feuilletait une revue dans son lit.

Je ramassai par terre le pantalon bleu marine et la chemise blanche de son uniforme que je pendis dans le placard. Je voulais ranger son bureau mais il prit une mine renfrognée. Assise sur le bord du lit, je regardai le grand poster en couleurs d'Alain Delon et Romy Schneider fixé au mur avec des punaises. Au bas de la photo, on avait ajouté en grosses lettres calligraphiées : « Les éternels fiancés, joyeux Nowrouz de la part du *Téhéran illustré.* » Romy Schneider avait un regard froid éclairé d'un pâle sourire. J'avais envie, d'un revers de la main, de dégager la mèche de cheveux qui tombait dans les yeux d'Alain Delon et je souris en me souvenant de la phrase d'Armen : « Tu me décoiffes ! » Je lui répétai doucement, pour la millième fois, que ce n'était pas une plaisanterie très amusante de cacher les jouets de ses sœurs et qu'en outre, il valait mieux éviter de traiter sa sœur d'idiote devant tout le monde. Quand il en eut assez de m'écouter, il tira le drap sur sa tête en disant : « Bon ! Bon ! Bon ! »

Je n'eus pas sitôt fermé la porte que les jumelles m'appelèrent : « Ma... Ma ! » J'y retournai. Elles étaient assises en tailleur dans leur lit, vêtues du pyjama à carreaux jaunes et rouges que je leur avais acheté quelques semaines plus tôt au bazar des Koweïtiens.

« Pourquoi la grand-mère d'Émilie... », commença Armineh, en se cachant derrière Ishy, « ... est si petite ? » compléta Arsineh.

Chaque soir, c'était un nouveau prétexte pour ne pas dormir. « Demain ! leur dis-je. Demain, je vous raconterai tout ce que vous voudrez. Maintenant dodo ! »

Armineh enleva Ishy de devant sa bouche. « Juste une histoire ! »

La main sur l'interrupteur je répétai : « Qu'est-ce que j'ai dit ? Demain soir. Je suis fatiguée.

— Juste une toute petite histoire ! » reprit Arsineh en penchant la tête de côté. Armineh l'imita : « Une toute toute petite ! »

Je les regardai, dans leurs petits lits jumeaux, avec leurs draps, leurs oreillers et leurs pyjamas copies conformes. Comme d'habitude, je craquai et d'un air faussement irrité, je précisai : « Bon ! Mais alors, une toute toute petite.

— Ouah ! gémirent-elles de plaisir, en se glissant

tout excitées sous les draps.

— Il était une fois deux sœurs qui se ressemblaient parfaitement : les yeux, les sourcils, le nez, la bouche, le cartable, le casse-croûte pour la récréation. Un beau jour, ces deux sœurs… »

Les jumelles raffolaient de ces histoires que j'inventais et dont elles étaient les héroïnes. J'en étais encore aux premières péripéties que déjà leurs paupières étaient closes. J'en arrivai à la conclusion traditionnelle : « Trois pommes du ciel sont tombées.

— Une pour qui a raconté, dit Armineh, à moitié endormie.

— Une autre pour qui a écouté, continua Arsineh en bâillant.

— Et la dernière…

— Pour les enfants sages du monde entier ! » fîmes-nous en chœur toutes les trois.

J'éteignis la lampe en sortant. Dans l'entrée, je remis en place le napperon sur la table du téléphone. D'ici un an ou deux, les jumelles me laisseraient tranquille avec ces histoires ; tout comme Armen. J'aurais du temps pour faire ce dont j'avais envie. Quoi donc ? demanda mon côté critique. Je n'en sais rien, répondis-je un peu inquiète en refermant la porte.

À la télévision il y avait un documentaire sur la raffinerie. Artosh lisait son journal, installé dans le canapé, jambes allongées sur la petite table. Je m'assis à côté de lui. Pendant quelques minutes, j'admirai les pipe-lines, les derricks et les ouvriers casqués. Les pages du journal se tournaient l'une après l'autre avant de tomber par terre. Je me baissais pour les ramasser. « Tu ne regardes pas l'émission ? C'est un reportage sur ta raffinerie.

— Je la vois du matin au soir ! » grommela-t-il.

Je lus les gros titres du journal : visite imminente de l'ambassadeur d'Union soviétique à Abadan, vote de six projets de loi à la Chambre, construction de logements ouvriers à Pirouzabad, inauguration de la nouvelle piscine dans le quartier Segoush de Bereym. Je repliai la feuille de journal. En quoi toutes ces nouvelles ennuyeuses pouvaient-elles bien intéresser Artosh ? Mon côté critique se réveilla pour susurrer : primo ça concerne son travail, deuxio, c'est comme ça depuis le début. Je me souvenais de nos fiançailles à Téhéran. Combien de fois avais-je accompagné Artosh aux réunions de l'Institut irano-soviétique – Voks comme on l'appelait – et comme j'avais pu m'y ennuyer ferme !

Je me levai pour éteindre le téléviseur et me dirigeai vers la fenêtre. Au clair de lune la haie de buis dessinait une ligne précise autour du jardin. La veille, Agha Morteza les avait taillés. Il avait aussi tondu la pelouse. Je lui avais apporté du sirop de griottes. En me remerciant, il s'était plaint de la Compagnie des pétroles : depuis six mois qu'il avait obtenu sa promotion, la direction du personnel n'avait pas encore signé l'attestation. Il m'avait priée d'en parler à Artosh pour qu'il intervienne. « Quoi qu'on dise, monsieur l'Ingénieur fait partie des cadres. Nous, les ouvriers, on ne nous écoute pas. » Et puis était arrivée la sempiternelle question : « Pourquoi monsieur l'Ingénieur ne s'installe-t-il pas à Bereym ? Monsieur Hakopian, qui a un *grade*[2] inférieur, y a pris une maison. » Je lui avais fait la même réponse qu'à ma mère, à ma sœur et à mes amies : « Les *grades* supérieurs ou inférieurs n'ont pas la moindre importance, les quartiers se ressemblent tous et nous sommes très heureux dans cette maison… » Une fois de plus, Agha Morteza m'avait écoutée en hochant la tête, tout en essuyant les lames de ses cisailles à son bleu de travail qui flottait sur ses jambes. Je tâtai les rideaux de la fenêtre en essayant de me rappeler quand je les avais lavés pour la dernière fois. Puis je me rappelai la promesse faite à Agha Morteza de demander à Artosh…

Une autre page du journal se tourna. « Il y a droit. Il en fait plus que bien des cadres de la Compagnie. » Artosh prononçait toujours le mot « cadre » avec une ironie mêlée d'indignation. « Demain, fais-moi penser d'en parler à madame Nourollahi pour qu'elle me rappelle de téléphoner à la direction du personnel. »

Je me retournai vers la fenêtre en fredonnant. « Notre maître avait un valet qui avait un valet qui… » Madame Nourollahi était la secrétaire d'Artosh.

De l'autre côté de la rue, une des pièces du pavillon

2. En anglais dans le texte.

G4 était éclairée. Je ne pouvais rien voir très précisément depuis l'endroit où je me trouvais, mais vu que toutes les maisons de Bavardeh nord se ressemblaient, j'en déduisis que ça devait être le salon. Outre la ressemblance, il y avait aussi le fait que j'étais souvent allée dans cette maison. À l'époque où Nina et Garnik y habitaient. Artosh n'aimait pas beaucoup Garnik, ce qui n'avait rien d'étonnant car il n'aimait presque personne. Le plus étonnant était que sur ce point, ma mère et son gendre fussent du même avis.

La première fois qu'Artosh et Garnik s'étaient mis à parler politique, cela avait duré deux heures. Quand Garnik était sorti, Artosh s'était écrié : « Si tant est que le parti Dashnaksyoun ait été progressiste, c'est bien fini. Je n'arrive pas à comprendre pourquoi Garnik soutient encore ces Dashnaks.

— Moi, je comprends très bien, avait dit ma mère. À Jolfa, le père et l'oncle de Garnik passaient pour des bouffons. Son oncle était surnommé Arshak-Gros-Rire. »

Artosh avait été un peu étonné par une conclusion aussi extravagante, mais n'en avait rien laissé voir. Quand ma mère était partie, je lui avais expliqué : des années auparavant, mon père avait un ami, membre du parti Dashnaksyoun, qui était lui aussi très bouffon. Ma mère n'aimait pas cet ami de mon père, ce qui n'avait rien d'étonnant, puisqu'elle n'aimait aucun des amis de mon père.

J'observai la fenêtre du G4. Jusqu'à six mois de

cela, quand Nina et Garnik y habitaient encore, certains matins j'allais chez Nina, ou bien l'inverse. On bavardait ensemble en prenant le café. Quelqu'un se rapprocha de la fenêtre. Je ne vis qu'une silhouette. À la taille, je savais que cela ne pouvait pas être Émilie, encore moins sa grand-mère. C'était donc probablement son père.

Je me souvins de cette soirée où Nina nous avait invités, dans ce même salon. C'était un dîner froid, selon la formule de Nina. Ma mère avait fait cette réflexion : « Ce n'est pas bon pour la santé de ne manger que des saucisses et ce genre de cochonneries. » Garnik avait éclaté de rire : « C'est quoi un bon ou un mauvais repas, madame Veskanian ? Un bon visage, de bons sentiments et voilà ! Ma femme réussit à nous faire manger du pain et du fromage en nous faisant croire que c'est du *tchelow-kebab*[3]. Quand l'intention y est et qu'on vous fait bonne figure, c'est comme si on vous donnait des vitamines. » Il avait éclaté de rire en passant le bras par-dessus l'épaule charnue de Nina qui était écroulée de rire. Ma mère avait fait la grimace. « Les innocents ! s'était-elle écriée le lendemain. Ils sont bien assortis. »

Pour moi, rien n'importait moins que de savoir si Garnik était partisan des nationalistes ou bien – comme disait Artosh quand il était excité – qu'il ne comprenait pas que la cause des Arméniens était

3. Riz et grillades.

liée, comme le reste du monde, au parti Khalq. Il m'importait aussi peu que Nina soit brouillonne et si mal organisée, comme disait ma mère, que chez elle une vache n'y trouverait pas son veau. Ce qui m'importait c'était que Nina et Garnik étaient toujours heureux ensemble et qu'ils ne montraient jamais le moindre signe de désaccord. Un jour qu'on prenait le café ensemble, la conversation avait roulé sur les disputes entre Artosh et Garnik, Nina m'avait dit : « Si tu veux mon avis, ils disent tous les deux des imbécillités. Moi, je dis toujours à Garnik qu'il a raison. Toi aussi, tu devrais dire à Artosh : "Bien sûr mon chéri, c'est toi qui as raison." » Elle avait ri en avalant une gorgée de café et en se renversant sur le dossier de sa chaise. « Les hommes sont persuadés que s'ils ne parlent pas politique, ils ne sont pas tout à fait des hommes ! »

Je m'appuyai au cadre de la fenêtre en songeant combien les rires de Nina me manquaient. Demain, il fallait que je lui téléphone pour prendre de ses nouvelles. La lampe du salon du G4 s'éteignit. Je me remémorai cet après-midi, le mince visage apeuré d'Émilie. La fillette n'avait pas prononcé un seul mot.

Toujours tournée vers la fenêtre, je dis : « Nous avons de nouveaux voisins à la place de Nina et Garnik. » Bruits de papier journal qui se froisse : « Hum !... »

Je pensai aller arroser la pelouse et les massifs de fleurs mais, me souvenant que les lumières du jardin étaient en panne, je me ravisai, de peur de mettre le pied sur une grenouille ou un lézard. Il faudrait que je téléphone au service de la Compagnie pour qu'ils m'envoient un réparateur. Je tirai le rideau et vins me rasseoir à côté d'Artosh. « Les Simonian, tu les connais ? » Bruits de papier journal : « Émile Simonian ? » Je ramassai une chaussette sale qui était restée sous le coussin du fauteuil. Elle était à Armen. « Je ne connais pas son prénom. » Soudain, je réfléchis qu'il s'agissait peut-être de lui puisque la fillette s'appelait Émilie. Une autre page du journal se tourna : « Il a été muté chez nous après Masjed-Soleyman. Sa femme est morte. Il vit avec sa mère et sa fille. Ce sera sans doute mieux que Garnik ! » Je regardai le journal, attendant la suite.

Celle-ci ne venant pas, j'allai m'asseoir dans le fauteuil de cuir vert à côté de la fenêtre, chaussette à la main. Pendant un moment j'écoutai ronronner le climatiseur. Puis, sur les rayonnages près de la fenêtre, je pris un livre que m'avait expédié la veille de Téhéran monsieur Davtian, le propriétaire de la librairie Araxe. C'était un ouvrage de Sardou. Comme tous les livres qui venaient d'Arménie soviétique, la couverture de celui-ci était mal imprimée et piètrement illustrée : un homme vêtu d'une cape noire, portant un bouc, tourne le dos à une jeune femme agenouillée. Cette chaussette, dans ma main, m'agaçait. Je la fourrai dans la poche de mon tablier.

La main et la chaussette s'immobilisèrent dans ma

poche. Je me souvenais du jour où j'avais dit à ma mère et à ma sœur Alice : « J'ai horreur des femmes qui s'imaginent qu'en gardant leur tablier du matin au soir, elles se montrent davantage femmes d'intérieur. Ce qui compte le plus, c'est de rester propre et bien habillée. » Je me croyais sarcastique. Ma mère s'habillait encore en noir, des années après la mort de mon père. Elle ne se teignait pas les cheveux. Et ma sœur n'avait pas d'égale en matière de négligence et de désordre. Ma mère avait froncé les sourcils : « Eh bien quoi ? On ne ferait les choses que pour soi ? s'était-elle écriée ironiquement. Pourquoi donc pinces-tu les lèvres chaque fois qu'Artosh ne remarque pas ta nouvelle robe, ta nouvelle coiffure, ou les fleurs sur la table ? Est-ce que je mens ? Dis-moi si je mens ! » Alice avait renchéri dans l'ironie : « Toi et ta manie de l'ordre et de la propreté, qu'est-ce que ça te rapporte de plus ? » Après leur départ, je m'étais interrogée, qu'est-ce que cela me rapportait ? Je m'étais fait cette réponse : « Je n'en sais rien. »

Je retirai la main de la poche de mon tablier et reposai le livre sur l'étagère. J'étais fatiguée. Je n'avais pas la force de lire. Artosh jeta son journal sur la table avant de se lever. Il s'étira en bâillant : « C'est toi qui éteins la lumière ? » Le journal tomba par terre. Je regardai Artosh. En dix-sept ans, il avait pris vingt kilos. Ses épais cheveux frisés s'étaient clairsemés et aplatis. Sa petite barbe taillée en bouc qui faisait que dans son dos Alice le traitait de « professeur », n'était plus aussi noire. Comme il a changé ! me dis-je. Mais moi aussi, j'ai dû changer. « Je t'ai demandé si c'était toi ou moi qui éteignais la lumière ?

— Euh, c'est moi », répondis-je précipitamment.

Je me levai en ramassant le journal, défis mon tablier et me dirigeai vers la porte pour éteindre la lumière du salon.

3

Après avoir bu sa dernière gorgée de café, ma mère retourna sa tasse sur la soucoupe. Pendant un bref instant, elle plissa les yeux en pinçant les lèvres plus que d'ordinaire. Elle regardait droit devant elle, comme pour mieux réfléchir. « Tu as dit qu'elle était toute petite ? Et mignonne ? »

Je découpai une tranche de *gata*[4] salé pour la poser dans une assiette. « Mignonne ? Je t'ai dit qu'elle avait au moins soixante-dix ans. »

Elle haussa le menton en fronçant les sourcils. « Bon et alors ? D'ailleurs, si c'est bien elle, elle a plus de soixante-dix ans. Quand je portais encore des socquettes, madame arborait déjà toutes sortes de chapeaux à large bord… »

4. Petit-four arménien.

Je remarquai son nez. « Mère, ton nez ! »

Elle avait un grand nez. Quand elle buvait son café, la tasse laissait des traces sur le bout du nez.

Elle porta vivement la main à ce nez. « … Plus sept rangs de perles autour du cou ; elle sillonnait la rue Nazar à bord d'une voiture décapotable…

— C'est elle qui conduisait sa voiture ?

— Tu n'arrêtes pas de me couper la parole, dit-elle furieuse. Non ! Elle avait un chauffeur. »

J'examinai le pot de fleurs sur le rebord de la fenêtre. J'aurais dû demander à Agha Morteza de changer la terre. Tout en regardant les fleurs, je pensais à madame Simonian. « Oui, elle a dû être mignonne dans sa jeunesse : des pommettes bien dessinées, de grands yeux noirs et… » Un joli petit nez, ajoutai-je pour moi-même. Sur la photo de mariage de mes parents, dans son cadre en argent, ma mère n'avait pas ce grand nez.

Ma mère prit un morceau de *gata* dans l'assiette et dit : « Délicieux ! »

La main sous le menton, je l'observai.

Il y avait toujours quelques *gatas* salés pour accompagner les livres que monsieur Davtian envoyait de Téhéran. Je me souvenais qu'Artosh m'avait demandé un jour comment Davtian savait que j'aimais les *gatas* salés. Avant même que je trouve quoi répondre, ma mère avait déclaré : « Ce n'est pas pour Clarisse qu'il les envoie, c'est pour moi. Quand nous étions à Téhéran pour Nowrouz, j'ai accompagné Clarisse à sa librairie. Il nous a offert le café et des *gatas*. Je lui ai dit que je n'avais pas une minute à moi et pas le temps de lire mais qu'en revanche je raffolais des *gatas* salés. Depuis, chaque fois qu'il envoie des livres à Clarisse, il y ajoute des *gatas* pour moi. » Elle avait dit cela en riant aux éclats. Artosh l'avait regardée d'un air étonné. Moi, j'avais baissé la tête. Je ne sais plus si j'étais gênée à cause du gros rire de ma mère ou bien parce que je n'avais pas eu la présence d'esprit de dire que monsieur Davtian m'offrait toujours le café et savait depuis longtemps que j'aimais les *gatas*.

Ma mère humecta son doigt pour ramasser les miettes de *gata* dans l'assiette. Puis elle prit un mouchoir en papier dans la boîte, le plia en quatre sur la table et y appuya plusieurs fois la tasse renversée. Le bord de la tasse imprima plusieurs cercles bruns sur le mouchoir de papier. « C'est sûrement elle, Elmira Haroutounian, la fille d'Haroutounian le négociant. Elle a épousé Vartan Simonian qui avait une maison de négoce en Inde. Elle avait hérité un joli paquet de son père auquel est venu s'ajouter la fortune de son mari. Dans Jolfa elle était connue sous le nom d'Elmira la Fatale. » J'éclatai de rire.

Ma mère se renfrogna. « Il n'y a pas de quoi rire. C'était justifié. Quand elle est née, sa mère est morte en couches. Quelques années plus tard, sa nurse s'est jetée par la fenêtre dans le jardin. »

J'allais emmener les tasses à café quand elle m'arrêta. « Attends, je n'ai pas lu l'avenir. » Elle regarda vers la fenêtre. « La veille de son mariage, son père s'est empoisonné. Il est mort quelques jours plus tard. On a dit que c'était le gâteau de mariage. Mais pourquoi lui seulement ? Tout le monde y avait goûté...

— Encore les mêmes ragots des Arméniens de Jolfa ! Ce n'était peut-être pas le gâteau. C'était peut-être un infarctus ou bien... »

Ma mère prit ma tasse à café et la renversa plusieurs fois sur le mouchoir en papier. « Après son mariage, elle a suivi son mari en Inde d'où elle est revenue à Jolfa quelques années plus tard avec son fils. Son mari avait été assassiné. On racontait que le meurtrier était un des domestiques indiens. Puis on a perdu sa trace pendant quelques années. Elle était partie en Europe, disait-on. Quand elle est réapparue à Jolfa, son fils était déjà grand. Elle lui cherchait une femme. Dans Jolfa le bruit a couru que le fils était atteint d'une maladie incurable. Sinon, pourquoi n'aurait-il pas pris femme là où il était ? Ensuite, j'ai entendu dire qu'il avait épousé une Arménienne de Tabriz. Les Arméniens de Tabriz ne sont pas très malins. »

Elle prit sa tasse à café pour observer attentivement les figures confuses tracées par le marc de café. « Hum ! Oh ! » fit-elle plusieurs fois. Elle hocha la tête un moment avant de reposer la tasse sur la table : « Il n'y a absolument rien. » Puis elle prit la mienne.

Je bénissais le ciel qu'Artosh ne fût pas là pour

l'entendre parler ainsi des Arméniens de Tabriz. Le jour où j'avais annoncé que je voulais épouser Artosh, sa première question avait été : « C'est un Arménien de quelle région ? » Quand je le lui avais appris, elle s'était écriée : « Quoi ? Un de ces Arméniens qui se croient sortis de la cuisse de Jupiter ? » Si mon père n'était pas intervenu avec fermeté – car il lui était indifférent de savoir si c'était un Arménien de Jolfa, de Tabriz ou de Mars – notre mariage n'aurait peut-être pas eu lieu.

Je regardai ma tasse entre les mains osseuses de ma mère. C'était une petite tasse blanche à fleurs roses. La peau des mains était fripée, couverte de veines bleues et proéminentes : « Et alors, demandai-je, que s'est-il passé ensuite ? »

Elle releva la tête. « J'ai entendu dire que sa bru était devenue folle et qu'on l'avait envoyée à Namagard. Elle est morte là-bas. Regarde, il y a un cyprès dans ta tasse ! » L'évocation de Namagard m'attrista.

Ma mère reposa la tasse sur la table avant de se lever. « Le cyprès, c'est le signe du changement. Peut-être monsieur l'Ingénieur a-t-il décidé de faire honneur à la Compagnie des pétroles et d'accepter une maison dans Bereym. Ta femme arabe, elle aussi, finira par habiter Bereym et vous, vous resterez plantés dans ce fichu quartier de Bavardeh. »

Je commençai à débarrasser les tasses. « Ma femme arabe ? »

Elle chassa de sa jupe noire d'improbables miettes de *gata*. « Cette femme au teint basané qui surgit comme par magie pour ramasser les herbes et les branches de buis chaque fois qu'Agha Morteza vient faire le jardin.

— Tu veux parler de Youma ? » Je me mis à rire en songeant à l'installation de Youma à Bereym, elle qui vivait probablement dans le quartier arabe.

« Oui, c'est ça, Youma. Quel nom ! Je t'ai déjà dit cent fois de ne pas la laisser entrer dans la maison. Toi-même tu dis que les enfants en ont peur. Ils ont bien raison. Avec ces dents irrégulières et ces tatouages sur le visage ! Et elle est pire que moi à porter constamment du noir. »

Elle avait raison. Youma était toujours vêtue de noir. Elle était toujours en deuil de quelqu'un. Je posai tasses et sous-tasses dans l'évier. « Ils n'ont pas vraiment peur. Une fois seulement quand Armen a prétendu l'avoir vue manger un moineau vivant !

— Cela n'aurait rien d'étonnant », dit ma mère en passant la lanière de son sac noir sur l'épaule.

Depuis combien d'années traînait-elle ce sac avec elle ? Combien de fois la lanière s'était-elle rompue et l'avait-elle recousue ? Combien de fois lui avais-je répété : « Tu ne crois pas que le moment est venu d'en acheter un neuf ? » Combien de fois m'avait-elle répondu : « Si j'avais voulu m'acheter des sacs et des chaussures comme toutes les bonnes femmes, ni toi ni Alice ne seriez allées jusqu'à la licence ! » Je n'avais pas non plus cessé de lui expliquer que le diplôme d'anglais que j'avais obtenu à la Compagnie des pétroles n'était pas une licence et que si Alice avait obtenu sa licence d'infirmière assistante en chirurgie en Angleterre, c'était grâce à une bourse de la Compagnie.

Dans l'entrée, ma mère passa un doigt sur la table du téléphone. « Tu n'as pas fait le ménage ?

— Si, répondis-je, en fixant du regard son sac noir, huit fois avant-hier, hier seize, aujourd'hui trente-deux. » Je levai les yeux et lui fis la grimace.

« Ne fais pas la sotte, dit-elle la main sur la poignée. Tu sais bien que dans cette ville pourrie, tu auras beau passer le chiffon dix fois, cela ne suffira pas. Je vais au *Store*. Ils viennent de recevoir des chocolats. » Elle dut lire de l'étonnement dans mes yeux car elle ajouta aussitôt : « Je sais, traite-moi d'idiote, pourtant… » Elle poussa un grand soupir, lâcha la poignée, remit en ordre les plis du voilage. « Alice est souffrante. Tu sais bien… » Puis elle retira soudain sa main et se tourna vers moi. « Je t'en supplie sur l'âme de ton père, fais attention à ne pas dire des choses qui la feraient enrager. Tu n'as besoin de rien que je te ramène du *Store* ? » Je lui dis que je n'avais besoin de rien et la priai de ne pas acheter de chocolats pour les enfants.

Quand la porte s'ouvrit, la chaleur et l'odeur du trèfle pénétrèrent dans la maison. « Ne sors pas, dit ma mère. C'est une vraie fournaise, pire que l'enfer. »

Elle sortit en écartant le voilage que je retins d'une main, appuyée de l'autre au chambranle de la porte. Elle s'arrêta au milieu de l'allée, se baissa pour cueillir une fleur dans le massif. Puis se releva péniblement avant de s'éloigner. Elle ouvrit le portillon en fer, le referma derrière elle et s'en alla en direction de la station de bus. Je me souvins que l'été où nous étions allés à Namagard, elle marchait d'un pas vif.

4

Je m'assis sur le perron pour admirer les massifs de fleurs de part et d'autre de l'allée. De chaque côté, c'était une profusion d'œillets, verveines, mufliers, delphiniums et pétunias qu'Agha Morteza avait plantés. Je regardai l'ombre que projetait le saule sur la balancelle en fer. Il y avait trois arbustes au milieu de la pelouse dans la cour. Youma les appelait *van*, madame Rahimi de la bourrache et Alice était convaincue qu'elles se trompaient toutes les deux et que c'étaient en vérité des arbres de Judée. Les jumelles ne prêtaient pas la moindre attention à ces querelles de linguistes et appelaient le premier « l'arbre d'Armineh », le deuxième « l'arbre d'Arsineh ». Le troisième était plus petit que les deux autres. Agha Morteza avait beau s'escrimer à lui mettre du fumier, il donnait toujours moins de fleurs.

Le nom du troisième arbuste dépendait de qui était l'ami des jumelles. À l'époque où Nina et Garnik étaient nos voisins, c'était « l'arbre de Sophie », la fille de Nina et Garnik. Le jour où Sophie avait cassé la radio transistor Ringoring des jumelles, et qu'elles s'étaient fâchées, l'arbuste était resté quelques jours dans l'anonymat, jusqu'à ce que Tigran, le fils de Nina et Garnik, répare la radio. L'arbre prit alors le nom de Tigran. Avant Sophie et Tigran, on avait eu une Élise, la fille de la voisine de maman et Alice ; Tanaz, enfin, qui vivait deux rues plus loin. Elle avait appris aux jumelles comment lire l'avenir avec les delphiniums. Le jour où Tanaz était partie définitivement pour Téhéran, Armineh et Arsineh avaient pleuré et avaient plusieurs jours de suite essayé de lire l'avenir dans les delphiniums pour savoir quand leur amie reviendrait. Depuis quelques jours l'arbuste était devenu l'arbre d'Émilie.

« Alice ne va pas bien, tu sais… » Bien sûr que je savais. Et je savais pourquoi. La semaine précédente, une des infirmières arméniennes qui travaillait sous la direction de ma sœur et dont Alice estimait que c'était la plus laide, la plus inculte et la plus demeurée que Dieu ait jamais créée, avait épousé un docteur arménien qu'Alice, avec un sourire imperceptible et le regard perdu dans le vague, avait souvent qualifié de « l'homme le plus beau et le plus intelligent que j'aie jamais vu ». Le fait qu'Alice considérât tout mariage comme une insulte personnelle était relativement secondaire dans cette affaire. L'essentiel, c'était que depuis quelque temps ma sœur chuchotait parfois : « J'ai l'impression que je plais au docteur Artamian » et que précisément, au moment même où elle avait acquis la conviction que le beau et intelligent docteur allait l'inviter à dîner, elle reçut le carton d'invitation à son mariage.

« Fais bien attention de ne rien dire qui pourrait la fâcher. » Au moment où, du bougainvillée qui recouvrait le mur de la maison, une fleur tomba sur la marche, un souvenir me vint à l'esprit.

Il y avait une douzaine d'années de cela. Alice voulait jouer avec mes cailloux à *ye ghol do ghol*[5] et je refusais de les lui donner. Elle criait, pleurait, ma mère m'avait grondée : « La pauvre enfant va s'évanouir à force de pleurer. Donne-lui ces maudits cailloux. Toi, tu es plus grande, cède-lui. » Je ne cédai pas. Alors ma mère avait crié à mon père : « Une fois au moins, dis quelque chose. Je n'en peux plus des disputes de ces deux-là ! » Mon père nous avait regardées toutes les trois un instant puis il avait replié lentement son journal, s'était levé, m'avait pris des mains les cailloux que j'avais ramassés un à un depuis des mois, les avait donnés à Alice et m'avait envoyée me coucher sans souper. Il s'était rassis et avait repris son journal. Alice avait fait la grimace, ma mère avait

5. Jeu d'enfant avec des cailloux ronds.

repris son tricot et moi, je m'étais endormie en pleurant. Quelques jours plus tard, quand j'avais réclamé mes cailloux à Alice, elle avait haussé les épaules, prétendant qu'elle les avait perdus. Environ un mois plus tard, ma mère avait ramassé les cailloux qu'Alice avait semés un peu dans tous les coins et les avait déposés sur ma table de nuit. Puis, un matin, avant de partir au bureau, mon père avait plongé la main dans la poche de son imperméable, en avait sorti cinq billes identiques et me les avait mises dans la main sans un mot. Moi j'avais apporté tous mes cailloux à Alice en lui disant : « Ils sont à toi. Papa m'en a trouvé d'autres. » Alice avait fait de petits yeux : « *Ye ghol do ghol* est un jeu pour les petits enfants. Moi je fais la collection de posters d'artistes. »

« Je t'en supplie, sur l'âme de ton père… » Je ramassai sur la marche la fleur pourpre du bougainvillée et la fis tourner dans ma main. Pourquoi ma mère jurait-elle sur l'âme de mon père ? Comment savait-elle ?

Un autre souvenir. C'était l'anniversaire de la mort de mon père. Nous venions juste de rentrer de l'église. Ma mère et Alice discutaient entre elles, assises à la table de la cuisine. Moi, j'allais ramasser le linge sec sur la corde dans l'arrière-cour. J'étais encore tout étourdie de l'odeur des cierges et de l'encens, et engourdie à force de pleurer. « Ce n'était la faute de personne. N'accuse personne en vain. Ce n'était probablement pas ton destin », disait ma mère à Alice. « La faute de personne ? avait crié Alice en colère.

Alors, sa garce de sœur débarquée de Téhéran comme la mort subite pour dissuader son frère, elle a joué quel rôle ? » Mon panier vide à la main, je pensais au rosier que j'avais planté sur la tombe de mon père l'été précédent. Est-ce que les employés du cimetière penseraient à l'arroser ? Tout en réfléchissant aux roses sur la tombe de mon père, je lâchai sans réfléchir : « Il n'est pas mauvais de savoir reconnaître ses erreurs et ses défauts. Prétendre à une bague en diamant de trois carats… » Alice ne m'avait pas laissé finir ma phrase. « Et quels sont mes défauts pour ne pas prétendre à une bague en diamant ? Serais-je d'une mauvaise famille ? N'aurais-je pas fait d'études ? Sans doute, comme je suis un peu enrobée, contrairement à toi qui n'as que la peau sur les os, je devrais épouser n'importe quel grincheux ou incapable comme monsieur le Professeur ? Sans doute devrais-je m'abaisser comme toi à accepter une misérable alliance en or qui ne vaut même pas trois sous ? Eh bien non, ma chère ! Je vaux bien plus que ça ! En fait, tu étais jalouse de moi quand tu étais toute petite. Et tu l'es encore. Mets-toi bien ça dans la tête, si j'avais voulu épouser un mari comme le tien, je me serais déjà mariée vingt fois. » Je posai mon panier par terre et me retournai vers ma sœur. Je ne sais plus si j'étais pâle, ou bien si j'avais rougi, ou bien s'il y avait quelque chose dans mon regard qui fit qu'Alice me regarda, puis regarda mon panier, puis se tourna vers ma mère en disant : « Qu'est-ce qu'il y a ? Je n'ai rien dit de mal ! » Je laissai Alice et ma mère dans la cuisine et sortis avec mon panier vide dans l'arrière-cour. Chaque fois que j'allais à Téhéran, je plantais un rosier sur la tombe de mon père. Chaque fois, je faisais promettre aux employés du cimetière de bien l'arroser, mais chaque fois ils oubliaient et la fois suivante, je plantais un nouveau rosier. Je regardai le linge sur la corde : les chaussettes de mon fils, les sous-vêtements identiques de mes jumelles, les chemises d'Artosh, les draps et les taies d'oreiller. Je ramassai mon linge pièce par pièce, le pliai, le posai dans le panier et regardai la corde vide que j'avais tendue entre le jujubier et le mur de la cour. Les branches de l'arbre bougèrent et quelques fruits mûrs tombèrent. Pourquoi n'avais-je pas rappelé à Alice la comédie qu'elle avait faite quand j'avais épousé Artosh ? Quel beau rouge que ces jujubes ! pensai-je. Pourquoi ne lui avais-je pas rappelé toutes les allusions et les sous-entendus qu'elle avait faits, soit devant moi soit par-derrière, après mon mariage ? Elle disait : « Artosh, c'est moi qu'il voulait épouser quand Clarisse est arrivée comme un cheveu sur la soupe. » Au lieu d'un rosier que personne ne songeait à arroser, c'était un jujubier que j'aurais dû planter sur la tombe de mon père. Je me dis que dès que je verrais Agha Morteza, je lui demanderais où l'on en trouvait des plants. Peut-être était-ce une plante sauvage. Est-ce que cela s'acclimaterait à Téhéran ? Ce n'était pas sûr. Je n'en avais jamais vu avant de venir habiter Abadan.

Alice et ma mère se disputèrent jusqu'au moment de partir. Ce soir-là, quand j'eus couché les enfants, lavé la vaisselle et rangé la cuisine, je m'assis dans un fauteuil du salon. Je mangeai un à un les fruits du jujubier, en me souvenant de mon père qui avait l'habitude de dire : « Ne discute avec personne, ne critique personne. Sois d'accord avec tout ce qu'on te dira et lave-t'en les mains. Quand on te demande ton opinion, on s'en moque, tout ce que les gens veulent, c'est que tu sois d'accord avec eux. Il est inutile de discuter avec qui que ce soit. » Je mangeai mes fruits en me disant : tu avais raison, il est inutile de discuter, et je promis à mon père de ne plus jamais discuter ce que me dirait Alice et d'approuver tout ce qu'elle ferait. En mangeant mon dernier fruit, je pensai : dommage que mon père ne soit pas là, il aimerait certainement.

La fleur pourpre du bougainvillée s'était fanée dans ma main. Une grosse grenouille sauta hors du massif. Elle atterrit pile en face de moi et me regarda fixement. Je me levai et rentrai. En refermant la porte derrière moi, je dis tout haut : « Je sais, il faut que je me taise, que je me contente d'écouter. Et toi, tu sais que pendant une semaine au moins tu devras t'abstenir de grogner sur la boulimie et l'obésité d'Alice. » Chaque fois que ma mère se plaignait de l'obésité de ma sœur, celle-ci réagissait en plaisantant, mais quand elle n'allait pas bien, elle se mettait à crier : « Pourquoi tu ne me laisses pas tranquille ? Ai-je des raisons d'être heureuse ? Je suis grosse et après ? Pour qui devrais-je mincir ? Quel petit ami ? Quel mari ? Quels enfants ? » Alors ma mère était obligée de lâcher prise et de ressortir la boîte de chocolats Cadbury, ceux qu'Alice ne cessait d'acheter et ma mère de cacher. Si, comme ces jours derniers, la situation empirait, elle allait lui en acheter elle-même en se traitant d'idiote. Je passai la main sur la table du téléphone. Ma mère avait raison. Si la porte restait ouverte plus de deux minutes, la poussière s'accumulait dans la maison.

Je passai mon tablier et avant d'ouvrir le robinet au-dessus de l'évier, j'examinai ma tasse à café. Je n'y vis pas la moindre trace de ce qui pouvait ressembler à un cyprès !

5

J'ouvris les rideaux de la chambre des jumelles et je rajustai les dessus-de-lit en patchwork. C'est ma mère qui les avait cousus avec tous les bouts de tissus collectionnés pendant des années. Le jour où, après des mois de travail, les dessus-de-lit furent terminés, les jumelles les examinèrent pour voir s'ils avaient le même nombre de carreaux. Au pied de chaque lit était posée une paire de pantoufles. Les deux paires étaient rouges avec des pompons jaunes. Dans cette chambre où tout était en double, seules les deux poupées ne se ressemblaient pas. Une fois, je leur avais demandé pourquoi elles voulaient que toutes leurs affaires soient identiques. Elles s'étaient consultées avant de répondre. Armineh avait parlé la première : « C'est sans doute parce que... » Arsineh avait poursuivi : « ... sans doute parce que nous ne sommes jamais séparées. » Elle avait passé un bras autour du cou de sa sœur. Mais lorsque je les interrogeai pour les poupées, elles se regardèrent avant de me répondre : « Nous n'en savons rien ! »

Je rangeai la chambre en me disant que ce serait bien de pouvoir conserver cette intimité avec les enfants quand ils auraient grandi. Je pliai le pyjama d'Arsineh avant de le glisser sous l'oreiller. Je pensais encore à Alice et moi. Quand nous étions gamines, laquelle des deux était la plus coupable ? Je posai Ishy sur le lit d'Armineh. Moi aussi je tourmentais Alice. Je pris sur le lit la poupée noire qu'elles appelaient Tom. C'était, parmi toutes les autres, celle dont elles prenaient le plus de soin. « Il ne faudrait pas qu'il croie qu'on l'aime moins parce qu'il a la peau noire » disaient-elles. Je me souvins du jour où par méchanceté j'avais enseigné une table de multiplication erronée à Alice et de toutes les fois où j'avais refusé de l'aider à faire ses rédactions. Je reposai Tom dans le berceau des poupées. Au moment où le berceau se balança, je me souvins de la promesse que j'avais faite à mon père et je me répétai : « Chaque fois qu'Alice dira quelque chose, je lui donnerai raison. » On sonna à la porte.

J'ouvris la porte et à la hauteur où je m'attendais à voir quelqu'un je ne vis personne. Cette fois-ci, je baissai la tête beaucoup plus rapidement que la fois précédente.

Elle portait un chemisier blanc, col fermé, et une jupe noire. Et par-dessus son chemisier, le même collier de perles que la veille. Elle avait mis des bas de nylon et j'avais chaud rien qu'en les voyant. Un bref coup d'œil sur ses escarpins noirs vernis me permit de calculer qu'elle devait faire du trente de pointure, comme les jumelles. Elle me tendit un paquet : « Un cake aux griottes, fait maison. »

Je l'invitai à passer au salon. Elle baissa les yeux en levant la main gauche : « Non, ceci n'est pas une visite officielle. En fait, je suis venue pour vous faire mes excuses. » Elle releva les yeux. « Pour ma conduite d'hier. » Elle me mit le paquet dans les mains en se dirigeant vers la cuisine.

Sans me laisser le temps de fermer la porte pour la suivre, elle s'assit à la table de la cuisine. Ce jour-là, elle portait deux bagues : une pierre verte et une grosse pierre brillante que je supposai être un diamant. Si Alice avait été là, elle aurait certainement su. Après les chocolats et les gâteaux, ou à égalité, ma sœur raffolait des bijoux.

Ma petite voisine observait les choses autour d'elle.

« Quelle belle cuisine ! Comme elle est *originale* ! »

Sans même regarder, je devinais que ses pieds ne touchaient pas le sol.

Je pris sur une des étagères un plat rond, cadeau rapporté par Alice de son dernier voyage en Angleterre. J'ouvris le carton, dégageai le papier pour faire glisser le gâteau sur le plat. Je posai carton et papier sur la banque et le plat sur la table.

« Quel gâteau magnifique ! Pourquoi vous êtes-vous donné toute cette peine ?

— Félicitations ! » fit-elle avec un sourire en coin. Elle ajouta en voyant mon regard étonné : « Toutes les Arméniennes à qui j'ai apporté un gâteau l'ont servi sur le papier du dessous. »

Elle préféra le thé au café. Elle y versa du lait et remua. Le cake aux griottes était beau en apparence mais pas si bon que cela.

« Quel délicieux gâteau ! lui dis-je.

— Non, il n'est pas très bon, je n'avais pas de vanille. »

Elle remuait son thé. Je cherchai un sujet de conversation. Je commençai par la chaleur et l'humidité d'Abadan mais pour ma voisine, tout cela n'était rien en comparaison de l'Inde. Le bruit de la cuillère contre la tasse commençait à m'énerver. Je me demandais ce qui pouvait l'intéresser. Mon regard tomba sur la corbeille au milieu de la table. Il contenait encore quelques œufs de Pâques. « Emportez donc quelques œufs peints pour Émilie », lui dis-je en lui tendant le panier.

Elle finit par reposer sa cuillère à côté de la tasse. Elle prit un œuf, le fit tourner dans sa main : « Vous les avez peints vous-même ?

— Oui, enfin non, on a fait ça avec les enfants. »

Elle reposa l'œuf dans le panier. « Ce genre de choses n'intéresse pas Émilie.

— Pourtant, les enfants aiment bien les œufs peints. »

Comme si elle avait reçu une injure, elle déclara : « Émilie n'est pas une enfant. Certes, elle fait parfois des choses étranges mais... ce n'est pas une enfant. Elle a son caractère. »

Je décidai de ne plus ouvrir la bouche. Quand elle eut fini son thé, elle se mit à parler. Elle commençait une phrase sur deux par « lorsque j'étais à Paris » ou « l'année où je vivais à Londres » ou bien « ma maison de Calcutta ». Pourtant, sans savoir pourquoi, j'avais l'impression qu'elle ne cherchait pas à se vanter, au contraire d'Alice dont la vantardise était une grande spécialité.

Elle se leva subitement, me remercia pour « mon aimable hospitalité » et se dirigea vers la porte : « Je vous attends pour dîner jeudi soir. Les enfants pourront jouer ensemble, votre mari et vous-même pourrez faire la connaissance de mon fils Émile. »

Elle ne se soucia même pas de savoir si nous étions libres ce jeudi-là.

6

Devant Alice et ma mère, Artosh manifesta la même grogne que les jours précédents. « C'est la première et la dernière fois. Et pas de mondanités. Je ne mets pas de cravate. »

Alice sortit de son sac en rotin un carré de chocolat dont elle défit le papier d'argent. Elle avala le chocolat et jeta le papier d'argent sur la table de la cuisine. « C'était une émeraude ? demanda-t-elle la bouche pleine. Elle l'a sûrement rapportée d'Inde. »

Ma mère repoussa bruyamment sa chaise et se leva. « À mon avis, tu dois rester dans les strictes limites de la sociabilité, dit-elle en ramassant le papier pour le jeter dans la poubelle. Cette femme n'avait pas très bonne réputation dans Jolfa.

— En quoi cela concerne-t-il son fils ? » dit Alice.

Mon regard croisa celui de ma mère. « Nous voilà encore avec un célibataire ! » dut penser ma mère aussitôt.

Arsineh se précipita dans la cuisine. « On a perdu la robe rouge de Raiponce. » Elle se tourna vers ma mère. « Tu sais, la robe plissée que tu lui avais cousue. » Elle trépignait. « Si on ne la retrouve pas, Raiponce ne pourra pas venir à la soirée. Et si Raiponce ne peut pas venir, nous ne venons pas non plus, Armineh et moi. »

La main sur la hanche, elle fixait Armen du regard, prêt depuis une heure. Il avait mis sa chemise à motif de bélier avec un jean délavé que j'avais voulu jeter plusieurs fois mais sans autre succès que de lui faire pousser des cris et d'essuyer un refus. Au début il faisait reluire ses chaussures avec le chiffon à poussière en crachant dessus. Mais j'avais fini par obtenir, grâce à mes supplications, qu'il utilise le chiffon réservé à cet usage, avec de l'eau.

« Ce n'est pas une mauvaise idée, dis-je, si on ne retrouve pas les habits de Raiponce, Armen restera lui aussi à la maison. »

Tous les regards étaient fixés sur lui. D'abord, il se tourna vers moi, puis vers Arsineh. Il semblait hésiter à poursuivre la plaisanterie. Il se traîna vers la banque où il ouvrit la boîte à thé dont il sortit la robe de la poupée. Arsineh poussa un pfff et, lui arrachant la robe, se précipita dehors. Je savais que ma mère et Alice allaient éclater de rire devant la farce d'Armen, ruinant par avance toutes mes remontrances ultérieures.

« Va dans notre chambre, lui dis-je, ton père a oublié sa cravate. »

Artosh laçait ses souliers. « J'ai dit que je ne mettrais pas de cravate. »

Je fis discrètement signe à Armen d'y aller. Au moment où Armen sortait, ma mère s'écria : « Quel merveilleux garçon ! Je me demande de qui il tient cet humour.

— De sa tante », répliqua Alice en riant.

Elle se tourna vers Artosh. « Quelle est sa profession, dis-tu ? »

Quand Artosh répondit qu'il était ingénieur logisticien, Alice mit dans sa bouche un deuxième chocolat. « Ingénieur logisticien ? Mmm ! fit-elle en regardant le pot de fleurs sur le rebord de la fenêtre.

— La voilà encore à manger des chocolats comme une goulue ! » se mit à crier ma mère.

Cette fois-ci ce fut moi qui ramassai le papier d'argent sur la table, étonnée de ce que ma sœur pût éprouver, selon son expression, quelque *interest* pour un homme déjà marié avec enfant. Ma mère remit sur le tapis la question de la mauvaise réputation de madame Simonian à Jolfa. J'espérais qu'elle ne répéterait pas tout ce qu'elle m'avait raconté quelques jours auparavant.

Artosh nettoyait ses chaussures avec la serpillière de la cuisine. Je lui donnai le chiffon à chaussures. Il le prit : « Ce que les gens de Jolfa ont bien pu raconter ou racontent encore n'a pas d'importance. Je ne supporte pas ces commérages de voisinage et ces obligations mondaines. »

Alice, la main sous le menton, contemplait toujours le pot de fleurs. « Les émeraudes d'Inde sont réputées », dit-elle en sortant un chewing-gum de son sac.

Je me regardai une dernière fois dans la glace de l'entrée, me demandant si mon chemisier sans manches n'était pas trop décolleté, la jupe pas trop serrée…

Alice et ma mère allèrent vers la porte. Ma mère me jaugeait du regard. « On y va. Tu aurais pu jeter un châle ou quelque chose sur tes épaules.

— Vous voulez qu'Artosh vous raccompagne ? » demandai-je.

Alice fit une bulle avec son chewing-gum et la laissa éclater. « Non ! Nous allons marcher. On n'en a plus que pour quatre ou cinq mois. Car dès que j'aurai ma titularisation… » Elle regarda Artosh qui s'escrimait avec sa cravate devant la glace. « Dès que j'aurai ma titularisation, mon cher beau-frère devra prendre la peine de nous raccompagner à la maison avec sa voiture dernier cri ! » Elle me regarda en riant. « On ne pourra pas marcher depuis Bavardeh jusqu'à Bereym ! Au revoir ! À propos, ton chemisier bâille un peu. Au revoir les enfants ! » Je refermai la porte derrière elles en poussant un ouf de soulagement.

7

C'est Émilie qui ouvrit la porte.

Elle portait une robe blanche à manches ballon, des chaussures et des socquettes blanches. Elle avait attaché ses couettes avec un large ruban blanc. J'eus l'impression que c'était comme une plume blanche qui s'envolait subitement devant nous.

« Oh, Émilie ! dit Armineh.

— Tu es comme un ange », dit Arsineh qui lui mit Raiponce dans les bras.

La robe rouge de la poupée semblait maintenir Émilie au sol.

« Qu'elle est mignonne ! » me susurra Artosh à l'oreille.

En attendant les maîtres de maison, j'inspectai les lieux. L'entrée, qui était la copie de la nôtre, me parut plus grande. Peut-être parce que hormis la table du téléphone, il n'y avait pas de meubles. J'étais en train de me dire intérieurement : « Ils viennent juste d'emménager. Ils n'auront pas encore eu le temps d'installer le mobilier » quand madame Simonian et son fils apparurent dans l'entrée.

Nous fûmes tous très étonnés par madame Simonian, mais ce n'était pas tant à cause de sa petite taille que de sa robe de soie noire, si longue qu'elle tombait jusqu'à terre. Elle portait aussi une grosse broche sur la poitrine et une paire d'imposantes boucles d'oreilles. Les trois rangs de perles de son collier étaient si grands qu'ils pendaient jusqu'à sa large ceinture dorée. « Un vrai sapin de Noël ! » chuchota Arsineh. Le coup que je lui donnai lui fit rentrer son rire ainsi qu'à sa sœur.

Madame Simonian tendit la main à Artosh. Elle ajouta en lui serrant la main : « Elmira Haroutounian-Simonian. Bienvenue ! » Puis, toujours tournée vers nous, elle fit un signe vers l'arrière : « Je vous présente mon fils, Émile Simonian. » Je n'avais jamais vu ce genre de présentation formelle, à part au cinéma.

Émile Simonian était aussi grand que moi, ce qui était étonnant, car j'étais plus grande que la plupart des hommes de ma connaissance, excepté Artosh qui avait la même taille que moi, quand je portais des chaussures à talons plats. Je ne sais si j'en portais pour ne pas paraître plus grande que mon mari, ou bien parce que j'étais plus à l'aise ainsi. Je tendis la main à Émile Simonian. J'avais bien fait d'obliger Artosh à mettre une cravate.

Émile Simonian, dans son costume bleu marine, avec sa cravate grise et ses yeux verts, me sourit. Je tendis la main vers lui ; il tendit la sienne vers moi. Mais au lieu de me serrer la main, il se courba pour me faire un baisemain. Artosh toussa légèrement tandis que les jumelles regardaient d'un air ahuri ma main puis la tête d'Émile Simonian couverte d'épais cheveux brillants et soigneusement peignés. Je ne me souviens plus très bien laquelle dit la première : « Comme c'est drôle ! » et l'autre : « Comme au cinéma ! »

J'espérais que la transpiration n'avait pas fait d'auréoles sous mes bras. Armen, lui, ne voyait rien. Je n'eus même pas le temps de me demander à quoi il pouvait encore rêver.

Quand Émile Simonian se redressa, Armen serrait la main d'Émilie. Artosh écarquilla les yeux. Chaque fois que nous lui répétions qu'il était un grand, et qu'il devait saluer comme les grands, il se contentait de hausser les épaules et ne serrait la main de personne.

« Tu as beaucoup manqué à Raiponce, dit Arsineh à Émilie.

— Beaucoup », insista Armineh.

J'offris mon petit bouquet de roses à madame Simonian.

Elles venaient du rosier que j'avais planté dans mon jardin. Malgré toute la méfiance d'Agha Morteza qui me répétait : « Sauf votre respect, madame, je ne crois pas qu'il fleurisse beaucoup », il s'était couvert de fleurs la semaine précédente.

Madame Simonian respira le parfum des roses. Sans un remerciement. Avec un demi-sourire elle indiqua le salon.

Le salon, lui aussi, me parut plus grand que le nôtre.

Les fauteuils métalliques et la table de salle à manger pour six qui étaient installés de part et d'autre de la pièce faisaient partie du mobilier que la Compagnie attribuait à chaque famille s'installant à Bavardeh. La plupart, comme nous, préféraient acheter un mobilier de meilleure qualité. Il n'y avait pas de rideaux aux fenêtres. Des bouts de fil pendaient à l'endroit des appliques.

« On va dans la chambre d'Émilie », firent les jumelles d'une seule voix.

Armen, qui mourait d'envie de les suivre, dansait d'un pied sur l'autre. J'étais sûre qu'en lui disant de rester, je le ferais partir.

« Toi, reste avec nous », lui dis-je.

Il suivit les jumelles avec un haussement d'épaules. « Pourvu qu'ils ne nous fassent pas de dispute avant une demi-heure ! » me disais-je.

Madame Simonian respira encore une fois le parfum des roses avant de se diriger vers une armoire qui occupait pratiquement la moitié du mur. Elle était faite d'un bois sombre, munie de deux portes ornées de glaces marquetées. Au centre de chaque porte, une petite niche avait été pratiquée, dans laquelle était posé un chandelier à plusieurs branches munies de bougies blanches. Cette armoire imposante détonnait dans l'ensemble du mobilier. Madame Simonian ouvrit une des portes et prit un vase de cristal. Les glaces étaient entourées de marqueterie délicate à motifs de fleurs et d'oiseaux. À mon avis, l'armoire devait provenir d'Inde. Émile Simonian nous invita à nous asseoir.

De ce côté de la pièce, totalement coupé de l'autre, j'observais madame Simonian. Elle remettait le vase de cristal dans l'armoire et y prenait un vase en porcelaine rouge. En fermant la porte, elle se tourna vers moi. « La couleur de celui-ci s'harmonise mieux avec celle des fleurs. » Je ne sais pas ce qu'elle lisait dans mon regard, mais elle me sourit : « Cette armoire vous plaît, n'est-ce pas ? Elle est de facture anglaise, fin XVIIIe siècle. » Puis, elle tendit le vase : « Émile ! »

Son fils se leva, prit le vase, sortit par la porte qui, je le savais, donnait sur la cuisine. « S'harmonise ? » Il y avait longtemps que je n'avais pas entendu ce mot compliqué en arménien. À sa place, j'aurais plutôt dit : « va bien avec ». Sa robe noire et ses bijoux allaient sans doute encore mieux avec l'armoire – « s'harmonisaient » mieux – qu'avec le reste du mobilier.

Dans un coin de la pièce trônait un piano noir. Le couvercle du clavier était relevé. Les touches blanches viraient au jaune. Quelques partitions étaient posées sur le pupitre. J'étais assise loin du piano. Je ne pouvais lire le titre des œuvres.

Madame Simonian tenait les fleurs devant elle en me regardant avec le même demi-sourire : « Vous avez trouvé un bien beau ruban pour ce bouquet ! » Du coin de l'œil j'aperçus Artosh qui se trémoussait dans son fauteuil.

Cet après-midi-là, j'avais noué et dénoué plusieurs fois le ruban rouge autour des roses jusqu'à ce que le nœud me convienne. J'avais chaque fois la même hésitation quand je faisais un cadeau à quelqu'un. « Quelle patience ! me disait Artosh quand il me voyait faire. Qui fait attention au ruban ? » C'était la première fois que quelqu'un y faisait attention.

Émile Simonian revint avec le vase rempli d'eau. Sa mère le plaça sur la table de la salle à manger en y disposant les roses une à une. Pendant qu'Artosh et Émile parlaient de la chaleur, j'observais les mains de madame Simonian. Le rouge du vase correspondait exactement à celui des roses dans l'unique lumière de l'ampoule nue qui pendait au bout d'un long fil accroché au plafond, à côté du ventilateur. Ma voisine enroula le ruban autour du vase en rajustant les boucles puis elle vint s'asseoir sur le canapé à trois places en m'invitant d'un geste à m'installer près d'elle. Je l'y rejoignis en faisant grincer les ressorts du canapé. De sa petite main, elle me tapota le genou plusieurs fois. Puis s'écria : « Émile ! » Émile ressortit par la même porte qui s'ouvrait sur la cuisine.

Madame Simonian était assise au bord du canapé, si bien que ses pieds atteignaient le sol. Elle portait des mules de satin noir à talons hauts. Sur le dessus de chaque mule était brodé un papillon en perles argentées. Elle se tourna vers Artosh : « Votre épouse compte au tout petit nombre d'Arméniennes cultivées que j'ai eu l'honneur de connaître depuis de longues années passées dans les régions les plus reculées du monde. Vous êtes un homme heureux. » Artosh cligna plusieurs fois des yeux. Puis secoua la tête en desserrant le nœud de sa cravate. Il faisait très chaud dans la pièce. Dans la longue phrase qu'avait prononcée notre petite voisine, il y avait des mots d'arménien qu'Artosh et moi nous n'avions pas entendus depuis longtemps.

Émile Simonian revint au salon tenant à la main un petit plateau d'argent recouvert d'une broderie blanche sur laquelle étaient disposés une carafe de jus d'orange et quatre verres.

J'avalai le jus d'orange tiède et amer pendant que madame Simonian comparait la chaleur d'Abadan à celle de l'Inde. Elle expliquait les conséquences irréversibles de l'air climatisé sur le mal de rein. À sa place, j'aurais dit simplement « pas très bon pour les maux de rein ». Mon côté négatif me reprochait mon impatience : arrête ! tu n'es pas obligée de traduire constamment l'arménien livresque de ta voisine en arménien courant. Mon côté positif d'en rire : toi aussi tu te mets à parler comme elle !

J'essayais de ne pas croiser le regard d'Artosh. L'allure et le comportement peu naturels de la mère et du fils, les propos contraints, le jus d'orange amer et tiède, la chaleur du salon, la pénombre, tout poussait ma patience à bout. Dix minutes ne s'étaient pas écoulées que madame Simonian se leva. « Nous avons l'habitude de dîner tôt.

— Nous aussi », répliqua Artosh, mais si vite que j'eus pitié de lui.

Comment avais-je pu le forcer à venir ? Vraiment, pourquoi avais-je accepté l'invitation ? Sans doute à cause des jumelles qui n'avaient pas arrêté de parler d'Émilie, quelques jours auparavant, et puis... c'étaient nos voisins.

Lorsque madame Simonian dit une fois de plus :

« Émile ! » je me levai aussitôt : « Permettez-moi de vous aider. » Esquissant un léger mouvement, Émile Simonian me lança un sourire en se rasseyant.

Pour le dîner, les enfants avaient du riz et du poulet bouilli. On décida de les faire manger à la cuisine. J'avais bien fait de leur donner des sandwichs avant de venir. Je leur préparais toujours quelque chose à manger quand nous étions invités à dîner ou à déjeuner. La poule au riz, c'était le menu que ma mère les forçait à avaler quand ils étaient malades, ce qu'ils refusaient. Notre menu à nous était un riz avec du ragoût de gombos.

Le couvert était déjà mis : une nappe et des serviettes blanches en lin. Les assiettes de porcelaine à fleurs orange étaient certainement anciennes et sûrement précieuses. Mais la mienne était ébréchée en deux endroits. Madame Simonian s'assit au bout de la table en nous indiquant nos places respectives, à Artosh et à moi. Je pensai à la phrase des jumelles : « Comme au cinéma. » Notre hôtesse déplia sa serviette sur ses genoux : « Émile ! » s'écria-t-elle en indiquant l'armoire.

Émile y prit les chandeliers. Les posa au centre de la table. Alluma les bougies. Artosh me lançait des regards par en dessous. Madame Simonian restait immobile et muette, comme si elle attendait la fin d'une cérémonie. Quand la dernière bougie fut allumée, que son fils fut assis, eut déplié sa serviette, elle lança à la cantonade : « Je vous en prie, commencez. » La nappe virait au jaune à la lumière des bougies. Elle était tachée en plusieurs endroits et portait des marques de brûlures de cigarettes.

Dès la première bouchée, j'essayai de ne pas croiser le regard d'Artosh. Le ragoût était si fort que même moi, qui avais l'habitude de manger très épicé, j'étais en feu. Artosh, lui, avait horreur des plats pimentés.

Madame Simonian tendit à Artosh un petit pot en porcelaine : « Si vous trouvez le ragoût insuffisamment épicé, prenez donc un peu de ce chutney. » Artosh refusa d'un geste en reposant son verre d'eau sur la table. À la place de ma voisine j'aurais dit « ajoutez-y un peu de chutney ». Mais mon côté impatient me fit : laisse tomber !

Émile Simonian se trémoussait sur sa chaise. Sans lever la tête, il déclara : « Mère, vous n'auriez peut-être pas dû mettre autant de piment dans ce ragoût. Tout le monde n'y est pas habitué. » Puis il nous adressa un sourire. Comme pour s'excuser, sans doute.

La mère versa deux cuillères de chutney dans un coin de son assiette et dit sans un regard pour son fils : « S'il te plaît, ne me donne pas de leçon de cuisine. Le ragoût de gombos, cela se mange pimenté. » Puis, se tournant vers moi, elle ajouta : « Je tiens la recette du chutney de Ramou, notre ancien cuisinier, à Calcutta. » Elle reposa délicatement le pot de chutney à côté du plat de riz. « Avant que je ne le renvoie. »

Émile Simonian se passa une main dans les cheveux. Il avait de longs doigts effilés. « C'est le signe des personnes sensibles, disait Alice en contemplant ses propres mains. Comme moi. » Je regardais les mains de ma sœur, potelées comme le reste de son corps : « Ouais ! »

Personne ne soufflait mot. Seuls nous parvenaient depuis la cour le coassement des grenouilles et le chant des grillons. La lumière de la pièce était si faible que j'avais envie de me lever pour en allumer une autre. Madame Simonian mangeait en silence. Je pensai qu'il fallait amorcer la conversation. De la chambre d'Émilie fusèrent les rires des enfants. Avaient-ils dîné ? Était-ce possible qu'aucun n'eût dit « je n'aime pas ça » ? Émile Simonian avait toujours les yeux baissés. Aucun sujet de conversation ne me venait à l'esprit.

Artosh but son deuxième verre d'eau puis le reposa : « À Masjed-Soleyman, dans quelle branche étiez-vous ? » Émile Simonian releva la tête en souriant. Cette fois-ci, comme pour remercier. Peut-être d'avoir brisé le silence.

En observant Artosh, je me disais que le père et le fils rivalisaient d'ingénuité. Jamais je n'avais vu mon mari prendre les devants dans une conversation, sauf pour contredire ma mère.

Émile Simonian s'essuya les lèvres du coin de sa serviette pour répondre mais sa mère le devança : « Émile était un étudiant brillant. Il a eu une belle carrière en Inde et en Europe, naturellement. La Compagnie des pétroles a bien de la chance que mon fils ait accepté son offre de collaboration. Bien que nous n'ayons pas vraiment besoin de son salaire, j'ai pensé que, puisque j'avais décidé de vivre en Iran, c'était aussi bien qu'il ait une occupation. Je n'ai pas encore eu le temps d'accrocher au mur tous ses diplômes universitaires. Je les ai fait encadrer à prix d'or à Calcutta, en noyer. »

Artosh avait toujours les yeux tournés vers Émile : « Dans quelle branche dites-vous que vous étiez ? » Comme si la mère n'avait rien dit.

Émile Simonian se racla la gorge. Avant de parler, il jeta un regard vers sa mère. Sa fille avait la même expression – inquiète et mal à l'aise – comme l'autre jour dans la cuisine quand la grand-mère était arrivée.

Artosh ne mangea rien d'autre que le riz, ne regarda personne d'autre qu'Émile Simonian, et ne fit que hocher la tête. Madame Simonian versa une deuxième portion de chutney dans son assiette, avec une extrême précision, comme si elle avait voulu préparer un mélange rare.

J'étais en train de me demander quelle réponse je pourrais bien faire à la grogne d'Artosh quand nous rentrerions à la maison. Madame Simonian me sortit de mes pensées : « À quelle heure vos enfants vont-ils se coucher ? » Cela faisait une demi-heure qu'on ne les entendait plus. Cela m'inquiéta : « En général huit heures et demie, neuf heures, mais des soirs comme celui-ci, et pas d'école le lendemain... »

Madame Simonian croisa ses couverts dans son assiette, retira la serviette posée sur ses genoux : « Le fait d'aller ou non à l'école n'a rien à voir avec celui de se coucher plus ou moins tard. L'enfant doit suivre un rythme régulier. Émilie se couche à neuf heures précises. Quand Émile était enfant, j'avais ordonné à la gouvernante de... » Je reculai ma chaise pour me lever : « Je vais voir ce que font les enfants. » Émile Simonian se leva en faisant un léger salut. Artosh grignotait un morceau de pain.

Quelques valises étaient empilées les unes sur les autres dans un coin de l'entrée, à côté d'un éléphant de pierre auquel manquait la moitié de la trompe, ainsi qu'une oreille. Je regardai ma montre. Il était huit heures et quart.

La chambre d'Émilie était la copie conforme de celle d'Armen. Pourtant, elle aussi me paraissait plus grande. Elle n'était meublée que d'un lit métallique, un petit bureau et un petit tapis de couleur brune. Il n'y avait pas de rideaux aux fenêtres et pourtant la pièce était sombre. Les jumelles étaient assises sur le tapis, Armen sur la chaise devant le bureau. Quant à Émilie, elle était affalée sur le lit, sa jupe blanche remontée au-dessus des genoux. Une de ses couettes était défaite, ses cheveux tombaient sur son visage. Elle jouait avec le ruban. Elle se redressa vivement quand elle m'aperçut, tira sur sa jupe et mit les mains sur les genoux.

Les frisettes d'Arsineh s'échappaient de son serre-tête orange. « Comme ça serait bien si demain..., commença-t-elle en me regardant.

— ... Si Émilie pouvait venir avec nous au cinéma, compléta Armineh, les frisettes dépassant du serre-tête.

— Tu peux demander la permission pour elle ? ajouta Arsineh.

— S'il te plaît », insista Armineh en penchant la tête.

Armen prit un livre sur le bureau. Se mit à le feuilleter.

« Ça se passe bien ? leur demandai-je. Qu'est-ce que vous avez fait ?

— Jusqu'ici, on a bavardé, dit Armineh.

— Émilie nous parlait des écoles où elle est allée, ajouta Arsineh.

— Maintenant, on joue à la bouteille, dit Armineh.

— C'est Émilie qui nous a appris, compléta Arsineh.

— À la bouteille ? » m'écriai-je dans un soupir.

C'est en jouant à la bouteille que j'avais connu Artosh. À l'anniversaire d'un ami commun. On faisait tourner la bouteille chacun à son tour. Celui qui faisait tourner la bouteille devait embrasser celui, ou celle qui se trouvait du côté où le goulot s'arrêtait. Quand nous avions décidé de nous marier, Artosh m'avait avoué qu'il s'était efforcé de faire tourner la bouteille de façon à ce que le goulot soit dirigé vers moi. Après notre premier anniversaire de mariage, j'avais trouvé l'audace de lui avouer à mon tour que j'en avais fait autant.

« Celui qui fait tourner la bouteille…, commença Armineh.

— Peut ordonner tout ce qui lui plaît…, poursuivit Arsineh.

— À celui devant qui le goulot s'arrête, conclut Armineh.

— C'est drôle, n'est-ce pas ? » firent-elles toutes deux.

Je respirai. « À condition, dis-je en riant, que les ordres ne soient pas dangereux. »

Quels enfants innocents ! me disais-je.

Émile et Artosh bavardaient dans le salon tandis que madame Simonian desservait la table. Je m'étonnai qu'elle n'eût pas mis son fils à contribution. Je proposai mon aide. Dans les allées et venues entre la salle à manger et la cuisine, sa robe retroussée, elle parlait comme un moulin : « Depuis ma naissance, j'ai toujours eu des domestiques. Maintenant, j'en suis réduite à tout faire moi-même. En Inde, malgré toutes les difficultés, il y avait profusion de bonnes et de serviteurs. Chez mon père, à Jolfa, on avait foison de domestiques nés dans la maison familiale. » Son collier de perles s'accrochait constamment à la vaisselle ou aux poignées de porte. « À Masjed-Soleyman, j'avais amené une fille de Jolfa. Mais, elle n'avait pas toutes ses facultés. J'ai dû appeler sa famille qui est venue la rechercher. À mon avis, on a dû l'envoyer à Namagard. Même si vous ne savez probablement pas où se trouve Namagard. Vous n'auriez pas de domestique à me recommander par ici ? »

J'eus envie de lui répondre que je savais parfaitement où se trouvait Namagard, mais je me retins. Il me vint à l'idée de lui présenter Ashkhen qui venait à la maison deux jours par semaine pour aider au ménage et un jour chez ma mère et Alice. Son mari était resté paralysé après une opération à la colonne vertébrale et vivait d'une petite retraite de la Compagnie des pétroles. Leur fils venait de finir son service militaire. Il était au chômage. Comme disait Ashkhen : « Toute sa vie se résume à traîner dans le bazar des Koweïtiens ou le long du fleuve, à fumer deux paquets de cigarettes par jour et à grignoter des graines salées. Il croit sans doute que sa mère – c'est-à-dire moi – cueille les billets de banque dans les arbres. » Je me dis que ce serait une aide à la fois pour la voisine et pour Ashkhen.

Quand nous eûmes fini de débarrasser le couvert, j'allai m'asseoir en face d'Émile et Artosh. Madame Simonian s'assit à la même place qu'avant le dîner et déclara : « Après le dîner, nous ne mangeons pas de fruits et ne prenons pas de thé. Cela trouble la digestion. » Puis elle nota l'adresse d'Adib, l'épicerie de notre quartier, ainsi que le numéro de téléphone du professeur de piano des enfants. « J'ai envoyé Émilie dès l'âge de sept ans au cours de piano. Il faut qu'elle

continue. Moi, j'ai commencé le piano à cinq ans. »
J'ai remarqué avec étonnement qu'elle n'avait pas dit : « Je joue du piano… »

Émile était assis les jambes croisées. Il avait mis ses souliers vernis et portait des chaussettes noires. Artosh avait aussi les jambes croisées. Il avait mis des chaussettes marron dans des chaussures noires. C'était de ma faute. J'avais oublié de préparer les chaussettes noires à côté des chaussures.

J'attendais de pouvoir capter le regard d'Artosh pour lui faire signe qu'il était temps de prendre congé quand Armen fit irruption dans la pièce. Rouge comme une tomate, il était pris d'une quinte de toux. Je me levai brusquement. « Qu'est-ce qui se passe ?

— De l'eau ! »

Émile Simonian se leva, imité par Artosh. Madame Simonian ne broncha pas.

J'emmenai Armen à la cuisine. Je versai de l'eau dans un verre et le lui donnai en demandant : « Tu as avalé de travers ? » Ses longs cils étaient collés par les larmes. Il réclama encore de l'eau, toussa, but son eau, et finit par se calmer. « Je ne sais pas ce qui m'a pris de tousser tout à coup », dit-il en sortant de la cuisine sans me regarder.

Artosh avait appelé les jumelles et prenait congé de madame Simonian en la remerciant. Émilie, la tête baissée, triturait entre ses doigts son ruban blanc. Était-ce une impression ? Je crus qu'elle riait sous cape.

Au moment où je serrais la main de madame Simonian, je surpris Armen en train de chuchoter quelque chose à l'oreille des jumelles. Armineh tira sur ma jupe : « Le cinéma de demain. » Je me tournai vers Émile Simonian. « Vous permettez qu'Émilie aille demain au cinéma avec mes enfants ? » Émile Simonian interrogea sa mère du regard. Arsineh tira sur ma jupe de l'autre côté : « Demande à sa grand-mère. »

Après avoir demandé quel cinéma c'était, quel film elles allaient voir, avec qui elles iraient, et pourvu qu'elles n'y mangent ni chips ni sandwich, madame Simonian finit par donner sa permission. Les jumelles marchaient devant nous au milieu de la rue en se tenant par la taille. Une ou deux fois, elles se retournèrent pour regarder Armen en riant. J'ouvris la porte de la maison et allumai dans l'entrée.

« Ouf ! dit Arsineh. Que c'est bon une maison bien éclairée !

— Ouf ! renchérit Armineh. Et en plus, bien fraîche !

— On a passé une bonne soirée, mais on n'y voyait rien dans cette maison.

— On a passé une bonne soirée, mais qu'est-ce qu'il faisait chaud ! »

Artosh enleva sa cravate, alla dans la cuisine. « On a quelque chose à manger ? » Armen partit dans sa chambre, claqua la porte derrière lui. Je poussai les jumelles dans la leur, ôtai mes souliers à talons, me dirigeai vers la cuisine.

Artosh était assis à table, contemplant les fleurs sur le rebord de la fenêtre. « Le pauvre homme. Maintenant, je comprends pourquoi il est spécial ; avec une mère pareille… » Derrière le voilage, un petit lézard observait la cuisine. Je préparai un sandwich aux œufs. Sous toutes les formes et à toute heure, les œufs étaient la nourriture préférée de mon mari.

Artosh croquait la première bouchée de son sandwich quand Arsineh poussa un cri. « Dis-moi où est Ishy, sinon je dis pourquoi tu toussais. »

J'allais me lever quand Artosh me prit la main. Dieu sait combien de fois il m'avait déjà dit ça : « Ne t'en mêle pas ! Laisse-les se disputer entre eux ! Ils finiront par faire la paix, avant de recommencer et de se rabibocher à nouveau. Laisse-les donc ! » Puis il sourit. « Ne t'en fais pas. Ils ne vont pas se tuer. » Il passa un doigt sur ma main, toujours dans la sienne. Je demeurai interdite. Depuis combien de temps ne m'avait-il pas pris la main ? Il la lâcha finalement pour prendre son sandwich et croquer une bouchée. « Dis-moi, tu as la peau bien sèche ?! »

J'observai mes mains, mes ongles coupés ras, sans vernis. Madame Simonian, elle aussi, s'en était-elle rendu compte au moment de me dire au revoir ? Et son fils ? Je me souvins de son baisemain. J'en étais encore troublée. Les enfants s'étaient tus. Une demi-heure plus tard, j'allai jeter un coup d'œil. Ils dormaient tous les trois. Ishy dans les bras d'Armineh.

8

Le vendredi, contrairement aux autres jours, nous prenions un copieux petit déjeuner.

La radio était allumée. Je cassai les œufs dans la poêle. Je dis à Artosh, qui sortait le beurre et le fromage du réfrigérateur : « Pendant que je mets le couvert, va réveiller Armen, il ne faut pas qu'ils manquent leur film. »

Armen était dans l'encadrement de la porte. « Votre serviteur est debout. Allez donc réveiller vos paresseuses de filles. À propos, bonjour tout le monde ! » Il avait les cheveux encore humides, le visage rouge. Artosh se tourna vers moi, les yeux écarquillés. Nous regardions notre fils d'un air ahuri.

Armen s'assit à table. « Que se passe-t-il ? Vous n'avez jamais vu personne sortir du bain ? »

Artosh glissa la spatule sous les œufs. « Nous voyons beaucoup de monde sortir du bain, mais des Armen, c'est plutôt rare », dit-il en mettant un œuf dans l'assiette d'Armen. Nous éclatâmes de rire. Depuis qu'il avait dix ans, faire prendre un bain à mon fils était un de mes devoirs les plus pénibles.

Armen était en train de grogner qu'il préférait les œufs bien cuits quand Arsineh et Armineh firent irruption. Elles avaient mis leur tunique à carreaux rouges et bleu marine sur une chemise blanche. Elles dirent en chœur qu'elles ne prenaient pas d'œufs mais réclamèrent du beurre, de la confiture et un chocolat froid avec du lait.

Forouzandeh Arbabi annonça à la radio : « Téhéran connaît des journées printanières, la pluie et les arbres en fleur… »

Armen commenta : « Abadan ne connaît pas de printemps, mais la chaleur et l'humidité.

— Qu'est-ce que tu as dit ? demanda Arsineh.

— Il parle comme Forouzandeh Arbabi, répondit Armineh d'une voix nasillarde.

— On déjeunera au club ? » demanda Arsineh, que l'imitation d'Armen et d'Armineh faisait rire aux larmes.

Le vendredi, si nous n'étions pas invités et si nous n'avions personne à déjeuner, nous allions au club Golestan. Les enfants raffolaient des kebabs du club. Quant à moi, j'aimais bien que toute la famille se retrouve une fois par semaine autour d'un déjeuner. Artosh versa du sucre en poudre dans son thé et remua. « À une condition ! »

Armineh se dépêcha d'avaler sa bouchée. « À quelle condition ? On a fait tous nos devoirs, on a répété notre piano, on a changé notre chambre. » Et comme d'habitude, elle demanda la confirmation d'Arsineh : « Pas vrai Arsineh ? » Armen triait les morceaux durs et mous de son œuf au plat. « Pas "changé", "rangé", idiote ! » Il me jeta un regard et n'en dit pas plus. Les jumelles avaient les yeux rivés sur Artosh. « Dis-nous ! Quelle condition ? » Artosh remuait son thé.

« D'accord, dit Armineh.

— D'accord, à n'importe quelle condition, renchérit Arsineh.

— Parle, parle, parle ! » crièrent-elles en chœur.

À présent, Armen et moi, nous étions suspendus à la réponse d'Artosh, comme les jumelles. Artosh prit son temps pour retirer de sa tasse la cuillère qu'il posa avec beaucoup de circonspection dans la soucoupe. Son regard glissa de la fenêtre vers moi, puis vers Armen et s'arrêta sur les jumelles. Il ouvrit enfin la bouche : « À condition que ces deux jolies filles donnent un gros baiser à leur papa. »

Armineh et Arsineh bondirent dans un grand éclat de rire. Armen fit la grimace : « Ah, ah, ah ! Comme c'est spirituel ! » En riant, je débarrassai la table du petit déjeuner.

Arsineh était juchée sur un genou d'Artosh. « Ce serait super qu'Émilie vienne avec nous au club après le cinéma. »

Armineh, sur l'autre genou : « Oh ! Il faut qu'on aille la chercher. »

Elle sauta à terre. Mais Armen repoussa sa chaise : « Non, c'est moi qui y vais. » Par-dessus les cheveux bouclés d'Arsineh, Artosh me lança un regard. Armen était déjà dans le couloir quand les jumelles lui crièrent : « Attends-nous ! » Elles se précipitèrent hors de la cuisine.

En regardant les enfants s'éloigner, Artosh dit en se levant : « Notre fils commence à avoir des manières. Je passerai te prendre quand j'aurai récupéré les enfants au cinéma. Téléphone à ta mère et à Alice pour qu'elles se joignent à nous. »

Je fus surprise. Artosh savait pertinemment que ma mère et Alice viendraient de toute manière, sans invitation. Et moi je savais bien qu'Artosh n'avait envie de voir personne. Alors que signifiait cette soudaine amabilité ? Quand il cria depuis l'entrée : « Après avoir déposé les enfants au cinéma je ferai un saut chez Shahandeh », je me dis : bon ! tu m'en diras tant… Je courus après lui : « Attends un peu ! »

Il s'arrêta au milieu de l'allée. En rigolant, il gratta sa barbe taillée en bouc. J'avais vu juste. Il voulait me donner le change. Je lui fis face. « Ne m'avais-tu pas promis de ne plus retourner chez Shahandeh ? » Il écarta la mèche de cheveux qui me tombait sur le front. « Je t'ai dit cent fois de ne pas croire tout ce qu'on te disait ! Ce pauvre Shahandeh ne fait pas plus de politique que toi et moi. On se retrouve à quelques-uns pour bavarder, rien de plus. » Il mit un doigt sur le bout de mon nez. « Ne t'inquiète pas. Je bois juste un sirop de rose et de *tokhm-e sharbati* et je reviens. Je te rapporte du sirop ? » ajouta-t-il en riant.

Par temps chaud, Shahandeh offrait toujours du sirop de rose ou de *tokhm-e sharbati* à ceux qui venaient à sa boutique. Dans le cas contraire, c'était du thé au citron. Je n'avais bu qu'une seule fois du sirop de rose et je n'avais pas aimé.

Nous nous dirigeâmes tous les deux vers le portail en fer. « Peut-être aura-t-il encore une bonne histoire de chasse, dit Artosh, je te raconterai ça en rentrant.

— Surtout avec ton talent de conteur ! » Les histoires de chasse de Shahandeh, malgré le ton sec et plat que prenait Artosh pour les raconter, étaient toujours très drôles.

Je l'aidai à ouvrir la porte du garage. « Tu es sûr qu'il ne se passe rien à la boutique de Shahandeh ? Alors pourquoi a-t-elle été fermée depuis le jour de l'an jusqu'à Pâques ? Le type de la parfumerie d'à côté dit qu'on est venu le chercher de Téhéran. » Un rayon de soleil fit briller la Chevrolet rouge qui avait plus de vingt ans, sujet de prédilection pour Alice quand elle voulait se moquer d'Artosh.

« Le parfumeur raconte n'importe quoi, dit Artosh en ouvrant la portière. Shahandeh a eu quelques activités dans sa jeunesse, comme moi. Maintenant on ne ferait pas de mal à une mouche ni l'un ni l'autre. » Il monta dans la voiture. « On discute. Rien de plus, crois-moi. » La voiture finit par démarrer après quelques tentatives. Artosh faisait marche arrière dans le garage quand les enfants sont arrivés.

Émilie avait dégagé les cheveux de son front par un bandeau rouge, ce qui permettait de mieux voir ses grands yeux, ses lèvres bien dessinées et ses joues pleines. J'eus encore l'impression qu'elle s'était mis du rouge à lèvres. Arsineh et Armineh avaient un gros chagrin : la grand-mère n'avait pas donné la permission à sa petite-fille de rester déjeuner au club. Elle prétendait que cela ne réussissait pas à Émilie de manger dehors. Les jumelles me prirent les deux mains et se mirent à les secouer. « Toi, va lui demander la permission. S'il te plaît. Je t'en prie ! » Armen, un peu à l'écart, jouait du pied avec un caillou. Émilie baissait la tête. « Dépêchez-vous ! s'écria Artosh. Vous allez être en retard. »

Je poussai les jumelles vers la voiture. « D'accord, je vais voir ce que je peux faire. »

Arsineh et Armineh s'assirent à l'arrière. Armen retint la portière pour qu'Émilie monte à son tour, puis la referma et alla s'asseoir sur le siège avant à côté de son père. Artosh démarra en me faisant un petit signe. Les jumelles baissèrent la vitre en criant : « La permission pour Émilie. S'il te plaît. » J'acquiesçai d'un signe. « D'accord ! » et leur fis au revoir de la main.

J'attendis que la Chevrolet parvienne au bout de la rue et prenne le chemin du cinéma Tadj. Un vent chaud faisait frémir mollement les deux rangées de frênes de l'avenue. Monsieur Rahimi, qui possédait le garage mitoyen du nôtre, s'affairait sur sa voiture. Son fils de cinq ans lui tirait le pantalon en pleurant. « On va à la pifine ! On va à la pifine ! » Monsieur Rahimi me salua en riant. « Mon chéri, la piscine n'est pas encore ouverte ! » Le petit garçon ronchonnait, son paquet de Kool-Aid à la main. Le tour de sa bouche était tout orange. À Abadan, avec la poudre de Kool-Aid, les grandes personnes préparaient du sirop de citron, d'orange ou d'autres parfums. Mais les enfants, eux, aimaient la manger directement et tirer la langue : « C'est orange ? Rouge ? Violet ? »

Je demandai des nouvelles de son épouse à monsieur Rahimi. Elle était partie faire ses emplettes à Téhéran pour la noce de sa nièce. Je le saluai, ouvris le portail en fer de la cour, le refermai derrière moi, remontai la petite allée au milieu de la pelouse. Tout en observant le trèfle en fleurs, je me souvins de la réflexion d'Armineh : « On dirait des Smarties violets. Pas vrai, Arsineh ? » Toutes les deux raffolaient de ces petites pastilles multicolores au chocolat. Une branche de saule penchait sur la balancelle en fer. Les rosiers étaient couverts de boutons.

9

Je rentrai dans la maison. Fermai la porte à clef. À Abadan personne ne faisait cela en pleine journée. Moi, je ne le faisais que lorsque je voulais m'assurer que j'étais bien seule. Je m'étais souvent interrogée sur les raisons que je me donnais. En quoi fermer à clef avait-il le moindre rapport avec le fait de se savoir seule. J'avais chaque fois répondu que je n'en savais rien.

Je m'appuyai à la porte en fermant les yeux. Après la chaleur et la lumière de dehors et les cris des enfants, je savourais la fraîcheur, le silence et la pénombre qui régnaient dans la maison. Il n'y avait que le ronronnement de la climatisation et le parfum de l'eau de Cologne d'Artosh qui flottait dans le couloir.

Je regardai l'heure à la pendule de la cuisine. Il était presque dix heures. D'ici une demi-heure je verrais certainement arriver ma mère et Alice. Je vais les attendre pour prendre le café, me dis-je. Je sortis un paquet de cigarettes du réfrigérateur. J'avais entendu je ne sais plus où qu'ainsi elles séchaient moins vite.

Je n'étais pas une grosse fumeuse. Parfois seulement, quand il n'y avait personne à la maison, j'aimais m'asseoir dans le fauteuil de cuir vert, enfoncer ma tête dans le coussin, et réfléchir tout en fumant une cigarette. Dans ces rares instants de solitude, j'essayais d'oublier les soucis de la vie quotidienne, le dîner du soir, Armen qui refusait d'apprendre ses leçons, Artosh et sa superbe indifférence.

Je réfléchissais à des choses dont je n'avais jamais l'occasion de me souvenir. Comme notre maison de Téhéran et sa petite cour intérieure, ses vastes chambres, son long corridor sombre même durant la journée. Je pensais à mon père, lorsqu'il rentrait à la maison pour déjeuner. Il allait se laver les mains et le visage, il s'asseyait à table, mangeait du plus grand appétit tout ce que ma mère avait préparé ce jour-là, écoutait patiemment tous les potins du jour que ma mère lui racontait par le menu : depuis les pastèques pas très mûres qu'elle avait achetées, jusqu'au prix des haricots qui avait augmenté et, bien sûr, mes disputes avec Alice. Mon père grommelait des choses entre ses dents, sans que nous puissions comprendre ce qu'il disait, ou bien que nous oubliions aussitôt. Puis, il se levait de table, remerciait ma mère pour le déjeuner, longeait le couloir sombre qui menait jusqu'à son bureau. C'était une petite pièce avec des rideaux de velours marron. Ces rideaux étaient toujours tirés et la pièce constamment encombrée d'objets qui faisaient grincher ma mère : « Pourquoi gardes-tu tout ce bazar ? »

« Dieu sait pourquoi il gardait tout ça ! » répéta-t-elle en pleurant quand nous entrâmes dans la chambre de mon père, au quarantième jour après sa mort. Les étagères débordaient jusqu'au plafond de livres, de coupures de journaux et de revues, de mots croisés non terminés. Il y avait toute une série de lettres dont ni ma mère, ni Alice, ni moi ne savions qui les avait écrites. Il y avait aussi des photos de groupe avec ses copains de jeunesse, que nous n'avions jamais vus non plus. Alice était crispée. Ma mère pleurait. « Mais pourquoi donc a-t-il gardé ce bazar pendant toutes ces années ? » J'ouvrai un livre, le refermai. Je remuai les montres-bracelets hors d'usage en songeant à ma mère qui se plaignait tout le temps que mon père n'était jamais à l'heure. Dans une vieille boîte à chaussures gisaient des rasoirs rouillés. Dans l'armoire étaient alignés toutes sortes de flacons d'eau de Cologne vides. Autant que je me souvenais, mon père avait toujours porté une barbe drue et jamais senti l'eau de Cologne.

Dans le petit bureau au fond du couloir, Alice ne trouva rien qui valût d'être conservé. J'emportai les livres chez moi. Ma mère sécha ses larmes, écarta les rideaux de velours marron et jeta tout ce qu'elle trouva. Quand la petite pièce fut vidée, ma mère, satisfaite d'avoir accompli son devoir, prit le deuil de son mari et fit désormais un refrain de la phrase : « Ah si votre défunt père était encore en vie... ! »

Peu à peu nous oubliâmes que si mon père était resté en vie, rien n'aurait changé dans cette vie. Mon père lisait ses livres, faisait ses mots croisés, avalait sans broncher tous les plats gras qu'on lui servait. Jamais il ne faisait la moindre réflexion sur rien, et s'il lui arrivait de le faire, nous n'écoutions pas ou nous l'ignorions en continuant sans lui prêter attention. J'avais suivi Artosh à Abadan où j'élevais mes enfants. Alice était partie vivre quelques années en Angleterre, officiellement pour y décrocher un diplôme d'infirmière, mais en réalité pour y chercher un mari anglais. Ma mère lavait deux fois par jour le sol de sa cuisine. Se moquait des femmes qui ne rinçaient pas les pastèques et les melons avant de les ranger dans le réfrigérateur. Chaque jour, elle s'inventait une nouvelle raison d'être inquiète.

La tête appuyée contre le coussin du fauteuil vert je pensais aux Simonian : aux mains fines du fils, aux mules brodées de perles de la mère, à Émilie qui ne m'avait pas encore adressé la moindre parole. Je me demandai quel genre de femme avait été sa mère. La grand-mère avait dit : « Elle est devenue folle et on l'a conduite à Namagard. » Je me demandai quel âge je pouvais bien avoir quand nous étions allés à Namagard un certain été ; huit ans ? onze ? Peut-être le même âge qu'avaient maintenant mes jumelles.

J'entendis grincer le portail en fer dans la cour. En jetant un coup d'œil, j'aperçus ma mère et Alice qui entraient. Ma sœur brillait comme une fleur de tournesol dans la lumière du soleil, avec son ample robe jaune, au milieu des arbres et des buis. Ma mère, maigre et ratatinée, ressemblait à un morceau de bois sec dans sa robe noire. Comme disait Armen : « Quand tante Alice et Nanny marchent ensemble, on dirait Laurel et Hardy. » Ma sœur tenait à la main un gros carton dont je devinais ce que c'était sans même le voir. Pour Alice, aller le vendredi acheter des gâteaux à la crème à la pâtisserie Negro était plus important que d'aller à la messe du dimanche.

10

Ma mère se plaignit de la chaleur. Alice reprit son souffle. Elles s'assirent à la table de la cuisine. « Eh bien ? » fit ma sœur.

Nul besoin de me demander : « Eh bien ! Quoi ? » S'il arrivait que j'aille quelque part sans Alice – exceptionnellement – le lendemain, il fallait que je lui raconte tout dans les moindres détails. Mais cela ne lui suffisait pas. D'un air dubitatif, elle insistait : « Tu ne m'as pas tout dit ! »

À côté de la cuisinière, un œil sur la cafetière pour éviter que le café ne déborde : « Eh bien ! On a dû y aller. Après tout on est voisins. » Alice éclata de rire : « C'était à ce point ennuyeux ? Le Professeur n'a certainement pas arrêté de râler. » Ma mère se mit à rire à son tour. Je servis le café sur la table de la cuisine.

Ma sœur défit la ficelle autour du carton, souleva le couvercle. « J'ai dû attendre une demi-heure pour qu'ils soient prêts. Ils sont vraiment tout frais. Monsieur Moussavi a eu beau me supplier de prendre d'autres pâtisseries, je ne me suis pas laissé faire. Je lui ai dit qu'il versait des litres d'eau de rose dans ses pâtisseries. Mais je ne lui ai pas dit qu'en revanche ses choux à la crème étaient sublimes. Pour ne pas flatter sa vanité. » Elle prit un chou entre deux doigts, mordit dedans en fermant les yeux : « Mmm ! » fit-elle pour exprimer sa satisfaction. Puis elle poussa la boîte en carton vers ma mère et moi avec un autre « Mmm ! » qui voulait dire : « Servez-vous. » Ma mère en prit un. Moi, je refusai d'un geste : « Je viens de prendre le petit déjeuner avec les enfants. »

« Les enfants ne sont pas là ? s'enquit ma mère. Ah oui ! Ils devaient aller au cinéma. Où est Artosh ? Ah oui ! Il les a accompagnés au cinéma. Il va rentrer ? Non ! Il est certainement allé chez Shahandeh. » Après ces questions-réponses, elle prit une bouchée de son chou à la crème, mâcha puis avala. « J'ai dit cent fois qu'il ne fallait pas qu'il aille chez ce crâne d'œuf[6]. » Shahandeh portait ses longs cheveux blancs en queue-de-cheval. « Sa vente d'articles de chasse n'est qu'une couverture. » Shahandeh tenait boutique près du bazar des Koweïtiens. « Quel commerçant ouvre un vendredi ? » En dehors du vendredi où la boutique était toujours ouverte, Shahandeh ne relevait le store, selon son expression, qu'un ou deux jours par semaine. « Avec sa dégaine de malabar et sa moustache en bataille, il n'a pas honte de s'habiller comme un petit jeune. » Shahandeh portait des chemises amples avec col anglais et couleurs vives. Voyant que je ne lui répondais pas, elle poursuivit : « C'est ce que j'en dis. Je n'en ai pas assez vu avec les activités politiques de mon pauvre mari, maintenant, c'est au tour du gendre. On tombe de Charybde en Scylla. »

6. En persan *gis-boride* (littéralement : « cheveux coupés ») : se dit d'une personne impudente ; ici utilisé ironiquement pour un homme.

Autant que je me souvienne, les « activités politiques » de mon père se résumaient à quelques réunions à l'Institut irano-soviétique, sur l'insistance d'Artosh, pour y écouter Radio Arménie.

Alice goûta le café en faisant la grimace. « Berk ! Amer comme du poison ! » Je lui passai le sucrier en espérant que l'histoire du mariage du docteur serait oubliée. Ma mère devint furieuse. « Atchou ! » Chaque fois que ma mère appelait Alice par le petit nom qui lui était resté de son enfance – ce qui mettait Alice en rage – c'est qu'elle était très en colère contre elle. « Tu es encore collée au sucrier ! » L'histoire s'était probablement bien terminée puisque ma mère osait critiquer sa fille sur ce qu'elle mangeait.

Alice versa deux cuillères de sucre en poudre remplies à ras bord dans son café et remua. Elle prit un autre chou à la crème. Elle se tourna vers moi sans prêter attention à ma mère. « Raconte. Comment est le fils ? Est-ce que sa mère portait de nouveaux bijoux ? » Ma mère prit un air pincé en levant les yeux au plafond. « Sainte Marie ! Voilà que ça recommence. »

Je me demandais comment décrire Émile Simonian. Ce dont je me souvenais, c'était ses yeux qui vous regardaient comme de très loin, et sa façon de s'asseoir, de marcher, de manger, tous ses mouvements qui étaient empreints de douceur et de calme. Mais tout cela n'avait guère d'importance aux yeux de ma sœur. « Il est grand, lui dis-je, élégant… bel homme. » Je regrettai aussitôt d'avoir dit ça. Le troisième chou à la crème s'immobilisa entre la boîte en carton et la bouche d'Alice. « Quel âge ? »

Je retournai ma tasse sur la soucoupe en haussant les épaules. « Je ne sais pas, peut-être quarante. » Ma mère rabattit le couvercle sur la boîte de gâteaux, la poussa vers moi en me désignant le réfrigérateur. Alice regardait par la fenêtre, l'air indifférent. « Il a sûrement cet âge-là », dit ma mère. Puis se tournant vers Alice : « N'y pense même pas ! » Alice, face à la fenêtre, passa une main dans ses cheveux. « Demain, j'ai rendez-vous chez le coiffeur. À ton avis, me demanda-t-elle en se tournant vers moi, je me fais couper les cheveux ? »

Ma mère secoua la tête en me regardant. Nous connaissions la suite toutes les deux. Chaque fois qu'un célibataire montrait le bout de son nez, Alice changeait de coupe de cheveux. Puis, les jours ou les semaines qui suivaient – selon la tournure des événements – elle s'imposait un régime et comme elle disait (mais sans que nous puissions vraiment le constater), elle perdait du poids. Je me levai pour aller chercher la corbeille de fruits dans le réfrigérateur. Je me souvins de la promesse que j'avais faite à mon père et je me la répétai intérieurement : ne discute pas !

« À quoi rêves-tu ? me demanda Alice. Je t'ai demandé si une coupe de cheveux… » Je commençai à ranger les tasses tout en répondant très vite : « Certainement. Pourquoi pas ? »

On entendit couiner les freins de la Chevrolet. Un instant plus tard, les jumelles déboulèrent dans la maison.

« Hello Nanny !

— Hello Tatie ! »

Ma mère embrassa Armineh. « Tu as encore dit *Hello* ? On n'est pas des Anglais. N'est-ce pas ? Tu devrais dire *Barév* ! »

Alice embrassa Arsineh. « Tu embêtes encore ces enfants ! Tu connais quelqu'un à Abadan qui ne dise pas *Hello* ? Toi-même, tu laisses constamment échapper des mots d'anglais.

— Moi ? répondit ma mère en roulant des yeux furieux. Jamais !

— Toi ? Tout le temps ! » répliqua Alice avec les mêmes gros yeux.

Elle se mit à imiter ma mère en inclinant la tête à droite : « Le *fan* de la cuisine est en panne. » Puis à gauche : « Alice est à l'*hospital.* » À droite, de nouveau : « Le *Store* n'avait pas de pain *twist*, j'ai acheté des *rolls.* » Encore à gauche : « Les enfants, faites bien attention de ne pas tomber de *bicycle.* » Elle regarda ma mère droit dans les yeux : « Les *tenni shoes* d'Armen sont usées ! En fait, on ne dit pas *tenni shoes* mais *tennis shoes.* »

Les enfants éclatèrent de rire tandis que ma mère lançait à Alice un regard noir.

« Hier, un des docteurs a raconté une chose très amusante, continua Alice.

— Tatie, raconte, ensuite on…, dit Armineh en s'asseyant face à sa tante.

— On te racontera le film, compléta Arsineh, assise à côté d'elle.

— Où sont passés les choux à la crème ? demanda Alice à sa mère. Tu les as encore fourrés dans le réfrigérateur ?!

— Tatie, raconte.

— Raconte, Tatie. »

Je secouai l'index pour Armen déjà en route vers le réfrigérateur. « Pas de choux à la crème ! »

« Un des ingénieurs anglais est allé inspecter je ne sais plus quelles installations. Le contremaître s'efforçait de traduire pour les ouvriers ce que disait monsieur l'Ingénieur : "*Tell them to bend the pipes*", a dit l'ingénieur. Se retournant vers les ouvriers, le contremaître s'est écrié : "Ohé les gars ! Il a dit de *bender* les *pipes* !" »

On se mit tous à rire sauf ma mère qui plissa les yeux : « Vraiment pas drôle !

— En revanche, dit Armineh, le film était très drôle !

— Mais le cinéma Tadj était une vraie glacière, ajouta Arsineh.

— Il faisait un de ces froids !

— Maman, la permission pour Émilie ?

— Tu l'as demandée ?

— Téléphone-lui.

— Non, va chez elle.

— Non Tatie, on ne veut pas de bonbons. Pas avant le déjeuner.

— Maman, je t'en prie, va demander la permission, s'il te plaît.

— Pitié ! dis-je en me couvrant la tête des deux mains. J'y vais. »

Je sortis de la cuisine. Armineh et Arsineh étaient assises sur les genoux de leur tante et de leur grand-mère. L'une après l'autre, elles racontaient le film.

Entre la maison et l'autre côté de la rue, je me disais, pourvu que ma sœur ne recommence pas avec Émile Simonian ses histoires habituelles ! Contrairement à ce que je me disais généralement, peut-être que cette fois-ci..., là, je n'avais pas le moindre doute sur le fait que cet homme ne convenait absolument pas à Alice. Je sentis une odeur de vase qui montait du caniveau.

On aurait dit que j'étais attendue. J'avais encore le doigt sur la sonnette que la porte s'ouvrit. Sans même répondre à mes salutations, madame Simonian dit : « Non ! C'est impossible ! Émilie ne supporte pas de manger à l'extérieur. Maintenant, elle doit faire la sieste. » J'aperçus à travers la porte Émilie en pleurs.

En rentrant chez moi, ma mauvaise conscience me faisait des reproches : tu es mécontente ? Tu passes tous leurs caprices à tes enfants ! Je répondis : que ça me serve de leçon !

« Je n'ai pas envie d'aller au club, déclara Armen.

— Bravo ! Tu n'as qu'à rester pour apprendre tes leçons ! »

Ma réponse le fit bondir dans la voiture avant tout le monde.

Nous nous assîmes à l'arrière, ma mère, Alice et moi, Armineh dans les bras d'Alice. Arsineh consentit à s'asseoir à l'avant, entre Artosh et Armen, à condition qu'Armen veuille bien ne pas l'embêter.

De Bavardeh nord à Bereym, les jumelles boudèrent sans dire un mot. Armen prenait une leçon de conduite avec son père tandis que ma mère et Alice se querellaient pour savoir quand commençaient le grand et le petit jeûne avant la prochaine fête de Pâques. « De toute façon, dit Alice, on n'est pas encore à Pâques, et moi de toute façon je ne jeûne pas. L'an dernier j'ai jeûné pour des générations !

— Il faut que tu jeûnes ! insista ma mère.

— Non ! Je ne le ferai pas !

— Pas de "je ne le ferai pas" qui tienne, il faut que tu jeûnes !

— Je ne jeûnerai pas ! »

Comme une chatte furieuse, ma mère siffla en pinçant violemment Alice au coude. « Aïe ! » cria Alice sous les rires des jumelles qui en oublièrent de bouder. Les disputes sérieuses ou légères de ma mère avec Alice étaient le meilleur moyen de les faire rire.

11

Devant la porte du club, Alice me chuchota au creux de l'oreille : « Je t'en prie, invite-les. »

Poussant un profond soupir, je répondis aux salutations de monsieur Saadat, le directeur du club. Je lui demandai des nouvelles de son épouse qui venait d'accoucher d'un quatrième deux semaines plus tôt. Comme d'habitude, Artosh lui serra la main. Comme d'habitude, cela me fit le plus grand plaisir. Je voyais très rarement les autres membres du club se comporter ainsi avec le directeur.

« Oh ! Mimi ! » s'écrièrent les jumelles en courant vers une fillette maigrelette qui était dans la même classe qu'elles. Elle s'appelait Margarita mais sa mère insistait pour qu'on l'appelât Mimi. Encore très récemment, elle habitait Bavardeh nord avec ses parents. Quand ils étaient plus petits, mes enfants étaient terrifiés par le père de Mimi, alias Margarita, un géant à la barbe foisonnante. Ils l'appelaient « le gollire ». J'avais su par Artosh que le « gorille » avait eu une promotion, un nouveau *grade*[7], comme disent les gens d'Abadan. Ils avaient déménagé à Bereym. Combien de fois, quand ils habitaient Bavardeh, Margarita était rentrée chez nous avec les jumelles après l'école. Elle restait jusqu'à ce que sa mère vînt la

7. En anglais dans le texte.

chercher, souvent très tard, murmurant de vagues excuses du genre : « Pardonnez-moi, je suis en retard, j'ai été retenue. » Tous les Arméniens d'Abadan savaient ce qui retenait la mère de Margarita : le jeu et le Milk Bar, un café qui venait d'ouvrir.

Alice me prit la main et m'entraîna. « Viens ! »

Je n'avais pas besoin de lui demander où. Partout où nous allions, son premier souci était de trouver une glace pour vérifier que sa coiffure n'était pas défaite et que son rouge à lèvres n'était pas parti. Nul besoin non plus de lui demander pourquoi je devais l'accompagner. Il était inconcevable qu'Alice se rendît seule aux toilettes.

Nous y trouvâmes Juliette, la mère de Margarita, qui refusait qu'on l'appelât autrement que Joujou. Elle était en train de se recoiffer. À côté de son sac, posé sur le bord du lavabo, j'aperçus une bombe de laque. La dernière fois que nous nous étions rencontrées lors d'une soirée du Boat Club, elle avait les cheveux châtains. À présent, ils étaient rouges, de la même couleur que son rouge à lèvres.

Elle se retourna en nous apercevant dans la glace. Nous salua vaguement : « Comme c'est curieux de vous retrouver ici ! » Cette phrase courte en disait beaucoup plus long : « Vous qui habitez Bavardeh du fait de votre position sociale peu élevée, que faites-vous donc au club Golestan, réservé aux gens de Bereym, qui font partie de la haute ? »

Alice poussa un grand soupir. Je compris aussitôt,

en la voyant se rengorger, qu'elle était sur le point de passer un savon à la mère de Margarita, « lavage, essorage et étendage » selon son expression. Elle jeta tout d'abord un coup d'œil dans la glace pour s'assurer que sa coiffure était en ordre et son rouge à lèvres en place, puis, avant que je n'aie pu réagir, elle demanda : « Excusez-moi Juliette, pouvez-vous me rappeler quel est le *grade* de votre mari ? »

La mère de Margarita dressa les arcs de ses sourcils : « Joujou ! Quinze. Pourquoi ? »

Alice eut un sourire : « Comme c'est drôle ! Alors il lui reste encore trois *grades* à monter pour atteindre le niveau de mon beau-frère ! » Puis me prenant par le bras elle ajouta : « Pouah ! J'étouffe avec cette odeur de laque. Viens Clarisse. »

Quand nous fûmes sorties des toilettes, je dis à Alice : « C'est quoi ces salades ? Artosh et son mari ont le même *grade* ! » Alice lâcha mon bras pour saluer quelqu'un. « J'ai bien fait. Comme ça, cette guenon évitera de jeter à la figure des gens la connerie de *grade* de son gorille ! Si le Professeur voulait bien arrêter de jouer les *camarades*[8] et venir habiter à Bereym comme tout le monde, nous ne serions pas obligées de supporter les réflexions grinçantes de tous ces nouveaux riches. À propos, tu te souviens de ce que je t'ai demandé avant d'entrer ? Tu vas les inviter ? » Soudain, elle eut un large sourire : « Bonjjjour ! » dit-elle en se

8. En russe dans le texte.

dirigeant vers un couple que je ne reconnaissais pas. Je me souvenais fort bien de ce qu'elle m'avait dit en entrant, et je n'avais pas besoin de lui demander qui elle voulait que j'invite.

Artosh parlait avec le maître d'hôtel à l'entrée du restaurant. En le rejoignant, je jetai un coup d'œil dans la salle de réunion dont les portes étaient grand ouvertes. Sur sept ou huit rangs de chaises étaient assises une quarantaine de femmes qui tournaient le dos à la porte. Face à elles, à une table recouverte d'un drap vert et décorée d'un vase d'asters, une femme donnait une conférence. Je la reconnus aussitôt à son gros chignon attaché par un nœud papillon. C'était madame Nourollahi. Chaque fois je me demandais comment elle réussissait à faire tenir sur sa tête un chignon pareil. Armen avait l'habitude de dire des rubans que madame Nourollahi nouait sur son chignon, et qui étaient toujours du même ton que sa robe : « C'est la marque de fabrique de la secrétaire de papa. » Moi je le grondais, mais ça faisait rire Artosh qui ajoutait : « C'est une femme compétente. Peut-être un brin bavarde, parfois trop emportée. »

« Arrête ! » dis-je à Armen qui tirait sur les cheveux d'Arsineh. Et je pris la main d'Armineh qui s'élançait à la rescousse de sa sœur.

« Il n'y a pas de table de libre, dit Artosh. Il faut attendre une demi-heure. » Puis, se tournant vers Armen : « J'ai cru entendre que tu voulais perdre contre moi quelques parties de ping-pong. » Armen sourit : « Certainement pas ! J'ai l'intention de gagner. » Les jumelles se mirent à trépigner : « Celui qui perd offre des glaces à tout le monde après le déjeuner ! » Artosh prit les jumelles par la main et accompagna Armen aux tables de ping-pong. « Je vous attends ici, alors ! » dis-je dans l'indifférence générale.

J'aperçus ma mère et Alice en train de bavarder avec un couple de cousins éloignés. Je n'avais aucune envie de les voir ni l'un ni l'autre. Ils faisaient partie d'un groupe religieux, les Fidèles de Marie, et ils ne cessaient de faire leur propagande pour que je participe à leurs assemblées. Pour éviter de croiser leur regard, je me plongeai dans la lecture des annonces affichées dans la salle de réunion : *Femme et liberté, conférence de madame Parvine Nourollahi, 11 h 30.* Je regardai l'heure. Il était presque 12 h 30. Probablement, la conférence touchait à sa fin. J'entrai dans la salle. Je n'avais jamais réalisé jusque-là que le prénom de la secrétaire d'Artosh était Parvine.

Je m'assis sur la première chaise libre. Deux femmes assises à côté, l'une âgée, l'autre plus jeune, me regardèrent. Elles accompagnèrent d'un sourire un petit geste de la tête. La dame plus âgée mangeait des cacahuètes qu'elle prenait dans un sachet posé sur ses genoux tandis que la plus jeune mâchait énergiquement son chewing-gum. « Je vous le répète, dit madame Nourollahi, la première revendication, le premier but des Iraniennes, c'est le droit de vote. »

La dernière fois que nous avions reçu Nina et Garnik, ce dernier était entré dans une longue discussion avec Artosh. Finalement Garnik avait conclu en disant : « Pourquoi devrions-nous nous mêler de cette histoire ? » Artosh avait rétorqué : « Sommes-nous iraniens, oui ou non ? » À quoi Garnik avait répliqué : « Sommes-nous arméniens, oui ou non ? » Et Nina avait ajouté : « Le droit de vote, pour quoi faire ? »

Madame Nourollahi avait une voix frêle, qui traînait sur les fins de phrase. « Je rappellerai en conclusion tous les efforts déjà accomplis dans cette direction. De nombreuses voix de femmes se sont élevées. Le problème, c'est que ces voix étaient discordantes, divergentes, disharmonieuses… »

La dame plus âgée se pencha vers moi en souriant pour m'offrir des cacahuètes. Je lui rendis son sourire en refusant d'un geste de la main. La jeune femme était entièrement concentrée sur la conférence, dodelinant de la tête au rythme de son masticage. Madame Nourollahi poursuivait : « Permettez-moi de finir en beauté en vous citant ces quelques vers. » Je me souvins que j'avais oublié de ranger les draps repassés dans le tiroir de la commode de ma chambre.

Réveille-toi ma sœur
Dans ce monde où les Djamileh[9]*, de leur propre sang*
Gravent le mot liberté sur le livre de l'Histoire

9. Célèbre danseuse.

La femme n'est point seulement lèvres vermeilles et
[regards langoureux.

La dame âgée dit à la plus jeune assez fort pour que je l'entende moi aussi :

« Elle ne veut pas parler de notre Djamileh à nous ?!

— Non maman ! Tu ne comprends rien à rien ! » grogna-t-elle en se trémoussant d'impatience sur sa chaise. La main de la vieille dame s'immobilisa dans le paquet de cacahuètes.

« Pourquoi ne comprendrais-je pas ? Je comprends même très bien ! »

Le bruit des applaudissements couvrit le froissement du sachet de cacahuètes.

Les femmes se levèrent. Se mirent à papoter. Félicitèrent madame Nourollahi. Quelques-unes se dirigeaient déjà vers la sortie. Au-dessus de toutes les têtes émergeait le chignon de la conférencière. Je pris congé des deux dames avant de sortir.

Artosh et les enfants attendaient à l'entrée du restaurant tandis que ma mère et Alice étaient toujours en conversation avec le couple des Fidèles de Marie. Je fis un geste du côté d'Alice pour lui dire que nous étions au restaurant et nous suivîmes tous en chœur le maître d'hôtel qui nous invitait à entrer. Artosh avait raison. Madame Nourollahi était une femme compétente. Je savais qu'elle était mariée et qu'elle avait trois enfants. Comme moi. Avec ça, elle travaillait et trouvait encore le temps pour des activités sociales. Moi, qu'est-ce que je faisais en dehors de mes tâches ménagères ? Je saluais à mon tour le maître d'hôtel en me répétant : madame Nourollahi est une femme compétente.

Comme tous les vendredis, la salle à manger du club Golestan était bondée, et comme d'habitude pleine de gens que nous connaissions. Fort heureusement, nous étions assis à une table assez éloignée de celle de Margarita et de ses parents. Ma mère et Alice nous rejoignirent. Ma mère était en train de dire : « N'importe quoi ! C'est un couple tout à fait convenable.

— Je n'ai pas dit qu'ils n'étaient pas convenables. J'ai dit qu'ils étaient bavards.

— En revanche, ils ont un intérieur remarquablement tenu. »

Alice regarda les jumelles en louchant : *« Dakhlin var*[10] *?!»* Les jumelles éclatèrent de rire.

Nous commandâmes les kebabs et le riz. Ma mère répéta trois fois à Artosh de demander au garçon de bien faire griller son kebab et d'emporter ces œufs ridicules. « Non ! protestèrent Armineh et Arsineh, on veut jouer avec la farine. » Je donnai le plat de farine avec les œufs au garçon : « Merci, nous ne prenons pas d'œufs. » Tous les vendredis, toutes les tables de la salle à manger recevaient un plat creux rempli de farine dans laquelle étaient disposés des jaunes d'œufs dans une demi-coque. S'amuser avec la

10. En turc azéri : « Quel rapport ?! »

farine et les œufs était le jeu favori des jumelles. Une fois, les jaunes d'œufs s'étaient renversés sur la table et le garçon avait dû changer non seulement la nappe blanche mais le molleton vert qui était dessous. Ma mère avait horreur de manger du jaune d'œuf avec le kebab.

Alice prit un morceau de pain. Son regard fit le tour de la salle et elle commença : « Tu as vu la femme du docteur Salehi-Fard ? » Il était chef du service de chirurgie à l'hôpital. Il venait juste de se marier. Je compris que c'était l'homme à qui Alice avait fait signe et la femme qu'elle avait embrassée en arrivant. « Avec sa gueule d'épouvantail, tu as vu le mari qu'elle a trouvé ? Regarde-moi la femme de Dolatarian. Je ne vois pas ce qu'on lui trouve d'élégant. C'est un chapeau ce qu'elle a sur la tête ? Un vrai pot de chambre. Elle s'imagine qu'il suffit de mettre un chapeau pour s'appeler Jacqueline Kennedy ! » La femme dont parlait Alice était la mère d'un camarade de classe d'Armen qui avait reçu de lui une belle déculottée pour avoir traité Armineh et Arsineh de pouliches de trait.

« Tu ne manges pas ? dit Alice à Armen en lui servant de la salade, les yeux rivés sur la porte d'entrée. Oh oh ! Que font donc ici Mania et Vazguen ? Les torchons et les serviettes ? » Mania était la professeur de dessin des jumelles et Vazguen Hayrapetian, le directeur de l'école. C'était un jeune couple sans enfants qui ne pensait qu'à leur école et à leurs élèves.

Ils se dirigeaient vers notre table.

Je demandai aux enfants de se lever devant leurs maîtres. Artosh se leva aussi pour les saluer et les invita à s'asseoir avec nous. « Juste quelques minutes ! dit Vazguen. Nous sommes invités par monsieur Khalatian, autrement notre place n'est pas au club Golestan.

— Je vous en prie ! » dit Alice en essayant d'éviter mon regard.

Mania engagea la conversation avec ma mère et Alice et refit sa plaisanterie habituelle au sujet des jumelles : « Vous êtes des sœurs ou bien des décalcomanies ? » Vazguen se tourna vers moi : « J'ai terminé la traduction dont je vous avais parlé. Auriez-vous le temps de la lire ? Je vous serais très obligé. »

Vazguen et Mania éditaient la revue *Lousaber*[II], un mensuel pour enfants. J'avais traduit plusieurs contes et poèmes pour cette revue et parfois Vazguen me demandait de faire une relecture avant impression. « Quel livre, Mama ? » demanda Arsineh quand ils eurent quitté notre table. « Quel livre ? » répéta Armineh.

Un jour où j'avais dû aller à l'école, suite à une bagarre d'Armen, madame Dolatarian (joliment pomponnée, dans un tailleur vert olive et une coiffure genre concombre) avait donné raison à Armen, et moi à son fils ; toutes les deux nous avions obligé nos

II. Nom arménien d'un périodique qui signifie « lumineux ».

enfants à s'excuser mutuellement. C'est alors que Vazguen avait parlé de l'histoire du *Petit Lord Fauntleroy*[12] qu'il était en train de traduire en arménien. « Le Petit Lord quoi ? » avait demandé Alice en riant.

« Mania est vraiment incomparable ! dit ma mère. Avec tout ce qu'elle fait, si tu voyais comme sa maison est bien tenue. Toujours impeccable. Un vrai bouquet de fleurs ! Voilà une femme. » Armen prit la tomate qui était dans son assiette pour la mettre dans celle d'Arsineh qui fit la grimace. Armineh se mit à grogner : « Tu as encore pris nos assiettes pour une poubelle ?! »

Artosh prit la tomate et la mit dans son assiette. « Vazguen, en plus de toutes ses occupations, trouve encore le temps de faire des traductions ! Pourquoi n'en fais-tu pas autant ? » Je le regardai un instant. Il me souriait. « Où trouverait-elle le temps ? intervint ma mère. Voilà bientôt six mois qu'elle n'a pas lavé les rideaux des chambres ! Dis-le si je mens ! » ajouta-t-elle en me regardant fixement.

Je découpai les kebabs des jumelles. Était-ce le sourire d'Artosh ou bien le ton qu'il prenait qui me ramenait à l'époque de nos fiançailles ?

12. *Little Lord Fauntleroy*, roman pour enfants de Frances Hodgson Burnett.

12

Les enfants étaient à l'école et Artosh au bureau. J'avais fait les chambres, la poussière. Le dîner mijotait sur le gaz. Le téléphone sonna.

« Si je ne téléphone pas, aucune chance que tu prennes de mes nouvelles ! » C'était Nina.

Avant même d'avoir pu dire que je pensais à elle depuis plusieurs jours, que je voulais lui téléphoner, mais que je n'en trouvais pas le temps, Nina m'ôta les mots de la bouche en riant : « Ne t'excuse pas ! Je sais bien que tu es occupée. Tu es si méticuleuse, ta mère si pointilleuse, et Artosh a un si mauvais caractère ! »

Ce qu'il y avait de bien avec Nina, c'est qu'elle ne se fâchait jamais de rien. « Quand je me mets à la place des autres, disait-elle, je leur donne raison. » Pour Nina, les autres avaient toujours raison. Personne n'avait tort. Nul n'était méchant, ou mal intentionné... Mais pourquoi donc disait-elle qu'Artosh avait mauvais caractère ? Pourquoi cette opinion était-elle largement partagée par tout mon entourage ?

Je changeai de sujet. Lui demandai des nouvelles de Sophie et de Garnik, et de leur fils Tigran, qui avait été accepté à l'université de Téhéran. Nina prit des nouvelles de mes enfants, d'Artosh, de ma mère et d'Alice. Puis elle me parla d'elle-même. Elle était contente de sa nouvelle maison. Elle avait des voisins plutôt sympathiques. Celui qui habitait la maison mitoyenne était un Hollandais célibataire qui mesurait deux mètres de haut et n'avait pas plus de cervelle qu'elle-même ! Au milieu de ses éclats de rire elle raconta que son voisin hollandais prenait des bains de soleil à trois heures de l'après-midi sur la pelouse ; que sa voisine juive d'en face lui demandait tous les vendredis soirs de venir allumer la lumière dans leur cour ; qu'elle ne connaissait pas encore les autres voisins…

Un des défauts de Nina, c'est qu'elle était bavarde. En particulier au téléphone. Je surveillais d'un œil mon dîner sur le gaz. « Nina, mon dîner est sur le feu…

— Oh ! fit-elle, excuse-moi. J'ai complètement oublié pourquoi je te téléphonais. Venez tous à la maison jeudi soir. Dis-le aussi à ta mère et à Alice. Non ! reprit-elle en riant, je leur téléphonerai moi-même de peur qu'Alice ne s'en montre offusquée. La nièce de Garnik arrive de Téhéran pour quelques semaines. La pauvre vient juste de divorcer. J'aimerais que tu la voies. Elle a un comportement très semblable au tien. N'oublie pas. Jeudi. Venez tôt pour que les enfants puissent jouer ensemble. Sophie a très envie de voir les jumelles. Comme si ça ne leur suffisait pas de passer toute la journée ensemble à l'école ! » On s'est dit au revoir, finalement.

Je posai le récepteur. Allai dans la cuisine pour remuer mon plat et éteindre le gaz. Le téléphone sonna de nouveau. Je revins vers l'entrée.

« Je n'imaginais pas que vous pouviez être comme toutes ces femmes pendues au téléphone. » Un de mes défauts, c'était que je n'avais pas de présence d'esprit pour répondre du tac au tac. Une réflexion déplacée me laissait sans voix. Je restai muette tandis que madame Simonian poursuivait. « L'autre soir, vous m'avez promis de m'envoyer cette bonne femme. Je n'ai rien vu venir. Je n'aime pas les promesses en l'air. »

Ma difficulté à répondre aux gens et à leur résister avait tout de même ses limites. Je poussai un long soupir, enroulai le fil du téléphone autour de ma main et d'une voix plus forte que d'habitude je répondis que premièrement, Ashkhen n'était pas une bonne femme, mais une personne tout à fait respectable qui travaillait pour gagner sa vie ; deuxièmement, elle n'avait pas le téléphone et il fallait que j'attende samedi qui était son jour à la maison ; troisièmement…

Madame Simonian me coupa : « Nous sommes samedi aujourd'hui. »

Je fus désarçonnée. « Elle m'a téléphoné hier pour me dire qu'elle ne pouvait pas venir aujourd'hui parce que… »

Elle me coupa encore : « Vous venez de dire qu'elle n'avait pas le téléphone. »

J'étais sur le point d'éclater. « C'est son fils qui a téléphoné. »

Elle marqua une pause, puis changea de ton. « Bon,

alors, je vous en prie, n'oubliez pas... Je vous ai mis de côté un pot de chutney. »

J'étais muette d'étonnement. Je n'arrivais pas à comprendre ces volte-face. Je lui dis que je parlerais à Ashkhen, je remerciai pour le chutney et raccrochai en pensant qu'il fallait que je dise d'abord à Ashkhen à quel genre de phénomène elle aurait affaire.

13

La professeur de piano des enfants était une Anglaise blonde à la peau blanche. Elle était mariée à un Iranien. Mais après des années passées en Iran, elle parlait le persan encore plus mal que nous autres Arméniens. Avant de commencer sa leçon, elle me demanda : « Le numéro de téléphone de moi vous avez donné à ma'am... ma'am... Comment elle s'appelle ? Votre voisine.

— Simonian ! »

Elle passa une main sur son front couvert de taches de rousseur. « Oh ! Simonian. Aujourd'hui, elle a téléphoné. Elle est une dame touès étouange ! Elle m'a demandé venir accorder son piano. Je lui ai répondu moi n'est pas accordeur de piano. Elle parlait très vulgaire. » Elle haussa ses fines épaules et ses sourcils blonds, remua en l'air ses doigts aux ongles rouges en dirigeant les enfants vers la pièce où était le piano.

Je m'assis toute honteuse dans le salon, comme si j'avais commis moi-même une mauvaise action. En attendant la fin de la leçon, j'observai les fauteuils recouverts de tissu à carreaux, les rideaux à fleurs, les bibelots, l'argenterie et les porcelaines. Intérieurement, je me faisais des reproches : qu'est-ce que ça peut te faire ? Tu n'es pas responsable des crasses des autres. Artosh a bien raison. Il faut fréquenter cette famille le moins possible. Mon regard fit le tour de la pièce. Faire le ménage avec tous ces objets devait prendre un temps fou.

Durant le trajet de retour dans l'autobus, j'essayai de faire comprendre aux jumelles pourquoi elles ne devaient pas chercher à voir si souvent Émilie. « Elle doit travailler plus dur que vous à l'école. Et puis, j'ai l'impression que sa grand-mère n'aime pas trop la voir sortir de chez elle. Chacun a ses habitudes. Il faut les respecter. »

Arsineh chassa une boucle de cheveux qui lui barrait le front en soufflant dessus. « Oui, mais Émilie est notre amie. Nous l'aimons beaucoup. »

Armineh posa son livre de musique sur le siège du bus pour prendre la main de sa sœur. « Tous les jours, elle nous répète qu'elle n'a qu'une envie, c'est de venir chez nous. »

Je pensai à la pauvre Émilie. Moi aussi, à sa place, je n'aurais eu qu'une seule envie : quitter ma prison et ma geôlière.

« On va au *Store* ? demanda Armineh.

— Acheter des Smarties ? » précisa Arsineh.

Nous descendîmes à l'arrêt de bus devant le *Store*.

À l'intérieur du magasin régnait la même bonne odeur fraîche que d'habitude. Les jumelles se précipitèrent vers le rayon des bonbons.

« Un caddie ou un panier ? demanda la vendeuse.

— Un panier, s'il vous plaît. »

Le panier à la main, je me dirigeai tout droit vers le rayon des produits ménagers. J'y trouvai une femme appuyée sur la barre de son chariot, le regard perdu dans les crèmes et les savons. Son chariot était rempli de chocolats Cadbury. Nous nous adressâmes un sourire mutuel. Elle se sentit obligée de s'expliquer en riant : « Je fais une provision de chocolats pour les offrir aux Téhéranais qui ne savent pas ce que c'est ! » Je me mis à rire à mon tour. Elle ajouta : « Ils veulent aussi des savons et des crèmes. Je ne sais pas quel savon choisir. » Je pris deux savons Vinolia et les jetai dans mon panier. « Moi j'offre toujours des Vinolia. » Elle en prit quatre paquets qu'elle mit dans son chariot ainsi que quelques pots de crème Yardley pour les mains. Elle me dit au revoir en poussant péniblement son chariot tandis que je déposai une crème Yardley dans mon panier.

Je fis un tour dans le magasin. Pris deux paquets de biscuits Nice, ceux qu'Artosh aimait bien, ainsi que

13. Huile de foie de morue parfumée à l'orange.

du sirop Haliborange[13] pour les enfants. Je retrouvai Armineh et Arsineh les bras chargés de chocolats.

« Tu nous as demandé de te rappeler…, commença Armineh.

— De prendre du pain et du lait au *Dairy* », compléta Arsineh.

Je leur ordonnai de rapporter la moitié des chocolats dans le rayon. Puis nous sortîmes du magasin et allâmes au kiosque à côté ou, comme disent les gens d'Abadan, au *Dairy*, acheter du pain et du lait.

Quand nous arrivâmes à la maison, assommées par la chaleur, nous vîmes la voiture d'Artosh dans le garage.

« Formidable ! s'écria Armineh, papa est déjà là.

— Papa est là ! reprit Arsineh, c'est formidable ! »

Des bruits de voix parvenaient du salon. Armineh posa ses partitions sur la table du téléphone. « On a des invités ? » J'allais faire la réflexion que la place d'une partition n'était pas sur la table du téléphone, quand Arsineh me devança en la retirant prestement : « On a des invités ? »

Je me demandais qui cela pouvait bien être. Alice, cette semaine, travaillait les après-midi. Ma mère s'asseyait toujours dans la cuisine. Armen était certainement dans sa chambre, faisant profiter tout le quartier de son tourne-disque Teppaz. « Ce sont peut-être des connaissances de papa, dit Armineh en me regardant.

— La Cadillac verte n'était pas dans le garage »,

ajouta Arsineh en prenant dans le panier des courses un paquet de Smarties.

Armineh fit semblant de se gratter la barbe pour imiter Artosh. « À propos, j'ai oublié de te dire, j'ai invité quelques connaissances. » Arsineh éclata de rire, mais s'arrêta aussitôt avant que je n'aie le temps de la rabrouer.

Les « connaissances » étaient trois messieurs d'un certain âge qui venaient de temps en temps à la maison. Ils n'étaient pas arméniens. Au lieu de s'installer dans les fauteuils, ils s'asseyaient autour de la table de la salle à manger. Ils me remerciaient plusieurs fois de suite quand je leur servais le thé. Artosh fermait la porte derrière moi. Pendant une ou deux heures, je n'entendais plus que des chuchotements.

Armineh se tourna vers sa sœur et se mit à imiter l'un des messieurs, le plus grand des trois, qui parlait en hachant les mots. « Ex-cu-sez-moi ! Est-il pos-si-ble de ranger la Ca-dil-lac dans le ga-rage ? » La première fois qu'ils étaient venus, l'homme avait demandé la permission de garer sa Cadillac verte dans le garage, parce que le soleil abîmait la peinture. C'était devenu une habitude. Et chaque fois, même le soir, quand il n'y avait plus de soleil, il garait la Cadillac dans le garage dont il poussait les deux battants.

Furieuse contre Artosh qui avait encore oublié de me prévenir qu'il avait des invités, je grondai : « On se lave les mains et la figure et on fait ses devoirs. » Je me dirigeai vers la cuisine tandis que les jumelles se précipitaient dans leur chambre.

J'avais plusieurs fois observé la Cadillac verte garée au soleil, devant la boutique de Shahandeh. Je l'avais fait remarquer à Artosh qui s'était contenté de hausser les épaules. « Eh bien ? Il n'y a pas d'endroit pour se garer à côté de Shahandeh. »

Je me mis à ranger mes emplettes dans les placards. J'ignorais le nom de ces messieurs et ne tenais pas à le connaître. Une fois, j'avais demandé à Artosh si le fait qu'ils venaient chez nous n'était pas dangereux, il m'avait répondu de ne pas m'inquiéter. Ils ne faisaient que bavarder. Je rangeai les pains dans la panetière en grognant : « Ils ne font pas que bavarder. » J'entrai dans le salon.

J'y trouvai, au lieu de ces « connaissances », comme disaient les jumelles, Émile Simonian qui se leva dès qu'il me vit entrer. Il me tendit la main en me saluant. Je tendis la mienne mais la retirai aussitôt. Le pot de crème Yardley était sur la table de la cuisine. Nous nous demandâmes de nos nouvelles. Je lui proposai un café.

En attendant que le café soit prêt, je me lavai les mains sous le robinet de l'évier, ouvris le pot et m'en passai sur les mains. Je revins vers le salon avec le plateau du café en me demandant : comment se fait-il qu'Artosh ait invité Émile à la maison ?

« Savais-tu, dit Artosh, qu'Émile est redoutable aux échecs ? »

Je retins ma réponse en me souvenant de notre

voyage de noces à Ispahan et Shiraz. Artosh avait patiemment essayé de m'apprendre à jouer aux échecs, sans succès.

Émile Simonian, sa tasse de café à la main, se tourna vers la fenêtre : « Quels rideaux magnifiques ! »

J'avais brodé moi-même le bas des rideaux. J'étais fière de mon œuvre. Mais en dehors de ma mère qui avait déclaré que j'avais aussi bon goût qu'elle, personne n'avait jamais fait le moindre éloge de ces rideaux. Je sortis de la pièce tandis qu'Artosh disposait les pièces sur le jeu d'échecs. Je demandai aux jumelles d'apporter leur cahier de dictée à la cuisine, à Armen de bien vouloir baisser le son du tourne-disque. J'étais en train de me demander quoi préparer pour le dîner quand les jumelles entrèrent en fulminant :

« Je n'ai plus mon cahier de dictée !

— Je ne trouve plus ma trousse ! »

Elles trépignaient :

« C'est la faute d'Armen !

— Oui, c'est Armen », répétai-je en me levant.

La porte de sa chambre était verrouillée, comme d'habitude. Au lieu de frapper, je tirai plusieurs fois violemment sur la poignée. « Tu as encore… » Une voix me coupa depuis l'intérieur : « Buffet du salon ! » Je m'éloignai vers le salon en criant : « Ma parole, tu es malade ou quoi ? »

Émile leva la tête. Par l'échancrure de sa chemise dont un bouton était défait, j'aperçus une fine chaîne en or. J'ouvris le buffet.

« Que s'est-il passé aujourd'hui ? demanda Émile à Artosh. Tout le monde est parti très tôt.

— Il y avait une conférence, répondit Artosh en se grattant la barbe, l'œil rivé sur son jeu. Pourquoi n'es-tu pas venu ?

— Une conférence ?

— Oui, la conférence de Pegov.

— Pegov ?

— L'ambassadeur d'Union soviétique.

— Ah oui ! »

Je pris trousse et cahier sur la pile d'assiettes dans le buffet puis retournai à la cuisine. J'étais en train d'égoutter les macaronis quand on sonna à la porte. C'était Émilie. Elle apportait un message de sa grand-mère. On attendait son père pour dîner. Émile bondit de son fauteuil. « J'ai oublié l'heure ! » Il avait le même air que sa fille le jour où sa grand-mère était venue la chercher. Artosh ressemblait à un enfant à qui on a retiré son jouet. Les jumelles le supplièrent : « Restez dîner avec nous ! » Sans me soucier des convenances et en toute innocence je me joignis à elles : « Pourquoi ne restez-vous pas ? Je vais téléphoner à votre mère. » Artosh renouvela l'invitation tandis que les jumelles me tiraient par la main jusqu'au téléphone. Armen se tenait dans l'encadrement de la porte de sa chambre.

Non seulement Elmira Simonian accepta que son fils et sa petite-fille restent dîner mais elle fut d'accord pour se joindre à nous. Après une victoire aussi rapide qu'inattendue, les jumelles bondirent de joie tandis qu'Émile et Artosh retournaient à leur jeu d'échecs. Pauvre innocente ! pensai-je en contemplant le sourire d'Émilie. Je tournais le dos à Armen et ne pus voir s'il était content ou non.

14

Ishy et Raiponce étaient accroupies sur leurs lits, les bras autour des genoux.

« Tu ne nous avais pas dit pourquoi la grand-mère d'Émilie est restée si petite, dit Armineh, mais nous, nous avons compris. » Et elle ajouta, très sérieuse : « Parce qu'elle n'a pas été vaccinée. » En effet, à chaque rappel de vaccin, ce n'étaient que supplications et menaces et, invariablement, j'expliquais aux jumelles que si elles n'étaient pas vaccinées, elles resteraient toutes petites !

Une demi-heure plus tard Artosh rit de bon cœur en m'entendant raconter cette histoire. Je m'assis à côté de lui. « Madame Simonian n'a rien à envier à Docteur Jekyll et Mr Hyde ! Au moment même où tu fulmines contre son égoïsme forcené, elle se met à faire tout le contraire pour t'être agréable ! Elle m'a raconté des histoires tout à fait drôles et vraiment, elle joue merveilleusement du piano. »

Après le dîner, Émilie et les jumelles s'étaient mises

au piano. Puis madame Simonian avait joué tous les exercices difficiles des enfants et, à la fin, tous les airs qu'elles voulaient en finissant par des airs arméniens anciens. Je suppose qu'Armen ne remarqua même pas que les pieds de madame Simonian n'atteignaient pas les pédales.

Artosh se mit à bâiller. « Ce ne sont pas de mauvaises gens, et puis Émile est un as aux échecs.

— Comment s'est terminée votre discussion politique ?

— Par rien du tout, dit-il en joignant les mains derrière la nuque. Émile évolue dans son monde à lui.

— Quel monde ? dis-je en ramassant une coque de pistache sur le tapis.

— Je n'en sais rien, répondit-il en baissant les bras et en se grattant la barbe. Un monde de légendes et de poésie. »

Je fis passer la coque de pistache d'une main dans l'autre. « J'ai eu beau lui enseigner le piano, m'avait dit madame Simonian, il n'a jamais voulu apprendre. En revanche, il n'allait pas encore à l'école qu'il lisait déjà des livres et récitait des poèmes. » Je jetai la coque de pistache dans le cendrier. « Et alors qu'y a-t-il d'anormal à lire des livres ? »

Il étendit les jambes sur la table basse et fixa l'écran muet du téléviseur. « Absolument rien. À condition que ce soient des lectures utiles, qui vous guident, qui vous instruisent, pas seulement des distractions. »

J'enroulai une mèche de cheveux autour de mon doigt. « Alors, tous ceux qui lisent des livres et aiment la poésie ne sont pas sur terre ? » Artosh bâilla. « Avec des histoires et des poèmes on ne gagne pas sa vie. À propos, madame Nourollahi voudrait te parler. Elle m'a dit qu'elle te téléphonerait. »

Que pouvait bien me vouloir madame Nourollahi ? Madame Simonian m'avait dit qu'une revue très importante avait publié certains poèmes d'Émile. Un de ses récits avait été primé. Que me voulait madame Nourollahi ? « Finalement, reprit Artosh, tu as compris qui était derrière l'histoire d'Ishy et de Raiponce ? »

On les avait perdues après le départ des Simonian. Tous nos soupçons, comme d'habitude, s'étaient portés sur Armen. Mais cette fois-ci, au lieu d'arborer des sourires sardoniques avant d'avouer où il avait caché les jouets, il avait opposé d'énergiques dénégations. Il avait juré en pleurant tous ses grands dieux, par Jésus et Marie, que ce n'était pas lui. Finalement, Artosh avait retrouvé Ishy et Raiponce par terre, dans la cour, sous la fenêtre de la chambre des jumelles.

Je fis glisser la mèche de cheveux que j'avais enroulée derrière mon oreille. « Je ne pense pas que ce soit l'œuvre d'Armen. » Artosh enfonça la tête dans le dossier du fauteuil en fermant les yeux. À mon tour, je fixai l'écran noir du téléviseur. Était-ce possible que ce fût la fillette ? Artosh ouvrit les yeux, se leva en s'étirant : « J'éteins les lumières, ou tu le feras toi-même ?

— Non, c'est moi qui éteindrai. »

Après le dîner, alors que je débarrassais le couvert, Émile m'avait proposé : « Clarisse, voulez-vous de l'aide ? » Était-ce son offre qui m'avait le plus touchée, ou le fait qu'il m'appelât par mon prénom ? J'éteignis les lumières du salon. Avant de regagner ma chambre, j'allai placer au fond d'un des placards de la cuisine le bocal de chutney que m'avait offert madame Simonian ; c'était le placard où je rangeais tout ce dont je me servais rarement.

15

Alice s'assit à la table de la cuisine. Elle s'était fait couper les cheveux par franges successives qu'elle avait réparties comme elle pouvait. Sa tête ressemblait à un ballon. « Je sors de chez le coiffeur. » Je m'empressai de la féliciter. « C'est superbe ! Tu es allée chez Angèle ?

— Tu veux rire ! répondit-elle avec un sourire. Angèle est bien incapable de faire une coupe de cheveux. Je suis allée au salon Les Buis. Ils ont une coiffeuse qui arrive de Téhéran. »

Elle remarqua la vaisselle du dîner de la veille qui séchait dans l'égouttoir. Elle se hérissa : « Vous aviez du monde ? » Comme si elle avait demandé : « Vous avez tué quelqu'un ? »

Je commençai à ranger la vaisselle. Mon côté logique me suggéra pour la millième fois : inutile de donner des explications ! Dire simplement : « Oui, j'avais du monde à dîner. » C'est tout. Je rangeai la dernière cuillère dans le tiroir que je refermai en me retournant vers elle. « Oui. J'avais du monde. » Et je lui dis qui. Elle fit la grimace : « Pourquoi tu ne m'as pas avertie ? » Avant que je me rappelle qu'il ne fallait pas donner d'explication, mon côté timide prit le dessus : tout s'est décidé à la dernière minute. Et toi, hier soir, tu étais de service à l'hôpital.

Au lieu de grogner ou de se lancer dans des querelles, comme d'habitude, Alice prit une pomme dans le panier de fruits sans rien dire. Je m'assis en face d'elle, furieuse contre moi d'avoir donné des explications, et contre Alice qui n'avait pas fait d'histoire. Elle mangea sa pomme jusqu'au trognon : « Tu devrais leur dire de venir jeudi au dîner de Nina. »

J'essayai de penser à autre chose pour me calmer. J'observai les pots de fleurs derrière la fenêtre. Je n'avais jamais pu faire comprendre à ma sœur qu'il n'était pas convenable d'amener de sa propre initiative d'autres amis à une soirée où l'on était soi-même invité. Je ne pus la raisonner cette fois non plus. « Tu parles ! s'écria-t-elle en haussant les sourcils. Avec Nina, il n'y a pas de gêne à avoir. Mais bon ! Ce n'est pas très important. Ma décision est prise. Tu as une cigarette ? » J'allai lui chercher le paquet de cigarettes sans rien dire. Ainsi, ma sœur avait décidé d'entamer un régime. Je lui frottai une allumette.

Elle prit maladroitement une bouffée et rejeta la fumée. « Puisque notre mère n'est pas là, je peux sans crainte dire tout le mal que je pense d'Émile Simonian ! Tu sais, j'en ai un peu assez de rester seule à entendre maman ronchonner. Bon, il a déjà été marié ! Quelle importance ? Comme tu le dis toi-même, on ne peut avoir le beurre et l'argent du beurre ! Il est d'une bonne famille. Il a même fait de bonnes études. À quoi rêves-tu ? Tu vas te brûler ! Tu as l'air étonnée ? »

Je jetai vivement l'allumette totalement consumée dans le cendrier. Au téléphone, ma mère m'avait prévenue : « Si tu vois Alice, laisse-la parler sans discuter. Cette fois-ci elle est devenue folle. » J'avais imaginé qu'elles s'étaient probablement encore disputées. Mais à présent, je comprenais tout. Je me souvins de cette blague. Un homme dit : « J'ai décidé d'épouser la fille du roi. » On le prévient : « Le roi ne te donnera pas sa fille en mariage. » Mais lui, répond : « Moi, j'ai pris ma décision. Cinquante pour cent du problème est résolu. » Ma sœur avait décidé d'épouser Émile Simonian. De son point de vue, cent pour cent du problème était résolu.

Alice prit une autre pomme. « À la mort de sa mère, j'hérite de tous ses bijoux, dit-elle dans un éclat de rire. Le seul problème, c'est la fille. Mais tu dis que ce n'est pas une méchante enfant. Je n'ai aucune envie d'élever une enfant. Tu m'aideras, n'est-ce pas ? »

Après avoir ainsi tout coupé, comme disait ma mère, tout cousu et tout revêtu, elle se leva. « Bon ! J'y vais. J'ai déjà mon tailleur blanc, il me reste à trouver des souliers bleu marine. » Je commençais à avoir le tournis. Je crois que j'oubliai de lui dire au revoir tandis qu'elle partait le sourire aux lèvres.

Avant que je n'atteigne le couloir pour appeler ma mère, le téléphone sonna. Ma mère avait été plus rapide. « Je sais, je sais. Depuis hier soir, j'essaie de la raisonner. Peine perdue ! Plus tôt elle verra ce type, mieux ce sera. Peut-être que ça lui mettra un peu de plomb dans la cervelle. » Je raccrochai, furieuse contre ma mère. De quel droit traitait-elle Émile de « type » sans le connaître, ni même l'avoir jamais vu ?

J'allai m'asseoir à la table de la cuisine. Machinalement, je portai la main à mes cheveux et commençai à enrouler une boucle autour de mon doigt, puis à la dérouler, puis à l'enrouler de nouveau… Il n'était pas bien difficile d'imaginer la première rencontre d'Alice et d'Émile Simonian.

Dès la première demi-heure, ma sœur, hypermaquillée, dresserait une liste complète de ses qualités morales, de son cursus scolaire, de sa carrière. Elle aurait une opinion sur tout, de la cuisine à la tenue d'une maison, de la politique à l'économie mondiale. Puis elle évoquerait les nombreuses (mais imaginaires) demandes en mariage dont elle avait fait l'objet et qu'elle avait refusées. Elle terminerait par son voyage en Angleterre. Ma mèche de cheveux s'était vrillée comme un ressort. Je la rabattis derrière l'oreille avant d'en choisir une autre.

Le mariage d'Alice était mon souhait le plus cher. Je lui avais déjà présenté de nombreux partis. Mais ma sœur, comme si je lui avais tendu une coupe de poison, avait fait une horrible grimace. « Eh ! Mon cas est donc si désespéré que tu cherches à me trouver un mari ? »

Chaque fois que j'enroulais une mèche de cheveu autour de mon doigt, Nina me répétait : « Tu fais encore Louis XVI ! Laisse donc tes pauvres cheveux tranquilles. » Je laissai mes cheveux, me levai, allai d'une pièce à l'autre en cherchant la solution. En désespoir de cause, je fis le vœu que si ma sœur revenait à la raison, j'offrirais une journée complète de repas à l'hospice des personnes âgées.

16

Quand les enfants rentrèrent de l'école, ils étaient en compagnie d'Émilie.

Avant toute chose je lui demandai si elle avait prévenu sa grand-mère. Émilie opina du chef en baissant les yeux. Cette excessive timidité commençait à m'exaspérer.

« C'est nous qui sommes allées demander la permission à sa grand-mère, intervint Armineh.

— Émilie avait des difficultés en maths, ajouta Arsineh. Elle est venue demander de l'aide à Armen.

— Je reviens tout de suite », dit Armen avant que mon regard étonné ne l'interroge.

Il courut vers sa chambre. Je me dis que c'était le jour des surprises. Après la rédaction, ou au même niveau, Armen était l'ennemi juré des maths.

Au moment où les enfants réclamaient leur goûter, je réalisai que je l'avais complètement oublié. Je bredouillai une excuse. « J'ai été très occupée. Je n'ai rien eu le temps de préparer. » Les jumelles se tordirent le cou en écarquillant les yeux.

« Occupée à quoi ?

— Pourquoi n'as-tu pas eu le temps ?

— Il y a du pain et du fromage, coupai-je, impatientée. Mangez sans poser de questions. » Elles reculèrent d'un pas en se regardant tandis que la main sur le front je m'appuyai contre le mur en fermant les yeux.

Armineh s'avança pour me prendre la main. « Ça ne va pas ? » Arsineh prit mon autre main et répéta la question. J'avais très envie de répondre : « Non, ça ne va pas. » Je n'eus même pas le temps de me poser la question car on sonnait à la porte.

Je retirai mes mains de celles des jumelles et me dirigeai vers la porte en pensant : mon Dieu, faites en sorte que tout se passe bien. Comme si j'attendais une autre surprise. En ouvrant la porte je me dis en un éclair : je suis comme Alice au pays des merveilles. En d'autres circonstances, j'aurais bien ri de l'identité des prénoms de la petite héroïne et de ma sœur. Mais en cette circonstance, je n'étais pas en forme, et je n'eus pas envie de rire. C'était l'électricien de la Compagnie qui venait réparer les lampadaires de la cour. Un jeune homme que je n'avais encore jamais vu, très maigre, avec un bouton d'Alep au milieu de la joue.

Je l'accompagnai dans la cour pendant qu'il testait les lumières une par une. À chaque lampadaire, il s'arrêtait pour parler : il venait tout juste d'être embauché par la Compagnie des pétroles. Maintenant qu'il avait trouvé un bon emploi, il songeait à se marier. Sa mère l'avait fiancé à sa nièce. Il rêvait de sa cousine depuis qu'il était tout petit. Il finit par me dire : « Un des lampadaires fait court-circuit. » Ce que je savais déjà. Puis il ajouta que son tournevis testeur était cassé. Peut-être en avions-nous un ?

J'étais sûre que nous en avions un. Mais j'eus beau fouiller dans la caisse à outils, je ne le trouvai pas. Encore un coup d'Armen, sûrement. J'allai frapper à la porte de sa chambre. « C'est toi qui as le tournevis testeur ? » Il était assis à côté d'Émilie sur le bureau, les jambes pendantes. Ils descendirent aussitôt. Armen était tout penaud. « Non, il n'est pas chez moi. » En regagnant la cour, je me dis : drôle de façon d'étudier ses leçons. « N'est-il pas possible d'en emprunter un à vos voisins ? » demanda l'électricien.

Madame Rahimi était à Téhéran. À cette heure-là, monsieur Rahimi n'était certainement pas chez lui. Je n'étais pas suffisamment intime avec mes autres voisins pour oser leur emprunter quelque chose. « Si, répondis-je, attendez-moi une minute. »

Je traversai la rue pour sonner chez les Simonian. Émile n'était certainement pas encore rentré du bureau. Je priai intérieurement pour que sa mère ne soit pas de mauvaise humeur et qu'elle possède ce genre de tournevis. C'est Émile Simonian qui vint m'ouvrir. Il m'apporta le tournevis. Il tenait à m'accompagner. Peut-être l'électricien aurait-il besoin d'aide. Je ne comprends pas pourquoi je ne tentai pas de refuser, au moins par politesse, et que je ne m'étonnai pas non plus qu'il fût déjà rentré du bureau à pareille heure. Je me sentis mieux tout d'un coup. Je me souvins de ce qu'avait dit Alice. Après tout, ce n'était pas si bête.

17

Émile fut plus rapide que l'électricien pour découvrir la panne. Pendant tout le temps où il remuait les fils électriques, l'autre soudain au chômage parlait de son prochain mariage. Peut-être trouverait-il à se loger à Bahman-Shir, ou même à Pirouz-Abad. Si Dieu le voulait, ils iraient en pèlerinage à Mashhad, après la noce. Il finit par ramasser ses affaires et prendre congé, en ajoutant : « Avec un voisin comme monsieur l'Ingénieur, pourquoi nous téléphonez-vous ? » Il était déjà devant le portail quand je le rappelai : « Attends ! »

Je courus à la maison. J'ouvris le buffet de la cuisine pour prendre une boîte que je revins offrir à l'électricien. Il la regarda tout surpris. « Des chocolats du *Store* ! » Ses yeux étincelaient. « Donne-les à ta future épouse. » Il s'en alla tout heureux en me remerciant. Émile Simonian me regardait, les mains noires de crasse. Je lui proposai d'entrer pour se laver. Pendant ce temps-là, je préparai du sirop de Vimto que j'achetais au bazar des Koweïtiens et dont personne ne voulait à la maison à part moi.

En entrant dans la cuisine il promena son regard autour de lui en respirant l'odeur de ses mains. « Quelle bonne odeur de savon ! Quelle belle cuisine ! Quelle belle couleur de sirop ! »

Je ne sais pourquoi, mais l'odeur du savon Vinolia me rappelait mon père et le corridor sombre de notre maison de Téhéran.

Il s'assit à la table de la cuisine, le regard tourné vers la fenêtre. « C'est vous qui avez rajouté le rebord, n'est-ce pas ? La fenêtre de notre cuisine n'en a pas. »

Aucune des maisons de Bavardeh n'avait d'appui de fenêtre. Nous venions juste d'arriver à Abadan. J'étais enceinte d'Armen. C'était Agha Morteza qui nous en avait installé un.

Émile but une gorgée de sirop. Je m'attendais à ce qu'il le trouvât délicieux. Mais non. Son regard était toujours fixé sur la fenêtre. « On dirait que les pois de senteur ne se portent pas très bien. »

Agha Morteza avait passé ses mains calleuses sur l'appui de fenêtre encore plein de terre et de poussière de brique. « Ce rebord sera parfait pour des pois de senteur. Leur parfum est entêtant. » Je ne savais pas à quoi ressemblaient les pois de senteur. Je n'avais même encore jamais entendu prononcer ce mot. Une ou deux semaines après la naissance d'Armen, Agha Morteza était venu sans s'annoncer. Il avait sorti de son porte-bagages un pot de fleurs qu'il avait posé sur le rebord de la fenêtre. Il lui avait trouvé sa place en disant : « Des pois de senteur. Un modeste petit cadeau pour la naissance. » C'était la première fois que je contemplais ces petites fleurs bleues, roses et blanches. Comment Émile connaissait-il leur nom ? « Il faut que je change la terre, dis-je.

— Quand nous habitions à Masjed-Soleyman, dit-il après avoir bu son sirop, j'en avais planté dans la cour de la maison. J'ai commandé de la terre et du fumier pour notre jardin. Quand ils l'apporteront, je vous changerai votre terre.

— Ça c'est le travail du jardinier de la Compagnie. »

Il posa son verre sur la table. Sa chaîne s'était accrochée à un bouton de sa chemise. Il la dégagea. « J'aime bien remuer la terre et m'occuper des fleurs. Voir grandir ce qu'on a planté soi-même, c'est très gratifiant, non ? Bien sûr, ajouta-t-il en riant, je n'ai pas la main verte comme toi ! » Devant mon regard interrogateur, il ajouta : « Les jumelles m'ont dit que les fleurs que tu nous avais apportées l'autre jour venaient de ton jardin. » Je me sentis rougir. Était-ce le tutoiement, ou bien parce que je n'avais pas l'habitude de recevoir des compliments ?

« Vous connaissiez cet électricien ? » reprit-il. Il venait de repasser au voussoiement.

« Non. C'était la première fois que je le voyais. Il vient d'être embauché par la Compagnie.

— Alors, comment savais-tu qu'il allait se marier ? dit-il en observant la croix qui pendait à mon cou.

— C'est lui-même qui me l'a appris, répondis-je en redressant ma croix.

— Je sais pourquoi, ajouta-t-il en admirant les pois de senteur. Tout le monde a envie de se confier à toi. C'est facile de te parler. (Il me regarda.) On a l'impression qu'on te connaît depuis des années. »

Arsineh et Armineh surgirent en faisant des bonds. « On a fini nos devoirs. Émilie aussi a fini les siens ? »

Je réalisai qu'on n'entendait pas un bruit dans la chambre d'Armen depuis une bonne heure. J'allais me lever quand on vit arriver Émilie, ses livres et ses cahiers sous le bras. Armineh et Arsineh se pendirent chacune à un bras. « On joue à la dînette, ou bien à *ye ghol do ghol* ? »

Émilie se tourna vers son père. Celui-ci reposa son

verre sur le plateau après avoir bu une dernière gorgée de sirop. « Ta grand-mère est toute seule. Elle a une forte migraine. Peut-être vaudrait-il mieux... »

Armineh le coupa : « Eh bien, il vaut mieux que sa grand-mère se repose et qu'Émilie reste avec nous.

— Vous n'avez qu'à rester vous aussi, renchérit Arsineh. Comme ça la grand-mère va vraiment pouvoir se reposer. »

Émile me regarda en riant. « N'est-ce pas un peu trop abuser de vous déranger deux soirs de suite ? » J'étais sûr qu'il faisait des politesses. « Restez donc, lui dis-je. Je ne sais pas où est Artosh, mais il ne devrait pas tarder. » Je n'avais pas fini ma phrase qu'on entendit ronfler la Chevrolet dans la rue.

« Restez, oh oui, restez ! crièrent les jumelles en sautillant, les yeux rivés aux miens.

— Je vais téléphoner à madame Simonian. »

Nous savions tous désormais que non seulement Émilie, mais aussi son père avaient besoin de la permission de la grand-mère. Je répondis au bonjour d'Artosh qui subissait les assauts des jumelles, puis je composai le numéro en me demandant quelle serait la réaction d'Elmira. Celle-ci me sembla fatiguée, énervée. « Cela m'est égal. Qu'ils fassent comme bon leur semble », répondit-elle avant de raccrocher.

Je me mis à la cuisine. Je fis frire des pommes de terre et des rissoles de viande. Les événements de l'après-midi et la décision de ma sœur commençaient à s'estomper dans mon esprit. Pourquoi cela m'avait-il tant agacé ? Ce n'était pas la première fois qu'Alice prenait ce genre de décision. N'y avait-il pas eu ce docteur arménien de l'hôpital ? Le frère de cette amie de Téhéran ? La raison de mon énervement d'aujourd'hui c'était sans doute que… Mon côté inquisiteur prit le dessus : c'était quoi ? Je versai de l'huile dans la poêle. C'était que j'étais fatiguée. C'était… Je ne sais pas quoi. Émile jouait aux échecs avec Artosh dans le salon pendant que les enfants couraient bruyamment dans la cour.

Je retournai mes rissoles tout en pensant à Elmira Simonian. Ma mère m'avait parlé de la maison de son père comme d'un palais. Une soixantaine de pièces. Un immense parc. Une troupe de domestiques. La nurse qui s'était suicidée était anglaise. On racontait que cette femme, malgré sa taille de naine, avait eu une foule de prétendants européens, avant et après son mariage. Les plus beaux qui venaient à Ispahan se battaient pour la voir et se faire inviter aux réceptions qu'elle donnait.

Tout en pelant mes pommes de terre je me disais qu'on avait sûrement exagéré tout cela. Avec cette taille lilliputienne…

J'étais en train de m'imaginer madame Simonian dans sa jeunesse quand Armen et Émilie surgirent dans la cuisine, essoufflés et en nage. Armen prit la bouteille d'eau dans le réfrigérateur, servit d'abord Émilie puis lui-même. Les cheveux de la jeune fille étaient collés à son front, ses yeux étincelaient. Si la grand-mère, au même âge, ressemblait à sa petite-fille maintenant, alors...

Je rangeai dans le réfrigérateur la bouteille qu'Armen avait laissée sur la banque... Peut-être bien que tout ce qu'on raconte s'est réellement passé.

Je jetai les pommes de terre dans l'huile bouillante. Ma mère m'avait raconté quelle fête le pauvre père d'Elmira avait organisé pour les noces de sa fille : un orchestre de Téhéran, un cuisinier français, les plus vieux vins de chez Léon ; des invités de marque, les personnalités les plus en vue, des ambassadeurs étrangers. Tout en remuant mes pommes de terre, je réfléchissais combien, après la vie que ma mère m'avait décrite, la maison de Bavardeh devait lui sembler modeste. Je me remémorai ces pièces sombres à moitié vides, la nappe et les serviettes de table en lin qui avaient connu de meilleurs jours et avaient dû coûter fort cher en leur temps. Je me souvins de ces couverts en argent plus ou moins noircis par l'usure et la porcelaine ébréchée. Seuls les deux chandeliers à plusieurs branches gardaient encore leur lustre d'antan, ainsi que l'armoire en bois.

Tout en surveillant mes pommes de terre pour éviter qu'elles n'attachent, je laissais aller mon imagination. Où Elmira Simonian avait-elle utilisé pour la première fois la nappe de lin ? Dans sa maison de Calcutta ? Dans son appartement parisien situé face à Notre-Dame ? Je me souvins que la nappe tombait jusqu'à terre des quatre côtés de la table. Elle avait dû servir à une table bien plus grande. D'au moins douze personnes, avec des chaises aux dossiers recouverts de velours. L'hôtesse, aux cheveux très noirs, le visage maquillé, dans sa robe à col de tulle, portant boucles d'oreilles et parure de diamants, approchait de ses lèvres vermeilles une coupe de cristal ciselé. Ses yeux jetaient probablement les mêmes feux que sa petite-fille, quand elle buvait son eau il y a un instant.

En me disant « Quelle bonne odeur ! » Émile Simonian me tira de mes rêves sur la jeunesse de sa mère pour me ramener brusquement à mes patates en train de brûler.

« Oh ! » m'écriai-je en prenant à pleines mains la poêle brûlante sans la moindre précaution pour la poser sur la banque. Quand je la lâchai, je commençai tout juste à ressentir la brûlure. C'était une habitude de me brûler les mains en faisant la cuisine ou en repassant le linge. J'étais accoutumée à la douleur et cela m'arrachait rarement un cri. Mais cette fois-ci je ne pus m'empêcher de gémir. J'étais couverte de sueur.

« Malheureuse, qu'avez-vous fait ? » cria Émile qui me conduisit en me tenant par les épaules jusqu'à la table, me fit asseoir sur la première chaise venue et ajouta : « Voyons voir ! »

Assise sur ma chaise je me demandais pourquoi il m'avait encore donné du vous. La paume de mes mains rougissait à vue d'œil. Émile remplit un verre d'eau qu'il approcha de mes lèvres. « Ne t'inquiète pas. Je vais t'arranger ça en un instant. » Tandis qu'il reposait le verre sur la table avant de se précipiter hors de la cuisine, je remarquai qu'il était revenu au tu.

Le pire n'était pas tant la douleur, ni l'inquiétude de ne pouvoir rien faire pendant quelques jours – les repas du lendemain, la vaisselle, mille interrogations sans réponse – mais surtout les grognements d'Artosh qui était accouru, alerté par mes gémissements. Il était debout à côté de moi, ronchonnant comme il faisait d'habitude dans ce genre de circonstances. « Je t'ai dit cent fois de faire attention. Au diable les pommes de terre brûlées ! Pourquoi ne penses-tu pas à toi-même ? Avec cette chaleur, pourquoi te mets-tu à frire des rissoles et des pommes de terre ? On aurait pu commander le dîner à l'extérieur. Cela n'a jamais empoisonné personne, contrairement à ce que tu crois. Tu as hérité ces craintes de ta mère. Si ta sœur avait la moitié de tes scrupules… »

Je m'efforçai de ne pas l'écouter. Je savais depuis longtemps que sa façon d'exprimer son affection, c'était d'accuser les autres de ce qui leur arrivait. Chaque fois que les enfants faisaient une chute par terre, qu'ils tombaient malades, ou qu'ils avaient mal quelque part, c'était la même histoire. Quant aux sarcasmes dont il accablait ma mère et Alice, ce n'était qu'une réplique à ce qu'elles lui faisaient elles-mêmes subir. Depuis des années, j'avais bien appris mon rôle de médiatrice. À présent, il faisait les cent pas autour de la table de la cuisine où j'étais assise sans s'arrêter de parler. Je commençais à tourner de l'œil, la douleur de la brûlure augmentant à chaque minute, quand Émile revint avec un grand flacon brun. Sans un mot, il plongea plusieurs fois les doigts dans un liquide noir et visqueux qu'il appliqua sur toute la surface de mes paumes. L'œil fixé sur mes mains, je sentis soudain une brûlure, comme si elles étaient à nouveau collées à la poêle. J'éprouvai de violents élancements, puis mes mains refroidirent progressivement jusqu'à ce que la brûlure et les élancements disparaissent. J'étais en eau. Je relevai la tête. Émile me regardait en souriant comme pour me dire : « N'avais-je pas promis que j'arrangerais tout ça ? »

18

Nous étions assis tous les trois autour de la table de la cuisine. Émile, tout en pelant des pommes de terre, nous racontait l'histoire du baume indien contre les brûlures. Il avait jeté dans la poubelle les pommes de terre calcinées. Dans le panier à côté du réfrigérateur, il en avait pris d'autres, bien grosses, qu'il était en train d'éplucher. Artosh faisait semblant de coopérer. Combien de fois dans sa vie avait-il accompli cette tâche ? Et Émile Simonian ? Je l'écoutais les deux mains écartées. « C'est un de nos cuisiniers, originaire de l'Inde du Sud, qui a apporté deux flacons de ce baume à ma mère. »

Les jumelles entrèrent en courant.

« Ramou ? » demandai-je en regrettant aussitôt ma question. Cela ravivait un mauvais souvenir. Émile posa son couteau sur la table. « Le père de Ramou. » Il demeura silencieux pendant quelques instants avant de reprendre son couteau. « J'ai fait analyser ce baume un peu partout mais personne n'a pu définir sa composition. Tout ce qu'on a pu me dire, c'était qu'il était fait de feuilles et de racines végétales diverses, ce que je savais déjà. »

Artosh referma la porte du réfrigérateur avant de revenir s'asseoir avec nous. « Que voulaient les enfants ? » lui demandai-je. « De l'eau », me répondit-il.

Alors qu'Artosh était parvenu à peler une ou deux pommes de terre biscornues, Émile avait épluché tout le reste qu'il avait coupé en frites. Il jeta les patates dans l'égouttoir avant de se lever. « Il n'y a qu'un seul membre de la famille de Ramou qui connaît la recette de ce baume. Avant de mourir, il ne la lègue qu'à une personne de la famille. » Il déposa l'égouttoir dans l'évier sous le robinet. Je me dis qu'en l'absence de sa mère, il se dispensait de châtier son langage.

Le téléphone sonna. Quelqu'un décrocha dans l'entrée. Un instant plus tard on entendait crier Armen : « Maamaa ! Téléphone ! Madame Nourollahi.

— Pour moi, ou pour ton père ?

— Pour toi. »

Je me levai. « Ce n'est pas trop difficile pour toi de tenir le combiné ? » me demanda Artosh. Émile se retourna depuis l'évier où il était en train de rincer les pommes allumettes. Était-ce une illusion de ma part, ou était-il inquiet ?

J'ouvris les mains et les refermai. La douleur avait beaucoup diminué. « Non, répondis-je, en hochant la tête, ça ne me gêne pas. » Depuis l'entrée, j'aperçus par la porte du salon Artosh et Émilie assis dans les fauteuils. Émilie était en train de raconter quelque chose avec force gestes des mains et de la tête. Si je n'avais pas su que c'était elle, je n'aurais pas vu une fillette, mais une jeune femme. Assis en face d'elle, Artosh l'écoutait, une main sous le menton.

En me demandant ce que madame Nourollahi pouvait bien me vouloir, je saisis le combiné et constatai, comme si c'était la première fois, l'importance de l'usage de mes mains.

Comme toujours, madame Nourollahi me fit de longues salutations, s'enquit chaleureusement de ma santé, de celle de chacun de mes enfants, avant d'aborder le vif du sujet. Quelle mémoire elle avait ! Non seulement elle se souvenait du prénom de chacun, mais pouvait dire dans quelle classe il était. Elle devait même certainement se souvenir de la grippe que les jumelles avaient attrapée des mois plus tôt. Elle finit par dire : « Je vous ai aperçue vendredi dernier à la conférence du club Golestan. Excusez-moi, je n'ai pas eu l'occasion de vous saluer. »

Il n'y avait pas la moindre nuance de sous-entendu dans le ton de sa voix. J'eus honte. C'était à moi de m'avancer après la conférence pour la féliciter, ce que je n'avais pas fait. Madame Nourollahi ne me laissa pas le temps d'entrer dans des excuses ou des explications, qu'elle ne semblait d'ailleurs pas attendre de ma part. « Je voulais, me dit-elle, vous prier de nous faire le plaisir d'assister à la prochaine séance de notre club. Les dames arméniennes ne font pas très attention à nous. Je sais bien que vous avez votre propre club, très riche en activités. Mais comme vous le savez, les élections législatives approchent et vous n'ignorez sûrement pas que du fait du nouveau droit de vote, cette année est particulièrement importante... »

J'ignorais absolument que nous approchions des élections législatives. Quant au droit de vote pour les femmes, j'en avais vaguement entendu parler. Comme la plupart des Arméniens, j'estimais que je n'étais pas vraiment de ce pays. J'avais un peu honte. C'est pourquoi j'acceptai sans hésiter quand elle me demanda : « J'avais quelques questions à vous poser. Me permettez-vous de venir vous voir, quand cela vous sera possible ? » Avant de me dire au revoir, elle ajouta : « Au fait, cette année, vous organisez de nouveau des cérémonies pour le 24 avril ? »

Je raccrochai. En regagnant la cuisine, je songeai

que madame Nourollahi qui n'était pas arménienne était au courant pour la date du 24 avril tandis que moi, qui étais née dans ce pays… j'avais encore plus honte. Elle avait même dit : « Nous avons beaucoup à apprendre de vous les Arméniennes. » C'était sûrement par politesse qu'elle avait dit ça.

Je me rassis à ma place en observant mes mains. On n'aurait jamais dit qu'elles avaient été brûlées. Artosh se pencha vers moi pour me caresser la main et me susurrer à l'oreille : « Tu n'as pas mal ? » Je lui fis signe que non avec un sourire, sachant pertinemment qu'il essayait d'être gentil.

Mon regard se tourna vers Émile qui nous faisait face. L'égouttoir à la main, il me regardait. Le robinet de l'évier était fermé. Nous nous dévisageâmes un moment puis il me demanda : « Où se trouve l'huile ? »

Je bondis de ma chaise : « Pourquoi faites-vous cela ? » Je voulus lui prendre l'égouttoir mais il retira sa main.

Artosh dansait d'un pied sur l'autre. « Faut-il vraiment que nous mangions des pommes de terre frites ?

— Va donc voir ce que font les enfants », répondis-je.

Il semblait ne souhaiter que cela. Quand il fut sorti, je regardai Émile qui remuait les pommes de terre dans l'égouttoir. « Je crois que je fais partie du tout petit nombre des hommes qui aiment faire la cuisine. » Les deux premiers boutons de sa chemise étant défaits, on apercevait sa chaîne en or. En tournant son regard vers la porte de la cuisine, il ajouta en baissant la voix : « En revanche, je déteste la politique. Au contraire d'Artosh, apparemment... » Il chercha mon regard.

« Non, lui dis-je. C'est-à-dire oui... Juste pour lire les nouvelles... Bon, quelquefois... » Je me retournai pour attraper derrière moi le bidon d'huile.

Il me prit le bidon des mains. « Je n'ai jamais aimé la politique. Je ne comprends rien de rien à ces "ismes", ces buts et ces méthodes. Au lieu de tout ça, j'aime bien lire. Si le monde doit devenir meilleur, ce dont je doute personnellement, ce ne sera pas grâce à la politique, hein ? Qu'en penses-tu ? » En guise de réponse, j'arborai un sourire niais.

Nous fîmes frire ensemble les pommes de terre et préparâmes la salade.

Il me parla de cuisine indienne, me décrivit toutes les épices et les propriétés de chacune. Nous échangeâmes nos impressions sur nos auteurs favoris et les livres que nous avions lus.

Il me demanda de ne plus l'appeler monsieur Simonian mais « Émile ».

Je me répétai que sans sa mère il était vraiment très à l'aise, plutôt disert.

Je mettais le couvert, Artosh et Émile étaient plongés dans leur jeu d'échecs. « Tu crois que je peux emporter une part de dîner pour ta mère ? lui dis-je.

Avec sa migraine, elle n'a probablement pas eu le courage de se préparer quelque chose. » Il me regarda un instant : « Oui, peut-être bien, je ne sais pas. » Il suffisait qu'on parle de sa mère pour que change le ton de sa voix.

19

Je posai l'assiette de rissoles et de pommes de terre frites accompagnée d'un petit bol de salade sur un plateau que j'avais recouvert d'une grande serviette pour éviter qu'une nuée d'insectes ne s'abatte sur les plats avant que je n'atteigne l'autre côté de la rue. Bien que les lampadaires de la cour soient allumés, je suivis d'un pas ferme la petite allée, mon plateau dans les mains, en frappant le sol bruyamment. C'était ma technique à moi pour empêcher ces stupides grenouilles de m'affoler en me sautant dessus. Pour le plus grand bonheur d'Artosh et des enfants.

Monsieur Rahimi était en train d'arroser sa cour en chantant à tue-tête selon son habitude. Comme disait Armen « Monsieur Rahimi chante si mal que sa femme ne lui permet pas de chanter à la maison. C'est pour ça qu'il arrose sa cour et la moitié de la rue trois fois par jour. » Bien qu'il ne se passât pas une journée sans que les jumelles ne se querellent avec Armen, elles ne pouvaient s'empêcher de rire des mots plus ou moins spirituels de leur frère aîné. Je glissai en traversant la rue, songeant que monsieur Rahimi n'avait pas une si mauvaise voix. Armen avait décidément raison. Monsieur Rahimi inondait toute la largeur de la rue.

J'ouvris le portail en fer du pavillon G4. La cour n'était pas éclairée, mais il y avait un tel clair de lune que je vis distinctement les massifs sans fleurs, la pelouse jaunie et sèche par endroits. Les branches mortes du lierre s'accrochaient au mur de la maison comme une toile d'araignée. L'an passé, ce même mur était tout vert. Au lieu de sonner, je frappai légèrement à la porte. La maison était dans le noir. Je pensai que madame Simonian devait dormir. Je m'en retournais déjà quand la porte s'ouvrit. Vêtue d'une chemise de nuit à manches longues au col fermé, elle regardait le plateau qui se trouvait juste au niveau de son visage. Elle releva la tête : « Excusez-moi, lui dis-je, je vous ai apporté quelques rissoles, mais si vous préférez vous reposer... »

Son visage était baigné par le clair de lune. J'eus l'impression qu'elle avait les yeux rouges et gonflés. Elle eut un pâle sourire. « Vous êtes bien bonne. Entrez, je vous prie », dit-elle en s'effaçant. Elle n'avait plus cette voix fatiguée, impatiente, irritée, qu'elle avait au téléphone. Elle était fatiguée, certes, mais ni impatiente ni irritée. « Cela ne vous ennuie pas si je m'allonge ? Je ne me sens pas très bien. »

Elle alluma dans le couloir et se dirigea vers les chambres à coucher. Les valises métalliques avaient disparu mais l'éléphant était toujours là avec sa trompe cassée. La porte de la chambre d'Émilie était ouverte. J'aperçus éparpillées sur le sol des partitions froissées, une paire de ciseaux et des bouts de tissu blanc.

La chambre de madame Simonian n'était éclairée que par une petite lampe de chevet. Il n'y avait pas de rideaux à la fenêtre. Un coin du tapis était plissé. Quelques photos étaient étalées sur le lit tandis que par terre gisaient des albums entrouverts. Elle me prit le plateau des mains pour le poser sur la table de chevet et retira la serviette. Elle regarda les plats un moment avant de se tourner vers moi : « Merci d'avoir pensé à moi. » Dans la lumière de la lampe de chevet j'acquis la certitude qu'elle avait pleuré.

Pour briser le silence je lui dis : « Mangez donc quelque chose. C'est, paraît-il, efficace contre les maux de tête. » Pourquoi châtiais-je ainsi mon langage ?

Elle poussa les photos sur le lit, passa une main dans ses cheveux, s'assit sur son lit en m'invitant à en faire autant. Elle prit une des photos. « Je n'ai pas mal à la tête. » Elle observa un instant la photo avant de me la donner. C'était une de ces photos qu'on prenait autrefois dans les ateliers de photographe. Un instant je crus que c'était Émilie qui s'appuyait avec raideur contre le dossier de cette chaise, dans sa robe sombre au col serré. Un large ruban était noué dans ses cheveux qui retombaient de chaque côté en anglaises sur les épaules. Un chat était assis sur ses genoux. La photo n'allait pas plus bas.

Elle me prit la photo des mains. « Ce n'est pas Émilie, c'est moi. Légèrement plus âgée qu'elle. » Elle retourna la photo en me la rendant. Au dos, on pouvait lire : « Elmira Haroutounian, à l'automne de ses quinze ans. » C'était une écriture régulière, pleine et décidée.

Elle s'appuya contre la tête de lit, les yeux au plafond. « Mon père faisait venir chaque année le photographe à la maison, ou bien il m'emmenait chez lui, exigeant que toutes les photos de moi soient prises assise, jusqu'au genou, pour qu'on ne voie pas ma petite taille. Il croyait que du fait de ma petite taille je mourrais jeune. Il voulait garder des photos de moi, après ma mort. » Elle eut un rire moqueur, les yeux toujours fixés au plafond : « J'ai prouvé à mon père que j'étais bien décidée à ne pas mourir avant lui, comme je l'ai aussi prouvé à tous les médecins qui prédisaient ma mort à mon premier accouchement. » Elle me tendit d'autres photos puis s'appuya de nouveau contre la tête de lit en fermant les yeux. J'étais étonnée de l'entendre parler si simplement.

Je regardai les photos, qui ressemblaient toutes plus ou moins à la première : sur un banc dans le jardin, près d'un grand arbuste, un rosier vraisemblablement ; devant la cheminée de stuc, assise sur une chaise, un éventail à la main et un chien dont on apercevait la tête sur ses genoux. Au dos de chaque photo la même écriture régulière et ferme : « Elmira Haroutounian », à douze, treize, seize ans.

J'étais toujours en train de regarder les photos quand elle ouvrit les yeux, se redressa et passa une main sur son front. « Excusez-moi d'avoir été aussi bavarde. Je me perds parfois dans mes souvenirs. Vous avez été gentille de venir me voir. Maintenant… Si vous le permettez… » Au moment où je prenais congé, elle ajouta : « La douleur de votre brûlure est passée ? » Je fis signe que non. Elle me rendit mon salut d'un hochement de tête accompagné d'un pâle sourire.

Ce soir-là, dans mon lit, je dis à Artosh : « Toute sa vie, elle a dû se venger. » Comme il ne me répondait pas, je me tournai vers lui. Il dormait déjà. J'éteignis la lampe de chevet. En écoutant le ronronnement des climatiseurs, je me dis que j'aurais bien aimé regarder toutes les autres photos.

20

La maison de Nina était l'une des plus grosses du quartier de Bereym. À quelques pas de la piscine. « Sophie a bien de la chance, dit Armineh quand nous descendîmes de voiture.

— Pas plus de deux minutes jusqu'à la piscine », compléta Arsineh.

Pendant qu'Artosh garait la voiture, Armen cria : « Attention, n'érafle pas cette chère Chevy ! » Il ne se passait pas un jour sans que les enfants ne se moquent de la vieille Chevrolet d'Artosh.

Nous n'étions pas encore dans la cour que Sophie accourut en criant : « On a acheté un lapin ! » Nous entrâmes.

Tandis que Nina nous faisait visiter la maison, maman n'arrêtait pas de murmurer à mon oreille : « Regarde comme c'est en désordre. On dirait qu'ils viennent juste de déménager. »

Nous arrivâmes dans la cuisine, une grande pièce très agréable. En nous servant des verres de sirop, Nina commenta : « Vous voyez ? J'ai encore une foule de choses à ranger. Si les gens ne savent pas, ils peuvent croire que j'ai emménagé hier. Je suis la femme la plus désordre du monde. » Et elle éclata de rire.

Ma mère et Alice échangèrent un regard. Artosh nous rejoignit au même moment accompagné de Garnik qui s'écria : « Toi, tu es la femme qui a le meilleur caractère au monde ! dit-il en lui prenant des mains le plateau avec le sirop, donne-moi ça, ma chérie, je vais le porter.

— Tu parles d'une chance ! » grommela Alice.

Artosh, les mains dans les poches, suivit Garnik

en s'efforçant de ne pas bâiller. La soirée n'était même pas commencée qu'il était déjà fatigué.

Le salon était aussi spacieux que sympathique. Les filles jouaient à même le tapis avec les jouets que nous avions apportés en cadeau à Sophie.

Garnik passa parmi les enfants avec son plateau de sirop en faisant semblant d'écraser les jouets. Les filles se mirent à hurler puis à rire de bon cœur pendant que Nina s'extasiait : « Quels beaux cadeaux ! Merci les enfants. » Puis elle se tourna vers Armen, debout près de la fenêtre : « Qu'est-ce que tu fais debout ? Tu as sacrément grandi, mon gaillard. Tu es devenu très mignon. Tu fais sans doute un malheur parmi les filles de l'école, pas vrai ? »

Les filles regardèrent Armen en étouffant un petit rire. Celui-ci leur retourna un regard noir en allant s'asseoir sur la chaise près de la fenêtre. Ma mère tira sa jupe sur ses genoux en pinçant les lèvres pendant qu'Alice se regardait dans la glace de son poudrier. L'odeur de la poudre Coty me fit éternuer.

Nina se tourna vers moi. « À mon tour d'ouvrir le cadeau que tu m'as apporté. Quel gros paquet. Tu me gâtes trop, Clarisse. » Elle posa le paquet sur la table basse pour déchirer le papier d'emballage.

Je regardai le gros magnétophone Grundig posé dans un coin de la pièce. Quelques bandes magnétiques traînaient par terre. On entendait la voix de

14. Célèbre chanteur arménien d'Iran.

Viguen[14] : « Oh mon rival, mon ennemi… » Nous avions le même type de magnétophone à la maison. « Tu vois ? me fit discrètement Alice. La jalouse s'est précipitée pour acheter le même magnétophone que le vôtre ! »

Nina, agenouillée à côté de la table, fit une boule du papier d'emballage en me regardant. « Tu as vu le magnétophone ? Je n'ai pas encore eu le temps d'acheter une petite table pour l'installer. Garnik a promis qu'il enregistrerait la voix de Sophie quand elle chante et récite de la poésie. Je lui ai dit de demander à Artosh de lui apprendre comment il a fait pour enregistrer les jumelles. On n'a rien de l'enfance de Tigran sauf quelques photos qu'il faut regarder à la loupe pour reconnaître qui est dessus. Au moins, qu'on ait un souvenir de Sophie enfant.

— J'espère que Garnik ne fera pas comme Artosh qui me laisse ranger les bandes magnétiques et ôter la poussière du magnétophone.

— T'inquiète, dit en riant Nina. Depuis le premier jour, il a compris que sa femme n'était pas faite pour ça. Moi, je ne sais que donner des ordres. Je lui ai dit que je voulais le même magnétophone que celui de Clarisse et Artosh !

Je jetai un regard à Alice qui se déroba. Elle fit claquer le fermoir de son poudrier et répondit à Garnik qui lui offrait du sirop : « Je n'en prends pas. Je suis au régime. Qu'est-ce que vous avez comme airs anglais ? »

Garnik passa le plateau à ma mère puis à Alice : « Vous aimez Nat King Cole ? C'est ma cousine qui nous a apporté la K7 de Téhéran. Ce soir pas de régime. Toi aussi tu te mets à imiter les Téhéranaises ? Une femme doit toujours être bien en chair. » Il emprunta son expression favorite à ma mère en riant aux éclats : « Est-ce que je mens, madame Veskanian, dites un peu que je mens ! »

Quelqu'un attira l'attention générale vers la porte du salon : « Alors, on dit encore du mal des Téhéranaises ? »

Elle avait une taille moyenne. Ni maigre ni grosse. Ses cheveux blonds lui tombaient sur les épaules. Des yeux couleur de miel. Elle portait des mules à talons hauts et un chemisier blanc à pois rouges. Garnik posa le plateau sur la table pour dégager ses mains et faire les présentations : « Violette, ma cousine téhéranaise. »

La cousine téhéranaise s'avança, serra la main de tout le monde et embrassa les jumelles totalement médusées. Armineh commença : « Comme vous êtes belle !

— Tout à fait comme Raiponce, continua Arsineh.

— Je ne connais pas Raiponce, répondit Violette en riant, la tête renversée. Mais j'aimerais bien que tout le monde ait aussi bon goût que toi ! »

Nina froissait son papier cadeau : « Tout le monde le sait que tu es merveilleusement belle. Il n'y a que ton imbécile de mari qui ne l'ait pas vu. Regarde le beau cadeau que Clarisse m'a fait ! dit-elle en sortant de sa boîte la statuette de porcelaine. Qu'est-ce que c'est beau ! »

Violette, qui faisait face à Alice et à ma mère, tournait le dos à Artosh et Armen. Elle se pencha sur la table pour prendre la statuette. Sa jupe était légèrement fendue dans le dos. Artosh regarda vers la fenêtre tandis qu'Armen remua sur sa chaise. Alice regardait fixement Violette pendant que ma mère buvait son sirop à grandes gorgées.

Garnik, Artosh et Violette accompagnèrent les enfants dans la cour pour voir les lapins que Garnik venait d'acheter. Ma mère demanda à Nina des nouvelles de son fils Tigran : « Il loge à la cité universitaire ou bien en chambre louée ? »

Nina enjamba les jouets éparpillés sur le tapis pour nous rejoindre. « Il a d'abord passé quelques semaines à la cité universitaire, puis il est allé habiter chez la tante de Garnik, la mère de Violette. En fait, j'ai préféré qu'il ne traîne pas trop avec les autres étudiants. En ce moment, les étudiants ont la tête politique. Nous, la politique, ça ne nous regarde pas. C'est déjà un miracle si nous gardons les deux pieds sur terre. »

Ma mère se pencha pour ramasser sur le tapis une chose microscopique quasi invisible qu'elle jeta dans le cendrier. « Ab-solument ! Que sommes-nous dans ce pays ? Je me suis tuée à le répéter à mon défunt mari, mais… »

Alice fit semblant de bâiller. « Aïe, voilà que ça recommence ! » Ma mère pinça son bras charnu : « Qu'est-ce qui recommence ? Ce n'est pas vrai, ce que je dis ? » Alice me regarda en riant.

Sophie brandissait un bébé lapin derrière la fenêtre. Nina lui répondit par un signe de la main. « La pauvre Violette. Elle est divorcée depuis quelques mois seulement. Son mari était un vrai cinglé. La pauvre fille n'avait même pas le droit d'aller toute seule jusqu'au coin de la rue. Il lui faisait des crises de jalousie. Si quelqu'un avait le malheur de la regarder dans la rue ou dans une soirée, c'était la catastrophe. Il soupçonnait immédiatement quelque chose. "Pourquoi t'a-t-on regardée ? demandait-il. Es-tu un joli caniche pour qu'on te regarde ?" Bref, il l'a poussée à bout. N'a tenu aucune des promesses qu'il lui avait faites avant le mariage. Il avait promis de lui acheter une maison, des bijoux, de l'emmener à Paris et à Londres. Non seulement il n'a rien fait de tout ça, mais il était en train de la rendre folle. Elle a bien fait de divorcer. Même après le divorce, chaque jour il provoquait une nouvelle dispute. Il lui téléphonait. Se postait sur le chemin de la pauvre fille. Il y a encore quelques semaines, il lui a barré la route dans la rue Naderi et s'est mis à l'insulter juste devant Khosravi, le marchand de *piroshkis*[15]. On a pensé que si elle venait passer quelques mois à Abadan, ce salaud finirait par

15. Beignets arméniens.

l'oublier. Vous ne pouvez pas savoir comme cette fille est gentille. Dieu fasse qu'elle trouve un bon mari. » Ma mère regarda fixement Nina tandis qu'Alice comptait les verres de sirop à moitié vides. Moi, je me disais qu'un de ces jours, je devrais faire des *piroshkis* pour les enfants.

Nina ramassa la boîte de la statuette en porcelaine et le papier d'emballage. Jetant un coup d'œil furtif vers la porte, elle se pencha en avant en nous invitant d'un signe à faire de même. « Que ceci reste entre nous, dit-elle à voix basse, même Violette n'est pas au courant, mais... Tu te souviens de ce voisin hollandais, ajouta-t-elle en se tournant vers moi, celui dont je t'ai parlé au téléphone ? Ce serait très bien si ça pouvait coller avec Violette. Je l'ai invité à dîner ce soir. »

Elle se leva en riant : « À mon avis, il est un peu timbré. Mais bon, la plupart des étrangers nous semblent bien tous un peu tordus ! S'il épouse Violette et qu'ils partent vivre à l'étranger, ce sera fantastique. Violette n'est pas faite pour vivre en Iran. » Elle mit la boîte et le papier sous son bras. « Je vais jeter tout ça. »

En sortant elle dit à ma mère : « Devinez un peu ce que j'ai fait pour le dîner ? Du riz pilaf aux haricots verts. Vous voyez ? Je suis devenue une vraie maîtresse de maison ! Je suis bonne à marier, pas vrai. » Elle éclata de rire. Alice faisait la gueule. Encore à parler de mariage, me disais-je ; pourvu que ce soir

Dieu vienne en aide à ma mère !

Nina n'avait pas fait un pas hors de la pièce que ma mère se mit à grommeler : « J'ai dit mille fois qu'il ne fallait pas voir cette femme et son mari. Ils n'ont pas un sou de morale et de noblesse. Devant les enfants, ils disent tout ce qui leur passe par la tête. Ils parlent du mariage et du divorce comme s'il s'agissait d'un vêtement qu'on achète et qu'on rend parce qu'il ne vous plaît pas. On n'aurait jamais dû venir. Tout ça c'est de la faute de Clarisse car... » Je me levai d'un bond : « Je vais aider Nina à mettre le couvert. »

« Tu es seule ? » me demanda Nina quand je l'eus rejointe dans la cuisine. Elle regarda vers la porte et, quand elle fut bien sûre que ma mère et Alice n'étaient pas là, elle pouffa de rire en ajoutant tout bas : « En fait, si j'ai fait venir Violette à Abadan, c'est que... » Elle regarda vers la porte à nouveau et baissa encore d'un ton : « C'est que Tigran en pinçait pour Violette.

— Quoi ? » m'écriai-je, abasourdie, la regardant avec des yeux gros comme des soucoupes.

Je me souvenais de Tigran, un garçon maigre, timide et peu loquace. Il portait des lunettes, passait son temps à étudier. Toujours le premier de sa classe. Jamais de cinéma, jamais de club, aucun ami. Son seul passe-temps était de bricoler l'électricité. « Tu ne trouves pas ça étonnant ? disait ma mère. Avec des parents aussi délurés, un garçon aussi réservé ? »

Nina continua son histoire : « Quand Violette a

divorcé, elle est rentrée chez sa mère, la tante de Garnik, chez qui habite Tigran. Au bout de quelques jours j'ai bien vu que le pauvre garçon était complètement perdu. Il écoutait des chansons d'amour, se terrait dans un coin comme un petit chien dans l'attente du regard de son maître. Ne va surtout pas croire que Violette lui faisait du gringue ou quoi que ce soit d'autre. La pauvre enfant est incapable de ce genre de choses. Moi je suis une femme, et pas sotte. Je comprends que ce n'est absolument pas la faute de Violette. Ce n'est pas un péché que d'être belle. Comme elle a une allure différente des autres femmes, les gens jasent dans son dos. C'est pour cela que je pense que l'Europe, ce sera bien mieux pour elle. Là bas, des femmes blondes au teint clair, ça court les rues. Je me suis renseignée, la mission du Hollandais est presque finie. Qui sait, on va peut-être faire une bonne action ! » dit-elle en riant de bon cœur.

Les jumelles se précipitèrent dans la cuisine. « Oncle Garnik a acheté à Sophie... », commença Armineh, tout excitée, « ... un hula-hoop ! » compléta Arsineh. « Oncle Garnik, reprirent-elles en cœur, dit que le hula-hoop ce n'est pas dangereux pour le dos. Absolument pas ! Tous les enfants ont un hula-hoop. Achète-nous en un ! S'il te plaît !

— Je vous en achèterai un, cria Garnik depuis le salon. Maintenant, venez par ici. Nous avons la visite des lapins.

— Ouah ! Super ! » crièrent les jumelles en accourant.

En prenant la corbeille de fruits, Nina s'écria : « Je ne sais pas qui a fourré cette idée farfelue dans la tête des gens comme quoi le hula-hoop serait dangereux pour le dos ! On n'y joue pas vingt-quatre heures d'affilée ! T'inquiète pas ! Elles y joueront deux ou trois jours et abandonneront le hula-hoop dans un coin de la cour. Prends les petites assiettes et viens », me dit-elle en regagnant le salon.

Violette était assise sur le tapis, un bébé lapin dans les bras. Sa jupe noire très cintrée était remontée, laissant voir ses genoux pâles dépourvus de bas. Sophie et les jumelles l'entouraient, chacune tenant son bébé lapin dans les bras. Armen caressait celui que tenait Violette.

Ma mère, droite comme un piquet, fixait du regard les verres vides. Alice lui tournait quasiment le dos, face au mur nu du salon. Elle remuait nerveusement une jambe croisée sur l'autre. Je me dis : « Alice et ma mère se sont disputées. » Garnik discutait avec Artosh de l'emplacement du nouveau climatiseur qu'il voulait installer. J'avais bien recommandé à Artosh avant de venir : « Pas de discussion politique ! »

J'étais en train de mettre le couvert avec Nina quand on sonna.

Le Hollandais était un homme de grande taille, cheveux très courts, plats, couleur paille. Son visage plein de taches de rousseur virait au rouge. Sans doute les bains de soleil. Il serra vivement la main de chacun, y compris les enfants, disant : « Bonjour ! Je suis Joop Hansen. Je suis enchanté de faire votre connaissance. »

Violette, toujours assise sur le tapis, tendit légèrement la main laissée libre par le lapin : « Regardez mon beau lapin ! »

Joop Hansen fut presque contraint de s'agenouiller par terre pour serrer la main de Violette. « Très beau, très beau lapin ! »

Violette se contenta de sourire. Elle ne fut ni étonnée ni amusée par le persan acrobatique du Hollandais. Je me souvins de ce que m'avait dit Nina : « La cousine de Garnik te ressemble comme deux gouttes d'eau. » Je me dis qu'elle avait tout imaginé. Je ne voyais pas la moindre ressemblance entre cette femme et moi-même, ni au physique ni au moral. Cela ne m'aurait pas déplu de lui ressembler un petit peu, au physique comme au moral.

Joop Hansen était un homme affable et jovial. Il pria Artosh de ne pas l'appeler monsieur Hansen et de parler persan plutôt qu'anglais. « Je suis très intéressé de parler le persan. » Quand, au dîner, il passa le plat de pilaf à ma sœur, pour la première fois de la soirée un sourire illumina le visage d'Alice et celui de ma mère.

Alice le remercia mais dit qu'elle ne prenait que de la salade. Joop fronça ses sourcils blonds : « Pourquoi donc ? Vous n'aimez pas le pilow aux zaricots ?

— Si, répondit Alice, mais... »

Joop reposa le plat de pilaf et lui présenta le saladier : « Je vois, vous êtes sur un régime ! » Il recula sa chaise pour mieux observer Alice. « Vous n'avez besoin d'aucun régime. De l'avis de votre serviteur, vous êtes très très bien comme vous êtes. »

Quand nous fûmes rentrés à la maison, Artosh prit la robe que j'avais jetée sur le lit, la retourna dans tous les sens puis me dit : « Si je ne voyais pas comment tu es faite, je jurerais que c'est une robe des jumelles. »

Je lui pris la robe des mains pour la prendre dans le placard. « Ne te moque pas ! Dis plutôt que je suis trop maigre ! »

Sans se retourner, il répliqua : « De l'avis de votre serviteur, vous êtes très très bien comme vous êtes ! » Puis il éclata de rire : « À cet instant-là, on aurait pu allumer vingt ampoules de cent watts avec l'électricité produite par les yeux de ta sœur. »

Je repoussai le couvre-lit de mon côté. « Violette est une belle femme, non ? » Artosh repoussa le couvre-lit de son côté : « Une belle femme ? Je n'ai pas remarqué », dit-il en fredonnant l'air de *Mona Lisa* par Nat King Cole. « Merci, ajoutai-je, de ne pas avoir parlé politique avec Garnik. » Il me lança avec une grimace : « Tout ce que vous dites, votre serviteur répond très très d'accord ! »

En me retenant de rire, je me demandai pourquoi on racontait qu'Artosh avait mauvais caractère. « Jeudi, tu m'accompagnes à la cérémonie du 24 avril ? »

Il ferma les yeux en bâillant : « Mmm… », ce qui équivalait à un non. J'éteignis la lampe de chevet.

21

La salle des fêtes de l'école était pleine à craquer. Sur les murs, à intervalles réguliers, étaient accrochées des couronnes de glaïeuls blancs attachés par de larges rubans noirs. Ma mère glissa à Alice d'un ton irrité : « Je t'avais bien dit qu'on serait en retard. Un jour de deuil sans coiffeur, ce n'est pas la fin du monde. »

Je montrai Nina à ma mère. Elle était assise au deuxième rang et nous faisait signe qu'elle nous avait réservé des places. Nous nous frayâmes un passage parmi les chaises et les gens avec des dizaines d'« excusez-nous » pour arriver jusqu'à Nina. À peine assise, Alice inspectait la salle pour faire ses commentaires : qui était là, qui portait quoi… Nina me passa le programme de la cérémonie en me demandant : « Pourquoi êtes-vous en retard ? » C'est ma mère qui répondit : « Parce que mademoiselle Alice était chez le coiffeur ! » Elle ajouta furieuse : « Le coiffeur un jour de deuil ! » Nina me glissa à l'oreille : « Peut-être que le jour de deuil lui sera favorable ! Dieu seul le sait, hein ?! » pouffa-t-elle avant de jeter un regard circulaire et d'ajouter : « Bien qu'il n'y ait guère qu'une bande de vioques ! Tu as laissé les enfants à Artosh ? (Elle ne me demanda pas pourquoi Artosh n'était pas venu. Cela se passait d'explications !) Garnik m'a fait une scène pour que j'emmène Sophie. » Elle prit une grosse voix pour imiter son mari : « Les enfants doivent apprendre le plus tôt possible ce qui est arrivé à leurs ancêtres. » Mais la pauvre petite a fait une telle crise que son père a cédé. Sous le prétexte qu'il fallait quelqu'un pour la garder, j'ai laissé Violette à la maison. Qu'est-ce qu'elle aurait fait ici ? Elle se serait ennuyée. En vérité, si Garnik ne faisait pas partie des organisateurs, je ne serais pas venue non plus. Bref, quoi de neuf ? » Avant même que je ne lui aie répondu « pas de nouvelle », elle était déjà en train de saluer une dame assise devant nous, et dont le mari était le premier orateur. Je me plongeai dans la lecture du programme :

Allocution de monsieur Robert Madatian
sur le génocide du 24 avril.
Rapport du conseil de la paroisse et de l'école
sur la construction du mémorial.
Pause.
Souvenirs de Khatoun Yarmian,
témoin de cette époque noire.

Les lumières de la salle s'éteignirent. Garnik s'approcha du micro. Après un mot de bienvenue, il présenta le premier orateur. Madatian commença son discours. Je me rappelai un certain 24 avril, quelques années plus tôt, d'une vive discussion entre Artosh et

Madatian. S'il n'y avait pas eu Garnik pour rattraper la situation avec des bons mots et des plaisanteries, les choses auraient sûrement tourné à l'aigre. Après ce jour-là, j'avais souvent remis la question sur le tapis avec Artosh : « En quoi ce jour anniversaire a-t-il le moindre rapport avec les différences d'opinion politique ? Quel rapport avec le fait d'être de droite ou de gauche ? Tous ces gens ont été assassinés, même si tu n'es pas arménien, tu es affecté et tu participes à la cérémonie. » Artosh me répondait chaque fois : « Je suis affecté, mais je ne participe pas. »

J'écoutais le discours d'une oreille distraite. Chaque année c'était la même chose : une série de statistiques, un paquet de slogans et c'est tout. Nina me regarda plusieurs fois, en me montrant madame Madatian, un doigt sur les lèvres, l'air de me dire : « Je ne peux pas parler, parce que cela fâcherait cette dame si quelqu'un troublait la conférence de son mari. » D'ailleurs madame Madatian se retourna plusieurs fois pour faire taire des gens qui, apparemment, ignoraient que l'orateur était son mari. La plupart chuchotaient entre eux en s'éventant avec leur programme. C'est ce que je faisais moi aussi en me demandant si j'avais bien donné ce matin du sirop Haliborange aux jumelles. En fait oui, car je me souvins qu'elles avaient grogné en disant : « Et Armen alors ? Et nous on doit boire ce sirop combien de temps encore ? Si nous, on doit boire ce sirop contre la grippe, alors pourquoi pas Armen ? »

Monsieur Madatian agita ses feuilles de note avec émotion et termina par quelques longues phrases de péroraison. Je joignis mes applaudissements à ceux de la foule. Les personnes qui étaient assises tout autour félicitèrent madame Madatian qui souriait en remerciant comme si elle était elle-même la conférencière. Quand son regard croisa le mien, elle détourna la tête.

Ma mère saluait une femme assise quelques rangs plus loin en lui demandant de ses nouvelles. Alice se pencha vers moi devant ma mère : « Devine qui est là ? Madame Nourollahi. Elle est assise au fond de la salle. » Au moment où je me retournai pour l'apercevoir, Garnik monta à la tribune pour lire le rapport sur la construction du mémorial. À l'occasion d'une de mes visites à l'école où j'avais été convoquée à la suite d'une bagarre d'Armen, Vazguen Hayrapetian m'avait montré les plans du mémorial : un grand parallélépipède en pierre grise. Sur un côté étaient sculptés en ronde bosse une femme tenant son enfant dans ses bras et sur l'autre la date du massacre. Garnik indiqua que le monument était en phase finale de construction et qu'il serait installé l'année prochaine dans la cour de l'école, devant la porte de l'église. Puis il remercia l'assistance pour son encouragement moral et financier avant d'annoncer une pause d'un quart d'heure.

Ma mère déclara qu'elle restait dans la salle pour bavarder avec une amie assise derrière elle, qui rentrait de Jolfa. Nina dit en emmenant Alice avec elle qu'elle allait rejoindre Garnik en coulisse pour voir ce qu'il faisait. Quant à moi, je me dirigeai vers une des portes de la salle qui donnait dans la cour de l'école. Quand je fus à la porte, je m'effaçai pour laisser passer un homme qui tenait à la main des sandwichs et des Pepsi. Dans un coin de la cour, le buffet était pris d'assaut. J'y saluai quelques connaissances et j'aperçus Mania qui venait à ma rencontre, très excitée comme d'habitude, le col de son chemisier noir de travers. Je lui dis bonjour en redressant son col : « Les couronnes de fleurs et les rubans sont superbes. Sûrement ton œuvre, n'est-ce pas ? »

Elle repoussa la mèche de cheveux qui tombait sur son front en sueur. « Tu as vu les brassards du service d'ordre ? »

Bien sûr que je les avais vus. La veille, Armen avait emmené le téléphone dans sa chambre qu'il avait fermée à clef pour parler pendant une demi-heure. Puis il nous avait rejoints dans la cuisine pour nous déclarer à ma mère et à moi qui étions en train de trier les fines herbes, qu'il avait décidé de participer à la cérémonie du lendemain comme membre du service d'ordre. Madame Mania avait accepté, à condition qu'il se procure un brassard noir. Alors que je commençais à râler parce qu'il s'y prenait encore au dernier moment, et que je ne voyais pas où trouver du tissu noir en pleine nuit, la grand-mère avait volé au secours du petit-fils. La seule chose qui ne manquait pas dans les innombrables malles de ma mère, c'était du tissu noir. « Tout est superbe ! répondis-je à Mania. Tu t'es donné beaucoup de peine. Le projet suivant, c'est sûrement la fête de fin d'année ? »

Elle rendit son salut à quelqu'un avant de se retourner vers moi. « Oui ! On organise la fête de fin d'année dans la cour de l'école. On est en train de construire la scène, dit-elle en me montrant l'amoncellement de briques, de poutres et de planches au fond de la cour. » Elle me mit une main sur l'épaule, ce qui, vu sa petite et ma grande taille, n'était pas une mince affaire. « On commence les répétions demain ou après-demain. » Elle fit glisser sa main sur mon bras. « J'ai une idée très originale pour les jumelles. Vazguen a trouvé un poème de… je ne me souviens plus qui. Le poème s'intitule *Quatre saisons*. J'ai pensé que ce serait très intéressant si les jumelles représentaient tour à tour les saisons en récitant le poème. Armineh serait le printemps et l'automne, Arsineh l'été et l'hiver. Comme ça, elles auront le temps d'aller se changer en coulisse. Les robes… »

J'aperçus par une des portes de la salle Armen et Émilie qui parlaient avec deux garçons du lycée. Avec son pantalon bleu marine et sa chemise blanche, on aurait dit un jeune homme, pas mon garçon. Je me demandais si Émilie était venue avec son père. Pourvu qu'Alice ne le voie pas ! « Et naturellement, répondis-je à Mania, il faut que je couse les robes. »

Elle lâcha mon bras, mit une main sur sa bouche en

riant : « Oui ! C'est pour ça que je te cherchais ! Ce n'est pas difficile. Quatre robes longues toutes simples avec de larges manches. Simplement, de quatre couleurs différentes. Par exemple rose pour le printemps, verte pour l'été, orange pour l'automne et blanche pour l'hiver. »

De l'autre côté de la cour, j'aperçus Émile Simonian qui conversait avec le prêtre de la paroisse et son épouse. Je me dis à nouveau : « Pourvu qu'Alice ne vienne pas par ici ! » Mais je me souvins qu'heureusement ils ne se connaissaient pas. Je répondis à Mania : « Ce ne serait peut-être pas inutile de coudre sur les robes quelque chose qui rappelle la saison ? Par exemple des fleurs pour le printemps, des feuilles mortes pour l'automne. » Le bandeau d'Émilie tomba par terre. Armen fut plus prompt que les deux autres garçons à se baisser pour le ramasser. Dans la foule, je perdis de vue Émile Simonian.

« Quelle merveilleuse idée ! dit Mania. À propos, Vazguen a terminé la traduction du *Petit Lord Fauntleroy* et… »

Elle s'interrompit pour regarder quelque chose pardessus mon épaule. Que regardait-elle avec ce sourire imperceptible ?

Quand je me retournai, Émile Simonian détourna son regard de Mania pour me saluer. Tous les deux étaient suspendus à mes yeux. Je les présentai l'un à l'autre. Ils se serrèrent la main. Mania rajusta le col de son chemisier déjà rajusté par moi. « Tu disais, au sujet de cette traduction... »

On aurait dit qu'elle se réveillait brusquement : « Quoi ? Ah oui ! La traduction est terminée. Je te la ferai parvenir par les enfants. S'il te plaît, lis-la vite et rapporte-la-moi. On a l'intention de l'imprimer avant la fête de l'école.

— À ce qu'il paraît, dit Émile, c'est vous l'organisatrice de la cérémonie. Félicitations ! C'était très réussi. »

Mania rougit. « J'arrive ! cria-t-elle à un des enfants du service d'ordre qui l'appelait. » Puis elle serra la main de Simonian en prenant congé : « J'ai été très heureuse de faire votre connaissance. » Était-ce pure imagination de ma part ? J'eus l'impression que leurs mains s'étaient attardées.

Je regardai autour de moi. Heureusement, pas de trace d'Alice ni de ma mère. Émile Simonian portait un costume blanc à fines rayures bleues et une cravate noire.

Il promenait son regard autour de lui sur les gens qui parlaient, fumaient une cigarette, mangeaient un sandwich ou buvait un rafraîchissement. Sa mère, me dit-il, n'avait pas voulu venir ; il était venu pour accompagner Émilie et un peu aussi par curiosité : « J'avais envie de faire la connaissance des Arméniens d'Abadan. » Il se tourna vers moi. « Si toutes les femmes d'Abadan vous ressemblent, à vous et Mania, ce n'est pas un endroit inintéressant ! dit-il en riant de sa plaisanterie. Mais entre nous, la cérémonie était plutôt ennuyeuse. » Il avait envie de rentrer chez lui. Il reviendrait prendre Émilie plus tard. J'étais contente qu'il s'en aille et pour éviter qu'en revenant il ne tombe sur Alice, j'insistai pour qu'il nous laisse raccompagner Émilie. Il me remercia en prenant congé et s'éclipsa.

Je cherchai madame Nourollahi parmi la foule mais ne la trouvant pas, je rentrai dans la salle de conférences. Peut-être Alice avait-elle mal vu. Madame Nourollahi n'était pas censée venir. Elle n'était pas Arménienne et la cérémonie du 24 avril n'avait rien d'intéressant.

Peu à peu les gens revenaient vers la salle de conférences. Ma mère était toute contente d'avoir pu bavarder avec son amie de Jolfa. Nina fixait une date de dîner avec madame Madatian. Je m'assis à côté d'Alice qui me glissa : « Shoushanik et Jeannette ont encore fait un tabac. Toutes ces dames sont habillées de neuf, de noir évidemment. » Shoushanik et Jeannette étaient les as de la couture à Abadan.

Garnik prit le micro et attendit que le silence se fasse dans la salle. Puis, d'une voix qui n'était pas la sienne, d'habitude joviale et enjouée, il présenta Khatoun Yarmian, une dame originaire de Van, qui résidait actuellement à Téhéran. Elle était notre hôte pour quelques jours et témoignait de cette époque noire. Garnik fit un geste en direction de la coulisse. Un des garçons du service d'ordre apporta un fauteuil qu'il installa devant le micro. Une dame âgée, s'appuyant au bras d'un autre garçon du service d'ordre, s'avança à pas comptés vers le devant de la scène. Elle avait une silhouette fine et maigre, portait une longue jupe noire qui tombait jusqu'aux chevilles. Ses cheveux blancs étaient recouverts d'un grand châle noir. Elle s'assit dans le fauteuil, aidée par les deux garçons, tandis que Garnik lui rapprochait le micro. La vieille femme posa une main sur la tête des garçons en murmurant quelque chose que je devinais être un bon souhait.

Nous la regardâmes tous en silence un moment tandis qu'elle fixait aussi sur nous son regard sans rien dire. Elle se mit enfin à parler d'une voix lasse. Elle parlait l'arménien à la manière des gens de Van qui pour dire « un petit peu » disent « petit peu un » et pour « agréable », « plein de sel ». Elle nous annonça qu'avant de nous parler de ces jours effroyables, elle allait évoquer *petit peu un* les jours *pleins de sel* ; nous allions faire ensemble un voyage dans le passé.

Elle nous raconta l'histoire de sa maison de Van avec sa cour intérieure, ses deux grenadiers et ses oliviers. Dans un coin de la cour était installé le four où sa mère cuisait le pain *lavash*[16]. Elle évoqua aussi le massif de soucis. Elle parla de son père. Tous les après-midi, il rentrait du bazar de Van où il tenait une boutique de drap, les mains chargées de fruits. Parfois, il ramenait à Khatoun et à sa sœur des restes

16. Sorte de galette très fine.

de coupons de tissus dont leur mère confectionnait des poupées. Leur grand frère leur dessinait un visage avec du charbon de bois. Ce frère dessinait sur tout ce qui lui passait par la main. Le dimanche, Khatoun allait à l'église de la ville accompagnée par sa sœur, son frère et ses parents. Cette église était située dans une grande avenue bordée de saules et de peupliers. Les deux fillettes tenaient d'une main leur poupée, de l'autre la main de leur mère. À travers les saules et les peupliers, elles comptaient les fez rouges des hommes qui s'arrêtaient parfois pour saluer leur père. « Ce sont de vieux clients, disait mon père, de bons croyants, des gens honnêtes. Le vendredi, la voix du muezzin s'élevait de la mosquée du quartier. Quand les voisins revenaient de la prière, mon père les gratifiait d'un "Que votre prière soit exaucée !". Quand ma mère préparait la soupe au yaourt elle en versait toujours dans des bols de terre cuite pour les voisins. Elle décorait le dessus avec des pétales de soucis. En échange, les voisins lui donnaient des baklavas. »

Madame Madatian prit un mouchoir dans son sac verni noir. Plus personne ne s'éventait dans la salle.

Khatoun Yarmian se tut un instant. Elle se mit à triturer les deux pointes de son châle en baissant la tête. « Puis sont venus les jours noirs. Un jour, mon père est rentré plus tôt que d'habitude à la maison, les mains vides, affolé. "Les Arméniens ferment boutique, dit-il à ma mère. Les soldats en ont brûlé quelques-unes restées ouvertes. Ils ont pillé les sacs de riz et de blé. Nous devons partir !" Ma mère se lacéra les joues en criant : "Nous sommes perdus !" »

Khatoun se tut à nouveau. Eut un profond soupir, se frappa plusieurs fois les genoux en tordant son frêle buste de droite à gauche. Elle s'écria en secouant la tête : « En effet, nous étions perdus ! »

J'allais ouvrir mon sac quand Alice me tendit un petit paquet de mouchoirs en papier. Je pris un mouchoir avant de passer le paquet à Nina. Ma mère répétait en secouant la tête : « Dieu nous préserve de la tyrannie du destin ! »

Dans la salle, on n'entendait que soupirs et hoquets, et la voix lasse de Khatoun : « Devant la porte grand ouverte de notre maison, ma mère faisait ses baluchons en pleurant, fermait les malles pleines tandis que mon père lui criait : "Femme, il n'y a pas de place, laisse donc toutes ces nippes. On n'a pas le temps, remue-toi." Ma mère gémissait : "Attends petit peu un ! Juste petit peu un !" Sous les grenadiers, nous attendions éberluées, ma sœur et moi, serrant dans nos bras nos poupées. Notre frère jurait en piétinant les massifs de soucis, proférant des menaces de vengeance. Nous montâmes dans la charrette, assis sur les ballots et les malles et nous nous mîmes en route. La rue était encombrée d'autres charrettes, de calèches, de chevaux, de mules, de tout ce qui pouvait servir à transporter les gens ou les ballots. C'était un enfer de poussière, de gémissements et d'imprécations. Nous pleurions, ma sœur et moi, nos poupées abandonnées, mais aussi pour notre père, notre mère, notre frère, et sur nous-mêmes. »

Le paquet de mouchoirs passa de main en main jusqu'à ce qu'il fût vide.

Ce soir-là, dans le salon, j'avais étendu mes jambes sur la table basse, la tête calée dans un coussin. J'enroulais une mèche de cheveux autour de mon doigt en contemplant le tableau au-dessus du téléviseur. C'était une aquarelle représentant la cathédrale d'Edjmiadzine en Arménie. J'avais entendu dire, je ne savais plus par qui, qu'on avait construit l'église d'Abadan sur le même plan. Je me demandais pourquoi Mania s'était troublée face à Émile. Heureusement qu'Alice ne l'avait pas vu. Mais pourquoi Émile m'avait-il dit que la cérémonie était ennuyeuse quand il avait dit « intéressante » à Mania ? « Pauvre Khatoun ! dis-je en contemplant le tableau.

— Quoi ? fit Artosh derrière son journal.

— J'ai pitié de Khatoun, de sa mère, de son père, de tous ces gens. Tu aurais dû venir. »

Une page de journal se tourna.

Je regardai encore Edjmiadzine. « Tous ces gens, toutes ces années heureuses vécues ensemble. Que s'est-il passé ? Qu'est-il arrivé ? De qui était-ce la faute ? »

J'enroulai ma mèche autour de mon doigt. « On ne peut rien de plus qu'honorer leur mémoire par des célébrations. Tu aurais dû venir. »

Une autre page du journal se tourna.

« Devine qui était là ? Madame Nourollahi ! Alice l'a vue. Peut-être s'est-elle trompée. »

Artosh replia son journal, se gratta la barbe en riant. « Elle a fini par se décider à venir ! Elle m'avait demandé le jour et l'heure. Quand elle a vu que je ne savais pas, elle est allée trouver d'autres Arméniens. J'éteins les lumières, ou c'est toi qui le fais ?

— Comment ça, tu ne savais pas le jour ni l'heure ? Comment cela peut-il ne pas avoir d'importance pour toi ? Pourquoi n'es-tu pas venu ? »

Artosh se leva. Passant une main dans sa barbe, il observa le tableau d'Edjmiadzine. « Tu sais où se trouve Shatit ? » Voyant que je ne répondais pas, il se dirigea vers la fenêtre, une main dans la poche. Il regarda dans la cour un instant. Puis se retourna. Il dessina de la pointe de son pied une fleur du tapis. « Ce n'est pas loin. À deux pas d'ici. À quatre kilomètres d'Abadan. Si tu veux, je t'y emmènerai, ajouta-t-il en regardant de nouveau vers la cour. Tu peux inviter Madatian et sa femme ainsi que Garnik et Nina. » Il continua en me regardant. « Ils habitent tous ensemble dans le même gourbi, femmes, hommes, enfants, buffles, chèvres et moutons. » Il sortit la main de sa poche et défit sa montre-bracelet. « Il faut y aller de jour, car Shatit n'a pas l'électricité. Pense aussi à amener de l'eau, car il n'y a pas non plus d'eau courante. » Il remonta le ressort de sa montre. « Il faudra aussi faire attention de ne serrer la main de personne, de ne caresser aucun enfant, car nous risquerions d'attraper soit la tuberculose soit le trachome. » Il se dirigea vers la porte. « Dis à madame Madatian de ne pas apporter de chocolats anglais aux enfants. Je ne pense pas que les enfants de Shatit en aient vu de toute leur vie. Rappelle aussi à Garnik de ne pas mettre ses chaussures italiennes, car il aura de la boue et du crottin jusqu'aux chevilles. »

Je fixais Edjmiadzine. Artosh revint sur ses pas, s'arrêta devant moi en me regardant droit dans les yeux : « Chaque jour, il y a une nouvelle catastrophe. Pas seulement il y a cinquante ans, aujourd'hui même. Pas très loin, ici même. Au cœur même d'Abadan, la verte, la sûre, l'élégante, la moderne. » Il attacha de nouveau sa montre-bracelet en ajoutant avant de sortir : « À part ça, tu as raison. Pauvre Khatoun ! Pauvre humanité ! »

22

Je préparais du *tchombour*[17] pour le goûter des enfants : des morceaux de pain sec recouverts de fromage et de noix pilée, quand j'entendis gémir dans la rue les freins de l'autobus.

17. Pain sec écrasé avec du fromage.

J'attendais le bruit des pas des enfants en train de courir, mais rien ne vint. J'allai donc dans le couloir leur ouvrir la porte. Ils étaient au milieu de la petite allée. Arsineh pleurait, la tête baissée. Armineh portait d'une seule main leurs deux cartables. L'autre main posée sur l'épaule de sa sœur, elle lui chuchotait quelque chose dans le creux de l'oreille. Armen n'était pas avec elles.

Inquiète, je me précipitai vers elles. « Que s'est-il passé ? Tu es tombée ? Tu t'es disputée ? Tu es malade ? »

Ses pleurs redoublèrent. Elle bredouilla entre deux sanglots : « Ce n'était pas de ma faute ! Moi je n'ai rien dit ! C'étaient les copines de classe. Elles riaient. » Elle pleurait si fort que cela finit par une quinte de toux.

Pendant ce temps-là, Armineh n'arrêtait pas de répéter : « Arsineh a raison, oui elle a raison. »

Je lavai la figure d'Arsineh, la fis asseoir à la table de la cuisine, lui fis boire quelques gorgées d'eau. « Bon, maintenant, raconte-moi ce qui s'est passé ! »

Elles se regardèrent. Arsineh baissa la tête en se tordant les doigts. Armineh releva soudain le menton, se recula un peu. Debout au milieu de la cuisine et les mains sur les hanches, elle vida son sac : « Jusqu'ici on n'a rien dit à cause d'Armen. Mais aujourd'hui, en guise de remerciements, il a giflé Arsineh devant toutes les copines de l'école. On va donc tout te raconter. » Elle se mit à raconter comment Armen était tombé amoureux d'Émilie. Celle-ci n'arrêtait pas de l'ennuyer. À l'école, elle se mêlait aux autres garçons pour plaisanter avec eux. Aujourd'hui dans le bus, quelqu'un avait écrit en grosses lettres au-dessus des sièges : « Armen est amoureux d'Émilie, Émilie de personne ! » Tout le monde s'était mis à rire. Armen s'était disputé avec ses sœurs en disant que c'était elles qui avaient écrit ça. Et il avait giflé Arsineh. Armineh reprit son souffle avant d'ajouter : « L'autre soir, chez Émilie, Armen toussait parce que…

— Non, pas ça ! cria Arsineh.

— Et pourquoi pas ? répliqua Armineh. Justement ça ! L'autre soir, Armen s'est mis à tousser parce qu'au jeu de la bouteille Émilie lui avait donné l'ordre de boire d'un coup un verre de vinaigre. Et en plus elle avait versé dedans une bonne cuillerée du chutney que sa grand-mère avait fait. »

Je m'assis sur une chaise.

J'avais la gorge en feu à l'idée d'avaler cul sec un verre de vinaigre agrémenté de ce chutney infernal. Les jumelles avaient les yeux rivés sur moi. Leurs cheveux bouclés dépassaient de leurs bandeaux identiques. Leurs joues charnues étaient brûlantes. Inquiètes, elles attendaient ma réaction.

Mais que se passait-il donc ? Où avais-je donc la tête ? Comment n'avais-je pas compris plus tôt ? D'une main, j'essuyai la sueur sur mon front. « Bon, et maintenant où est Armen ? » Elles haussèrent les épaules avec un regard boudeur.

Les pois de senteur se balançaient au vent. Le jour

tombait. Le rebord de la fenêtre était déjà dans l'ombre. Une guêpe s'affairait autour d'une fleur.

Les yeux d'Arsineh étaient encore rouges. Armineh cherchait quelque chose dans son cartable. Elle en sortit un cahier ainsi qu'un livre qu'elle me tendit. « De la part de madame Mania. » C'était le manuscrit de la traduction du *Petit Lord Fauntleroy* avec l'édition originale en anglais.

Je leur dis de s'installer pour goûter. J'allai m'asseoir au salon dans le fauteuil vert face aux fenêtres sans rideaux – que je venais de laver –, je pensai à Émilie. Comment était-ce possible ? Artosh voyait en elle une délicieuse enfant. Moi je la trouvais si timide ! Puis le verre de vinaigre au chutney me revint en mémoire et, inexplicablement, le jour de la naissance d'Armen.

La cousine germaine d'Artosh était venue de Tabriz avec son mari. À déjeuner, il y avait aussi ma mère et Alice. J'allais et venais entre la cuisine et la salle à manger tout en suivant les conversations.

« On n'a jamais vu un froid pareil !

— Il va sans doute neiger.

— La neige à Abadan ? Tu plaisantes. On n'est pas à Tabriz.

— Clarisse, arrête de marcher, ce n'est pas bon pour toi.

— Bof ! Aujourd'hui elle a planté tous les tuteurs des tomates avec le jardinier.

— Elle a planté quoi ?

— Des tuteurs. On les pique au pied des plants de

tomates pendant la croissance pour attacher les branches.

— À Tabriz personne ne plante de tomates chez soi.

— Qu'est-ce qu'on pourrait bien planter à Tabriz ?! »

C'était la première fois que je plantais des tomates. Tous les matins en me levant, mon premier souci était de descendre dans la cour pour aller voir mes tomates encore vertes et minuscules.

Cet après-midi-là, nous raccompagnâmes au train la cousine d'Artosh et son mari à Khorramshahr. Sur le chemin du retour, dans les faubourgs d'Abadan, mes douleurs ayant commencé, nous allâmes à l'hôpital. Armen était né au milieu de la nuit. Je restai allongée toute la nuit sur ce lit de l'hôpital de la Compagnie des pétroles, sans pouvoir dormir. Je n'arrêtais pas de trembler de froid, mettant cela sur le compte de l'accouchement. Le lendemain matin, quand ma mère et Alice me rejoignirent, elles étaient chaudement vêtues de laine.

« Le temps s'est terriblement refroidi depuis hier soir.

— Il fait moins de zéro.

— On n'a jamais vu un temps pareil depuis un demi-siècle.

— En ville, toutes les fleurs et tous les légumes ont gelé.

— Et mes tomates ? » m'écriai-je.

Ma mère prit Armen dans ses bras : « On peut bien sacrifier toutes les fleurs, tous les légumes et toutes les tomates pour un seul cheveu de mon petit-fils !

— Quels cheveux ? » dit en riant Alice qui déposa un baiser sur la tête d'Armen.

Quand je rentrai à la maison, je me précipitai dans la cour. Tous mes plants de tomates avaient gelé. Je m'assis à même le sol en pleurant. « Tu n'as pas honte ? me dit ma mère. Pleurer pour quelques misérables tomates ? » Artosh me releva en me prenant sous les bras. « Dépression postnatale ! » fit Alice. « N'importe quoi ! dit ma mère. Emmenez le bébé dans la maison, il va prendre froid. »

Dans la chambre que nous avions préparée pour Armen, je regardai les rideaux que j'avais brodés moi-même, les photos en couleurs de souris, de chats, de lapins que nous avions collées au mur. J'ôtai le dessus-de-lit que ma mère avait tricoté pour le lit du bébé. J'y couchai Armen et séchai mes larmes en disant : « Mon pauvre petit bébé ! »

Calée dans le dossier du fauteuil vert, je séchai mes larmes. Je contemplai par la fenêtre le ciel sans nuage. Quelqu'un avait fait boire un verre de vinaigre à « mon pauvre petit bébé ». Je pensais tristement qu'il aurait mieux valu qu'il ne grandisse pas. Quand il était petit, il ne faisait que ce que je lui disais de faire : boire, ne pas boire, aller, rester. Et maintenant… Maintenant quelqu'un était capable de faire avaler un verre de vinaigre à mon enfant, sans même que je m'en aperçoive! Je pensai encore à Émilie. Qui lui avait appris ça ?

Je tenais encore à la main le cahier. Je l'ouvris. L'écriture de Vazguen était régulière et très lisible. Il écrivait toujours à l'encre noire. « Je le lirai plus tard » me dis-je en refermant le cahier. Je le posai dans la bibliothèque et retournai à la cuisine. Arsineh et Armineh chuchotaient entre elles. Elles bondirent en me voyant.

« Armen vient juste de rentrer. Il est dans sa chambre.

— On a mal fait de…

— De te dire tout ça ?

— Tu ne vas pas le gronder ?

— Hein ? »

Je les rassurai en leur disant qu'elles n'avaient rien fait de mal, que je n'allais pas gronder Armen, qu'elles pouvaient aller faire leurs devoirs et réviser leurs leçons.

Je frappai à la porte. « Ce n'est pas fermé », dit une voix derrière la porte.

Il était allongé sur son lit. Les mains derrière la tête, il regardait le plafond. Je m'assis à côté de lui. J'avais changé les rideaux des années plus tôt. J'avais donné son lit d'enfant. Je conservais le petit dessus-de-lit dans une valise de la remise. Je ne savais plus ce que j'avais fait de toutes les photos. Sur les murs, depuis deux ans, Alain Delon, Kirk Douglas, Burt Lancaster, Claudia Cardinale et Brigitte Bardot avaient remplacé les souris, les chats et les lapins.

En le regardant, j'avais l'impression d'être face à un étranger. Jusqu'à ce matin-là, mon fils de quinze ans était encore « mon pauvre petit bébé », mais à présent... Ses cils étaient les mêmes que lorsqu'il était enfant, longs et recourbés. Dans le coin de l'œil gauche, une petite cicatrice me rappelait la varicelle qu'il avait attrapée à l'âge d'un an. Après quinze ans, il me semblait que je la remarquais pour la première fois. J'étais en train de me demander par où commencer quand il vint à mon secours en disant, les yeux toujours au plafond : « Je sais bien que j'ai mal agi. Ce n'était pas la faute d'Arsineh. »

En d'autres circonstances, le fait d'avoir giflé Arsineh eût été en soi un motif grave et lui eût valu de ma part de fortes remontrances, mais à présent, je voulais qu'il me parle du vrai motif de son geste, lui en parler moi-même, que nous en parlions ensemble : c'est-à-dire d'Émilie, de ce qui m'était dur à prononcer – de leurs amours.

Je ne voyais pas par où commencer. J'étais là, devant la carte de l'Iran accrochée au mur, au-dessus de son lit. De loin, je faisais le tour d'un lac, mais je dus avancer la tête pour lire le nom de Bakhtegan. Je me souvins de ce dont nous étions convenues madame Nourollahi et moi. Pourquoi donc me souvenais-je de toutes les villes d'Arménie sans les avoir jamais vues alors que je ne connaissais pas le nom des lacs d'Iran ?

J'essayai de me rappeler dans quel état d'esprit j'étais au moment de mes fiançailles avec Artosh. C'était la seule période de ma vie que je pouvais inscrire dans le temps des amours. Je ne me souvenais pas de grand-chose. Il ne s'était pas écoulé beaucoup de temps entre notre première rencontre, nos fiançailles et nos noces. Une semaine après l'avoir rencontrée à la fête d'anniversaire d'une amie commune, j'avais vu Artosh près de chez nous. Avant d'en être heureuse, je fus d'abord étonnée. Artosh, apparemment, l'était aussi, car il s'écria : « Quelle heureuse coïncidence !

— N'est-ce pas », avais-je répondu.

Plus tard, le jour où, nous promenant dans l'avenue Saadi en mangeant des *pontchiks*[18] achetés chez Mignon, il m'avait avoué : « Tu n'avais donc pas compris que j'étais là exprès ?

— Comment savais-tu où j'habitais ? avais-je répondu, toujours aussi étonnée.

— En fait, trouver ton adresse n'était pas facile du tout, mais… ! » avait-il répliqué très sérieusement.

Je ne sais pas ce qu'il avait lu dans mon regard, mais toujours est-il qu'il avait éclaté de rire sans pouvoir continuer sa plaisanterie : « Bon ! J'ai demandé. » Puis, il m'avait entouré les épaules de son bras : « Ce qui me plaît chez toi, c'est ton innocence. »

18. Choux à la crème.

En observant le lac Bakhtegan, je me disais : innocente ou idiote ?

Toujours les yeux au plafond, Armen me demanda : « Toi et papa, vous étiez amoureux l'un de l'autre avant de vous marier ? »

J'étais interloquée. Toute question impromptue, toute réaction non prévue, enfin tout ce à quoi je n'étais pas préparée à l'avance me déstabilisait. Et là, Armen était un maître. Ses yeux avaient quitté le plafond pour se fixer sur moi. Il attendait ma réponse.

Je me levai, me rapprochai de la fenêtre et restai debout. Je me souvenais de ce jour, de longues années auparavant, où le professeur d'algèbre m'avait interrogée inopinément sur la leçon que je ne savais pas. J'avais été incapable de résoudre l'équation au tableau. Je sentais tous les regards dans mon dos tandis que du coin de l'œil j'épiais les réactions du prof de maths dont le doigt tambourinait sur le bureau une attente impatiente. J'étais en nage, le cœur battant la chamade. « Mon Dieu, aidez-moi ! suppliais-je. Faites que tout ça passe le plus vite possible. »

À présent, mon cœur ne battait pas si vite, je n'étais pas en sueur, mais j'avais tout de même envie que tout ça finisse au plus tôt. Le regard perdu dans les jujubiers, tournant le dos à mon fils, je lui dis : « Moi aussi, comme toi, je détestais les maths. »

Armen ne quitta pas sa chambre de la soirée et quand je l'appelai pour qu'il vienne dîner, il me répondit derrière la porte qu'il n'avait pas faim.

Sans un mot, les jumelles mangèrent, se lavèrent les dents, enfilèrent leur chemise de nuit et allèrent se coucher. Elles n'eurent pas besoin d'histoire à raconter, ne firent aucune objection pour s'endormir. Cette nuit-là, ni Ishy ni Raiponce ne furent perdues.

23

Artosh était assis devant la télévision, tenant d'une main un livre sur les échecs et se grattant la barbe de l'autre. Le jeu d'échecs était installé sur la table.

Je m'assis à côté de lui pour regarder la télévision un moment. Il y avait un film documentaire sur les palmeraies de la région d'Ahwaz. « Maman a raison, dis-je, dorénavant, il vaut mieux ne pas trop voir les Simonian. » La main s'immobilisa dans sa barbe. « Pourquoi ça ? » Je lui racontai tout. Il écouta l'histoire du verre de vinaigre au chutney. Quand j'arrivai aux inscriptions dans le bus il se mit à rire. À l'épisode de la gifle administrée à Arsineh par Armen il revint à son livre et à ses échecs. « Ne prends pas les choses trop au sérieux. Ce sont des enfants. À propos, Émile m'a dit qu'il avait posé un après-midi de congé pour demain. Il vient t'aider à changer les pots de fleurs, à planter, quelque chose comme ça. Je ne me souviens plus très bien. C'est ça ? »

Pendant un court instant, Armen, Émilie, le verre de vinaigre et le fait de ne plus trop voir les Simonian me sortirent de l'idée. Je me mis à rouler une mèche au tour de mon doigt. « Comme c'est curieux, il n'a pas oublié ! » Artosh déplaça une pièce d'échecs. « Qu'est-ce qu'il n'a pas oublié ? » Dans le documentaire, un Arabe se préparait à monter sur un palmier. « Il y a quelques jours, il m'a promis de venir changer la terre des pois de senteur. Je pensais qu'il disait ça par politesse. »

Artosh releva la tête en me regardant fixement : « Des pois de senteur ?

— Oui, les pois de senteur du rebord de fenêtre de la cuisine.

— De la cuisine ? »

Je poussai un soupir en m'enfonçant dans mon fauteuil et m'absorbai dans le programme de la télévision. L'Arabe était en train de grimper lestement en haut du palmier. « Nous avons une maison. Cette maison possède une cuisine. Dans cette cuisine, il y a une fenêtre. Sur le rebord de cette fenêtre, il y a des années, nous avons installé des bacs à fleurs. Moi, une fois par an, j'y plante des pois de senteur et deux fois par an, je renouvelle...

— Ah bon ! dit Artosh en roulant sous ses doigts une des pièces d'échecs avant de ricaner : Alors comme ça il a pris un congé pour venir changer la terre des bacs à fleurs ? Tiens donc !

— Il n'a pas pris de congé pour nos bacs à fleurs. Il voulait faire des plantations chez lui. »

Le verre de vinaigre au chutney me revint en mémoire. « Mais de toute façon je suppose que ce serait mieux de voir un peu moins les Simonian. »

Artosh ferma son livre d'échecs en laissant un doigt à la page. « Voilà encore que tu t'en fais une montagne ! Ce ne sont que des enfants. Ils se disputent. Se réconcilient. Avant de se disputer à nouveau. Quel rapport avec nos relations ? »

En moi-même, je me dis : toi, tu es seulement inquiet de perdre ton partenaire d'échecs. J'ajoutais tout haut : « Tu as raison. Pourquoi est-ce que je grossis tout ? Chaque fois que je dois te parler de quelque chose, j'en fais toute une affaire. »

Artosh leva un instant les yeux au plafond, les baissa vers la télévision, puis se leva et sortit de la pièce en jetant son livre sur la table. Un pion noir alla rouler sous le fauteuil.

Madame Dourandish, la présentatrice de télé, dit en riant : « Nous vous souhaitons une excellente soirée ! »

J'étais furieuse.

24

Alice était si excitée qu'elle n'arrivait plus à articuler. « Il a téléphoné ! Tu crois ça ? Il m'a téléphoné à l'hôpital. Il m'a invitée à dîner au club. » Elle riait, hoquetait en faisant le tour de la table de la cuisine où ma mère et moi étions assises.

Ma mère se leva pour ouvrir le réfrigérateur, versa de l'eau dans un verre qu'elle lui tendit. « Dieu nous garde, elle est devenue complètement folle ! »

Ma sœur finit par se calmer. Ne toucha pas aux gâteaux, ni au café. Elle ne voulut rien d'autre que nous accabler avec tous les détails de sa conversation téléphonique avec Joop Hansen. Puis elle se leva, prit son sac sous le bras et se dirigea vers la porte, non sans se prendre un pied dans la chaise, heurter la table et manquer d'aller finir tête contre le mur. Elle réussit à trouver la porte et avant de sortir, dans un dernier hoquet, déclara tout essoufflée : « J'ai rendez-vous chez le coiffeur. Je dois être au club à huit heures. »

Nous avions le regard fixé sur la table, ma mère sur le sucrier, moi sur la salière. « Toi, qu'est-ce que tu en penses ? » finit par dire ma mère.

La mine épouvantée de ma mère me fit rire. Ma mère s'inquiétait d'un rien. Le moindre événement la paniquait. Elle se préoccupait beaucoup d'Alice qui n'était toujours pas mariée. Mais dès qu'un homme apparaissait à l'horizon de sa vie, elle prenait peur.

Moi aussi, j'avais été un peu étonnée au dîner de Nina par le comportement du Hollandais et de l'attention qu'il avait portée à ma sœur. Quelques jours à peine s'étaient écoulés et voilà qu'il l'invitait. J'étais encore plus étonnée. Mais heureuse. D'abord parce qu'Alice abandonnerait certainement l'incroyable projet qu'elle avait conçu au sujet d'Émile Simonian ; et puis, je me disais : « Qui sait ? Peut-être... »

Ma mère semblait avoir lu dans mes pensées : « C'est impossible ! Nina m'a dit que le type était amoureux de cette Téhéranaise... Comment s'appelle-t-elle... La cousine de Garnik. Alors pourquoi aurait-il téléphoné à Atchou ? » En l'absence de ma sœur, ma mère se permettait de l'appeler par son petit nom en toute tranquillité et sans craindre les cris et les reproches.

Je me levai pour ouvrir la fenêtre. J'écartai la moustiquaire. Arrosai les pois de senteur. J'essayai de justifier cette affaire pour ma mère, même si les arguments que je me donnais à moi-même me paraissaient faibles et peu convaincants.

Elle s'assit à la table de la cuisine, la main sur le cœur, raide comme un piquet, répétant : « C'est impossible. Ce type a sûrement manigancé quelque chose. »

Je me souvins de la conversation de la veille au soir : Émile avait dit qu'il viendrait changer la terre des bacs à fleurs. Un instant, je fus toute contente. Puis je me rappelai l'épisode du pion noir qui gisait encore sous le fauteuil du salon. Je m'attendais à ce que la colère resurgisse, mais non. Je décidai de remettre l'arrosage des fleurs, après que la terre aurait été changée.

Je reposai la carafe d'eau sur la banque. « Peut-être bien qu'Alice lui a tapé dans l'œil, après tout », dis-je en me retournant vers ma mère. « Quoi de mieux ? Tu ne devrais pas rentrer à la maison ? ajoutai-je, un œil sur la pendule. Empêche-la de trop se maquiller comme à son habitude. Moi, il faut que je prépare le goûter des enfants, ils vont revenir de l'école d'une minute à l'autre. » En fait je pensais : sans ma mère, je serai plus à l'aise pour parler d'Émilie et d'Armen avec Émile.

Ma mère était si absorbée par l'histoire d'Alice et de son Hollandais qu'elle ne fit aucune réflexion sur le retour des enfants et l'heure du rendez-vous de ma sœur qui étaient encore loin. Elle se contenta de répéter en partant : « Sainte Marie, faites que tout se passe bien ! »

Je demeurai un instant debout au milieu de la cuisine.

Mes deux côtés étaient en conflit. Finalement, l'un des deux dit à l'autre : après tout, il n'y a pas de mal à être bien mise.

J'allai dans ma chambre me donner un coup de peigne et mettre un peu de rouge à lèvres. Je me lavai les mains, me passai de la crème, regardai l'heure. J'aurais bien aimé savoir exactement à quelle heure il allait venir. Je repensai à tout ce que j'avais à faire : repasser le couvre-lit des jumelles ; ranger les tiroirs dans la chambre d'Armen ; ramasser le linge étendu dans la cour. Au lieu de tout ça, j'allai m'asseoir au salon dans un des fauteuils verts et j'ouvris le manuscrit du *Petit Lord Fauntleroy*.

Au XIXe siècle, une Américaine épouse l'héritier d'un lord anglais. La traduction de Vazguen, comme toujours, était d'une fluide simplicité. Madame Simonian savait-elle que son fils devait venir chez nous ? Pourquoi l'ignorerait-elle ? Le vieux lord, mortifié que son fils ait épousé une Américaine, le déshérite. Les jumelles vont certainement aimer l'histoire. Je ne mets jamais du rouge quand je suis à la maison. La phrase est trop longue. Il faut couper. Où est mon crayon ? Les enfants l'ont certainement encore pris. Dans cette maison, rien n'est jamais à sa place. Le fils du lord et la jeune Américaine ont ensemble un garçon. Tu te fais une montagne de rien. Il est capable de parler pendant des heures de choses qui ne nous regardent absolument pas, et quand il s'agit de nos problèmes à nous, il lève le camp ! Quoi de plus important que nos enfants ? Le fils du lord vient à mourir. Le grand-père est un bel égoïste. La pauvre Américaine ! Artosh est un égoïste, un vrai égoïste ! Je bondis en entendant sonner. Avant d'atteindre le couloir, j'avais essuyé mon rouge à lèvres avec un mouchoir en papier.

Il portait un pantalon marron et une chemise

blanche à manches courtes. Il posa un petit sac de terre dans la cour, au pied de la fenêtre de la cuisine. Je voulus le prendre mais il m'arrêta : « Non ! Ne touche pas cette terre. Apporte-moi seulement un plantoir. » Pourquoi l'image de Shahandeh me revint-elle en mémoire ?

Nous avions acheté deux valises au bazar des Koweïtiens. Une valise dans chaque main, je suivais Artosh vers la voiture que nous avions garée près de la boutique de Shahandeh. Celui-ci était sorti sur le pas de sa porte pour nous saluer. Apercevant les valises dans mes mains, il avait dit en riant à Artosh : « Monsieur l'Ingénieur, vous avez trouvé un porteur très mignon ! » Ce soir-là, Artosh m'avait dit : « Shahandeh est un plaisantin. J'espère que tu ne t'es pas fâchée de ses propos ! »

En deux temps trois mouvements, Émile changea la terre du bac à fleurs et se releva. « Voilà qui est fait !

— Vous avez tout fait, moi je n'ai fait qu'admirer !

— Pas "vous", "toi", reprit-il en essuyant du revers de la main son front baigné de sueur. Alors, c'est toi qui vas arroser, dit-il en souriant. Tu as encore de ce savon parfumé ? »

J'arrosai le pot de fleurs. Ma conscience était encore tiraillée des deux côtés. Le premier ne laissait pas le second tranquille. Pourquoi es-tu si pressée ? Pourquoi n'enroules-tu pas le tuyau d'arrosage autour du robinet comme d'habitude ? Pourquoi l'as-tu jeté par terre ? Pourquoi regardes-tu encore l'heure qu'il est ? Pourquoi t'es-tu souvenue qu'Artosh a dit qu'aujourd'hui il rentrerait plus tard ? Pourquoi ne te rappelles-tu pas le motif de ce retard ? Le second lui coupa la parole. Avant le retour des enfants, je veux lui parler d'Émilie et d'Armen. C'est tout.

Je préparai le café en insistant pour que nous allions nous asseoir au salon. Je venais de laver les rideaux. Je les avais repassés et les avais accrochés le matin même. Je voulais lui parler après le café.

Le manuscrit de la traduction et le livre en anglais du *Petit Lord Fauntleroy* étaient encore sur la table. Il prit le livre pour le feuilleter. Puis jeta un coup d'œil au manuscrit. « C'est toi qui l'as traduit ? »

J'allais lui expliquer, après avoir posé les tasses de café sur la table, quand il me devança : « Je me souviens. C'est le livre dont parlait madame Mania ? » Je lui répondis que oui tout en me demandant si c'était du livre ou de Mania dont il se souvenait le plus.

Il se dirigea vers la bibliothèque. Se pencha pour lire les titres. « Tu as pratiquement toutes les œuvres de Sardou, sauf une ou deux. »

Je ne sais pas comment je fis pour me lancer, mais je le fis. Je parlai de Sardou. Telle œuvre me plaisait, telle autre non. Pourquoi celle-ci me plaisait, et cette autre non. Ce que pensait monsieur Davtian de Sardou. Monsieur Davtian était le propriétaire de la librairie Araxe. Celle-ci était située au carrefour

Ghavam os-Saltaneh, à Téhéran. J'aimais particulièrement cette librairie. Quand j'allais à Téhéran, c'était le premier endroit où je me précipitais. J'y restais des heures. Je m'étais entendue avec monsieur Davtian pour qu'il m'envoie des livres, ce qu'il faisait régulièrement. Bien sûr, je n'avais pas les œuvres complètes de Sardou… Je parlais sans m'arrêter. Quand les enfants apparurent dans l'encadrement de la porte, leur cartable à la main, je me demandai pourquoi je n'avais pas entendu l'autobus arriver.

Pendant tout ce temps-là, Émile était resté à me regarder, un coude sur le bras du fauteuil, la main sous le menton.

25

Quand Alice et ma mère entrèrent, j'étais en train de laver les aubergines.

Ma mère proféra un grognement en guise de bonjour, prit une chaise pour s'asseoir, les yeux au plafond.

À peine assise, Alice se mit à raconter sa soirée. « Tout d'abord vingt sur vingt pour la galanterie. Dès que je suis entrée dans le restaurant il s'est aussitôt levé pour me saluer. »

J'allais lui demander pourquoi il n'était pas venu à

sa rencontre, mais je me ravisai aussitôt pour lui demander si elle prenait du café. Elle était si excitée qu'elle refusa d'un geste avant de poursuivre sans même reprendre son souffle. « Il m'a parlé de tout. De sa mère, qui vit avec sa sœur. Près d'une petite ville du sud de la Hollande. Une maison en lisière de forêt. Une vraie chaumière de carte postale… »

Je préparai le café pour moi et pour ma mère qui roulait maintenant vers Alice des yeux furibonds.

Alice se leva d'un bond en rejetant sa chaise en arrière pour se diriger vers le réfrigérateur. « Il m'a montré quelques photos de la maison, de sa mère, et de sa tante. » Elle ouvrit la porte du réfrigérateur et prit la bouteille d'eau. « Sa pauvre tante est paralysée. Elle se déplace en chaise roulante… » Elle se remplit un verre. « Joop dit qu'à Abadan, on doit boire beaucoup d'eau. » Elle but deux gorgées. « La tante de Joop est un ange de bonté et de bonne humeur. Tout comme sa mère. Une vraie perle de gentillesse. » Elle but ce qui restait d'eau. « La pauvre s'occupe de sa sœur depuis de longues années, et ne se plaint que depuis quelque temps de mal de rein. » Elle posa le verre vide sur la banque. « Joop dit que sa mère et sa tante ne voient jamais personne. Elles n'attendent qu'une chose, que Joop se marie, amène son épouse dans cette merveilleuse maison et qu'ils y vivent tous ensemble. »

Je pris la cafetière sur le gaz que j'éteignis avant de nous servir un café, à ma mère et à moi.

Alice faisait les cent pas en regardant tout dans la pièce sauf ma mère et moi. « Il n'y a pas âme qui vive à des lieues à la ronde autour de la maison. Le matin, de bonne heure, on voit passer des biches devant les fenêtres. N'est-ce pas féérique ? La nuit, on entend gémir les chacals dans la forêt.

— Sainte Vierge Marie ! » s'écria ma mère.

Je lavai le verre vide, le rangeai dans l'égouttoir avant de me rasseoir. Alice fit de même. « Quel homme charmant ! Si sensible ! Si aimable ! Si bon ! Il m'a interrogée sur tout : où j'avais fait mes études d'infirmière, depuis combien de temps je travaillais. » Elle se mit à rire. « Au début, il croyait que je n'étais qu'une simple infirmière, mais quand il a compris que j'étais infirmière en chef dans le service de chirurgie, je crois qu'il a été très *impressed* ! » Avec un regard vers ma mère, elle reprit : « Je veux dire qu'il a été très impressionné. » Elle se retourna vers moi. « Il m'a demandé depuis quand j'avais été recrutée. Combien je toucherais d'indemnités de retraite si je démissionnais. Bref ce fut un interrogatoire complet. S'il n'avait pas quelque intention, pourquoi l'aurait-il fait ? Hein ? Qu'est-ce que tu en penses ? »

Au lieu de lui répondre, je lui offris un gâteau au miel.

Ma mère, répondit à ma place : « Ta sœur pense comme moi, que tu n'es qu'une sotte. »

Alice, sans prêter nullement attention à ce que disait ma mère, et à ce que je ne disais pas, refusa le gâteau au miel et se leva. « Jeudi j'ai une journée *off*. Il m'a proposé de m'emmener à Kout-Abdollah. Il doit aller surveiller je ne sais quel chantier en pleine garrigue. On est convenus que je préparerai des sandwichs que nous mangerons dans la garrigue avant de nous balader. Joop est un amoureux de la garrigue, du désert et du soleil. » Elle prononça ces trois mots comme si elle déclamait un poème, les bras ouverts, la tête légèrement relevée, le regard tourné vers la fenêtre.

Ma mère cria soudain : « Tu ne comprends donc pas ?

— C'est toi qui ne comprends rien, répondit Alice d'un air furieux. Il m'a avoué qu'il est tombé amoureux de moi la première fois qu'il m'a vue. »

Ma mère se mit à crier comme une folle. J'avais un morceau de gâteau au miel à la main, moi qui n'aimais pas ça. Je jetai le gâteau dans le cendrier avant de me lever.

Je me mis à peler les aubergines. Pourquoi ma sœur était-elle aussi stupide ? Pourquoi ma mère rabâchait-elle toujours les mêmes sornettes ? Pourquoi me sentais-je si mal à l'aise ? En me coupant le doigt, je poussai un cri, mais pas vraiment pour la douleur.

« Qu'y a-t-il ? demanda ma mère en bondissant.

— Rien ! » dis-je en lavant le sang sous le robinet de l'évier.

Alice et ma mère revinrent à leur dispute. À mon tour je me demandai : qu'est-ce qui se passe ?, en égrenant une série de réponses : le verre de vinaigre au chutney ; ma colère de la veille à cause d'Artosh ; la stupidité d'Alice ; la roublardise du Hollandais ; les cris de ma mère et... ce qu'avait dû penser Émile Simonian. Combien de temps avais-je parlé sans m'arrêter ? Une demi-heure ? Une heure ? J'en rougis de honte.

« Tout ça, c'est de la faute de Nina, disait ma mère. Cela fait cent fois que je répète que nous ne devons plus la voir, elle et les siens.

— Arrête de crier inutilement. Nina n'y est pour rien », répliqua Alice.

Émile m'avait remercié avant de partir : « Pour le café, et pour toute cette belle conversation. » Il disait cela sans doute pour se moquer. Il se moquait certainement, et je le méritais. Ma mère frappa sur la table avec la salière.

« Mais enfin, ne comprends-tu pas que ce salaud cherche une pauvre souillon sans ressources ? »

Alice frappa un coup encore plus fort avec son couteau à fruits.

« C'est vous tous qui ne comprenez rien ! »

Je plaçai les aubergines dans la passoire. Mon mauvais côté caracolait : ne cherche pas à te vanter. Je saupoudrai les aubergines de sel. Mon bon côté vint à mon secours : elle ne se vantait pas, elle parlait de ce qu'elle aimait. Le sel raviva ma blessure. Je suçai mon doigt coupé en regardant les pois de senteur. Mon mauvais côté demanda : depuis quand devons-nous parler de ce qui nous intéresse ? L'autre cherchait une réponse.

La voix de ma mère me ramena sur terre. « À quoi rêves-tu Clarisse ? Dis quelque chose, toi ! »

Tandis que je me tournais vers ma mère, le doigt dans la bouche, les jumelles firent leur entrée. « On a fini nos devoirs ! »

Je retirai le doigt de ma bouche et, le tendant vers la porte, je leur criai : « Dehors ! »

Leur regard stupéfait glissa de moi à ma mère qui s'éventait, puis à Alice qui pelait tranquillement une pomme, et enfin revint vers moi. Elles savaient depuis longtemps à quels moments précis elles pouvaient ignorer un « non ». Elles baissèrent la tête : « Est-ce qu'on a la permission...

— Avec Émilie...

— Dehors ! coupai-je.

— Enfin, à la première rencontre..., commença ma mère en se tournant vers Alice.

— À la deuxième, répliqua Alice.

— Bon, peu importe combien. Si ton père était encore de ce monde... »

Je fermai les yeux, les mains sur le front. Fallait-il que je donne encore raison à Alice ? Les jumelles étaient toujours dans le couloir quand on sonna.

« Bonjour tante Nina !

— Bonjour tante Violette !

— Sophie, quelle belle robe !

— Comme vous avez bien fait de venir. »

« Bien fait de venir ? » Ma mère tira une mine d'un pan de long. Je crus bien qu'elle allait éclater. Alice posa la pomme dans son assiette.

« C'est Nina ? Formidable ! »

Une voix retentit dans l'entrée : « Où es-tu patronne ? »

J'allai au-devant d'elle en la priant de bien vouloir passer au salon. Mais Nina ne voulut rien entendre. « Je me languis de la chaumière de Hansel et Gretel, s'écria-t-elle en entrant dans la cuisine. Oh, qui vois-je ? Madame Veskanian et Alice ! *Barev, barev* ! »

Alice, les bras ouverts, vint embrasser Nina et Violette. Ma mère ne répondit pas au salut de Nina. Jetant un regard circulaire, Violette s'écria : « Quelle cuisine délicieuse !

— J'étais justement en train de dire à Clarisse que j'avais follement envie de te voir », dit Alice à Nina.

Ma mère lançait des yeux furibonds vers moi, vers Nina, Violette, à toute la cuisine. Alors que je demandais si tout le monde était assis, on sonna à nouveau. Les voix d'Arsineh et d'Armineh retentirent dans l'entrée.

« Bonjour oncle Émile.

— Bonjour madame Simonian.

— Émilie, on allait justement te chercher.

— Tout le monde est à la cuisine. »

Je n'avais ni le courage de penser, ni celui de réagir. La mère et le fils se tenaient debout dans l'embrasure de la porte.

Il y eut un moment de silence. On n'entendait que la voix de Violette qui chantonnait un air. Elle avait ouvert la moustiquaire. Elle nous tournait le dos pour humer le parfum des pois de senteur.

Ma sœur fut la première à briser le silence. Elle s'avança toute raide vers madame Simonian pour lui tendre la main : « Bonsoir ! Permettez-moi de me présenter : Alice Veskanian, la sœur de Clarisse. »

Les jumelles, qui étaient cachées avec Sophie et Émilie derrière les Simonian, pouffèrent de rire. Mais avant que nos regards aient pu se croiser, elles avaient déjà filé. En temps normal, le ton peu ordinaire qu'avait pris Alice et le contraste entre sa taille imposante et le petit corps frêle de madame Simonian, m'auraient bien déridée.

Alice serra ensuite la main d'Émile. « Enchantée. J'avais hâte de faire votre connaissance et celle de madame votre mère. Clarisse m'a beaucoup parlé de vous. »

Quand avais-je parlé de lui ? Pourquoi Alice prenait-elle ce ton guindé ? Pourquoi aujourd'hui toute la ville s'était-elle donné rendez-vous dans ma cuisine ?

« Quelles fleurs parfumées ! » dit une voix.

Nous nous tournâmes tous vers la fenêtre. Violette, avec son chemisier rouge, sa jupe blanche cintrée, ses anneaux aux oreilles, était appuyée au cadre de la fenêtre. Dans la lumière qui tombait de la fenêtre, ses cheveux paraissaient plus clairs encore.

Quand j'eus présenté tout le monde, j'invitai la compagnie à se rendre au salon. Madame Simonian ne faisait que passer. Ils allaient au bazar des Koweïtiens. Émile avait quelque chose à me remettre. Elle eut un geste pour Nina puis se retourna vers ma mère qui l'interrogeait.

Alice fit les yeux doux en direction d'Émile et de sa mère sans être vue de personne puis, une main dans le dos de Nina, se dirigea vers le salon. « Je suis ravie te voir. J'allais te téléphoner ce soir. »

Ma mère était en train de dire à madame Simonian que son père et le sien étaient amis. Il avait été invité à ses noces, mais pas elle, parce qu'elle était trop petite et...

Je pressai encore tout le monde vers le salon. En même temps que moi, madame Simonian se tourna vers son fils en grommelant. Nos deux regards suivirent celui d'Émile qui se portait vers la fenêtre. Violette souriait, faisant virevolter un pois de senteur dans sa main.

Ma mère poursuivait : « Comme c'est dommage d'avoir vendu cette grande et belle maison. Hier je disais à Clarisse...

— Émile ! s'écria madame Simonian.

— Je disais à Clarisse...

— Émile ! » reprit madame Simonian un ton plus haut.

Elle sortit de la cuisine en tournant les talons.

Je courus presque après Émile qui courait presque

derrière sa mère. Au milieu de l'allée, il se retourna pour me tendre le paquet qu'il tenait à la main. « Hier j'ai ouvert une malle de livres…

— Émilie ! » cria madame Simonian.

Je tendis la main pour saisir le paquet. Après un bref coup d'œil, je relevai la tête. Il n'y avait plus personne dans la cour. Le portillon était entrouvert. Je revins vers la cuisine.

Ma mère était en train de passer un chiffon sur la banque. En général, ma mère travaillait très vite, mais quand elle était énervée, elle avait des gestes comme dans les vieux films, vifs et saccadés. Violette l'observait d'un air médusé. « Quelle vitesse ! dit-elle en m'apercevant. À propos, votre minuscule voisine est très amusante. Mais elle avait l'air énervée, non ?

— Bien sûr qu'elle était énervée ! intervint ma mère. Elle était énervée parce que je lui ai demandé pourquoi elle avait vendu sa belle maison. Énervée parce qu'elle a compris que je connaissais les moindres détails de sa vie, qu'avec moi elle ne peut pas jouer les fanfaronnes. Énervée quand je lui ai dit que j'étais trop jeune pour assister à ses noces. C'était la pure vérité ! »

Sur ces mots, elle retourna à sa banque. Soudain pensive, Violette la regarda astiquer énergiquement. Elle ôta un cheveu qui était tombé sur son visage en s'écriant : « Ah bon ! C'était donc pour ça qu'elle était énervée ? »

Je pris le chiffon des mains de ma mère et l'envoyai

au salon avec Violette. Enfin seule, je me pris la tête entre les mains et, poussant un ouf de soulagement, je posai les tasses à café sur le plateau, puis la cafetière sur le gaz. Je n'étais vraiment pas dans mon assiette. Épuisée, énervée, blessée. À cause d'Alice ? De ma mère ? De Nina qui nous était tombée dessus à l'improviste ? Ou de moi-même qui m'étais mise à courir sans raison derrière Émile et sa mère ? Tandis que dans la cafetière, le café formait un rond de plus en plus petit, ma respiration se faisait plus haletante. Au moment où j'aurais dû éteindre le gaz, j'entendis deux cris superposés : « Maa ! Maan ! Est-ce que tu permets que nous… »

Je me retournai pour leur crier : « Non ! Pas de permission ! »

Le sifflement du café qui débordait me fit me retourner. Je regardai la cafetière à moitié vide, la gazinière entièrement maculée. Je fermai les yeux.

Dans le couloir, Armineh disait : « Elle est en colère parce que le café a débordé.

— Non ! répliqua Arsineh. Elle était déjà en colère avant que le café déborde. »

Je lavai la cafetière sous le robinet. Mesurai à nouveau le café, le sucre et l'eau.

Quand j'entrai au salon avec le plateau du café, Alice était en conversation avec Nina : « Où est le problème ? Il n'y a aucun problème. Je vais téléphoner tout de suite à Garnik. » Puis, m'apercevant : « On a décidé de dîner tous ensemble. Tu veux téléphoner à

Garnik ? » Je ne sais ce qu'elle lut dans mes yeux, mais elle se reprit en se dirigeant vers le couloir : « Je vais lui téléphoner moi-même. »

Je servis le café avant de m'asseoir à côté de Nina, essayant de suivre sa conversation. Ma mère était assise sur le bord d'une chaise de salle à manger, lèvres serrées, les yeux rivés sur le tapis.

Alice revint au salon. « Garnik dit qu'il a la grippe. Il craint de nous contaminer. Il demande à Nina et Violette de ne pas s'inquiéter. Il nous souhaite tout de bon. Quel homme délicieux ! » Puis se tournant vers moi : « Pousse-toi un peu, il faut que je parle à Nina. »

J'allais me lever quand on entendit des cris dans l'entrée, un bruit de porte qui claque et une vitre qui se brise. Puis les hurlements de Sophie : « Ma main ! Aïe, ma main ! »

Nous nous précipitâmes dans l'entrée. Le cadre au-dessus de la porte de la chambre d'Armen était tombé et des morceaux de verre jonchaient le sol. Sophie tenait son poignet en hurlant pendant que les jumelles criaient : « Sophie s'est coupé le bras ! »

Le souffle court, je craignis qu'elle n'eût une artère tranchée.

Nina s'agrippait à mon bras : « Doux Jésus ! Quel malheur ! Qu'est-ce qu'il faut faire ? »

Sophie, prostrée, ne lâchait pas son poignet et ne cessait de hurler. Les jumelles pleuraient dans les bras l'une de l'autre. Ma mère se frappait la tête. « Maudit soit Satan ! »

Alice se précipita vers Sophie autant que le lui permettait sa corpulence. « Lâche ça que je voie ce qu'il y a. »

Nous fîmes tous silence un instant, pendant qu'Alice levait le poignet de Sophie, et constatâmes sa petite coupure au poignet.

Alice se pencha sur Sophie : « Hier ou avant-hier on a amené une souris à l'hôpital à qui il était arrivé la même chose. Devine comment ça s'est terminé ? » Sophie leva vers elle ses yeux embués de larmes. « Elle est morte ! » dit Alice en éclatant de rire.

Nina lâcha mon bras pour embrasser Sophie. « Merci mon Dieu ! » Ma mère arrêta de se frapper la tête : « Merci mon Dieu ! »

Moi aussi je pensai : Merci mon Dieu !

Les jumelles prirent Sophie dans leurs bras. « Oooh ! » cria-t-elle en pinçant les lèvres.

Alice entraîna Nina en la prenant par le bras : « Clarisse va la désinfecter. Viens que je te raconte la suite. »

Voyant que sa mère s'éloignait, Sophie se remit à pleurer.

J'allai à la salle de bains. J'ouvris l'armoire à pharmacie. J'y pris le flacon de Dettol et le coton puis je revins vers l'entrée où Sophie était encore en train de pleurer. Nina la tenait de nouveau dans ses bras pendant que les jumelles criaient devant la porte fermée d'Armen : « C'est de ta faute.

— Je m'en fous, répondit Armen derrière la porte.

— Taisez-vous », dit ma mère.

Pendant ce temps-là Violette, une épingle à cheveux ornée d'une pierre entre les dents, se recoiffait devant la glace de l'entrée. Où était-elle donc passée pendant toute cette histoire ?

« Allez vite ! Arrête de lambiner », me dit Alice en m'arrachant le Dettol et le coton des mains.

La porte s'ouvrit pour laisser passer Artosh et Émile. « On s'est dit qu'une partie d'échecs avant le dîner... » fit Artosh. Comme s'il avait lu dans mes pensées, Émile ajouta : « Ma mère avait une telle migraine que... nous ne sommes pas allés au bazar. » Ils aperçurent en même temps les débris de verre sur le sol.

Profitant de l'arrivée de nouveaux spectateurs, Sophie se remit à pleurer tandis qu'Alice se hâtait de désinfecter la plaie. Toutes à la fois, les jumelles, Nina et ma mère racontèrent ce qui s'était passé.

Je vis un sourire se dessiner sur les lèvres de Violette qui laissa tomber l'épingle à cheveux. Une main devant la bouche, elle fit « oh » et se baissa pour ramasser l'épingle. J'aperçus par le décolleté de son chemisier sa combinaison de dentelle noire. Quelle peau blanche elle avait !

J'essuyais les taches de café sur la gazinière en me demandant ce que je pourrais bien faire comme dîner pour tout ce monde. Pourquoi donc fallait-il que je fasse à dîner pour tant de monde ? Comment Alice se permettait-elle de lancer des invitations dans ma propre maison ? Et Armen, qu'est-ce qui lui avait pris ? Pourquoi les jumelles faisaient-elles un tel tintamarre ? Pourquoi Nina riait-elle si fort ? J'entendis Artosh qui disait dans mon dos : « Qu'est-ce qu'on a pour le dîner ?

— Rien ! répondis-je en lançant le torchon dans l'évier. Va chez Annexe. »

Il eut tout d'abord l'air étonné, mais ensuite il me parut content. « Les currys de chez Annexe ne sont pas mauvais. » Puis il sembla se rappeler qu'il n'aimait pas les plats épicés. « Je prendrai aussi des *fish and chips*. Combien sommes-nous ? Je vais compter. » Il sortit de la cuisine.

Les enfants adoraient le poisson grillé et les pommes de terre frites du restaurant Annexe. J'en avais souvent fait, mais chaque fois, ils avaient boudé en disant que ça ne valait pas celles d'Annexe.

Après quelques manières, la Chevrolet démarra et se mit à rouler. Ma mère entra dans la cuisine. « Alors, monsieur l'Ingénieur qui n'attendait que ça est parti acheter le dîner à l'extérieur ? C'est ça ? Il est certainement allé prendre des kebabs turcs au bazar ! Miam ! Ou bien des *sambousehs* couverts de mouches, hein ? »

Violette nous rejoignit à la cuisine. Elle triturait la bretelle de sa combinaison. « Ils ont dit qu'ils allaient commander le dîner chez Ânix. Hier soir on y est allé dîner avec Nina et Garnik. On y a mangé un délicieux curry. »

Ma mère toisa Violette de la racine des cheveux – en désordre comme par un fait exprès – jusqu'à la pointe de ses souliers à talons, comme si elle voulait mesurer sa taille avec précision. « Pas Ânix, Annexe ! Les repas de chez Annexe ne sont bons que pour ceux qui n'ont jamais goûté une bonne cuisine familiale. » Elle sortit de la cuisine avec des « hum » et des « ah » plus forts que les précédents. « Mon anglais est déplorable ! dit Violette en riant. Tu prépares une salade ? Veux-tu que je t'aide ? »

En d'autres circonstances, j'aurais répondu : « Ne t'inquiète pas, je m'en charge. » Mais dans le cas présent, je posai un gros oignon sur la table en disant : « À peler ! »

26

La journée commençait mal.

« Tu n'as pas vu mes lunettes ? demanda Artosh.

— Eh, sur mon front, il n'y a pas écrit "Objets trouvés" ! »

Je n'avais pas de toasts pour les sandwichs de la pause des enfants. Je leur donnai de l'argent pour qu'ils s'achètent des biscuits. Un éclair jaillit dans les yeux des jumelles. J'ajoutai : « Pas pour des chips ni pour des friandises ! Seulement des biscuits, et après le déjeuner. » J'essayai de me rappeler quel était le menu de la cantine ce jour-là et si les enfants aimaient ou pas. Je ne m'en souvenais pas. En revanche les paroles de Nina me revinrent en mémoire. Quand je disais « Aujourd'hui il y a du jarret au menu de la cantine, les enfants n'aimeront pas » elle me répondait : « J'aime, j'aime pas, ça veut dire quoi ? Les enfants doivent s'habituer à manger ce qu'on leur donne. » J'arrangeai le bas de la blouse d'Arsineh, qui était plissé, en pensant qu'elle avait sans doute raison.

Armen glissa quelques billets dans sa poche et sortit sans dire au revoir. Depuis la veille il s'était disputé plusieurs fois avec les jumelles. Il ne nous avait pas dit un seul mot et n'avait pratiquement rien mangé. Je n'eus pas le courage de répéter : « Ne sors pas de l'école pour aller acheter du pain *lavash*. » Les lycéens disaient qu'apporter son casse-croûte de la maison ça faisait enfant gâté. Et pour prouver qu'ils n'en étaient pas, ils chargeaient chaque jour l'un d'entre eux de sortir de l'école pour aller leur acheter du *lavash* à la boulangerie. Dieu sait combien de fois j'avais été convoquée chez le directeur pour ce motif. Armen promettait toujours de ne pas recommencer, et se gardait bien de n'en rien faire.

Une jumelle à chaque main, je les accompagnai jusque dans l'allée. « Qu'est-ce qu'il a ? » leur demandai-je en désignant Armen qui venait d'ouvrir le portillon et nous tournait le dos. « Nous n'en savons rien », répondirent-elles après s'être consultées, m'avoir observée et haussé les épaules. « Parce qu'hier soir Émilie n'est pas restée ? » Cette fois, elles n'eurent pas besoin de se regarder et se retinrent de rire.

Le car scolaire s'arrêta pour prendre les enfants avant de redémarrer. Le bruit du moteur se perdit dans le lointain. Je fermai le portillon. J'étais en train de refaire le chemin inverse vers la maison en me disant que je pouvais souffler jusqu'à l'après-midi – j'étais seule –, quand j'entendis s'époumoner le démarreur de la Chevrolet.

Le non-démarrage de la Chevrolet était une constante de notre vie. Artosh ouvrait le capot pour contempler les entrailles fatiguées, rouillées par endroits, de la vieille voiture. Puis il s'affairait avec un tas de tuyaux dont je ne voyais pas bien comment ils se branchaient, Artosh non plus, semblait-il. Je demandais : « Elle ne veut pas démarrer ?

— Hum ! » répondait-il.

Je restais un moment à côté de lui à contempler le moteur, en pensant : comme un malade à l'article de la mort, maintenu artificiellement en vie sous perfusion. Je lui demandais : « J'appelle un taxi, ou je téléphone à Agha Saïd de venir ?

— Un taxi ! » disait-il lorsqu'il était en retard, comme un chirurgien dit à l'infirmière : « Les ciseaux ! » Mais s'il n'était pas pressé et que la voiture refusait de se traîner jusqu'au garage, il me demandait de téléphoner à Agha Saïd. Le chirurgien ordonnait à l'infirmière : « Transfusion sanguine ! »

Le garage d'Agha Saïd était situé à côté du cinéma Le Soleil. Quand Agha Saïd apercevait la Chevrolet, il passait en riant ses mains noires dans ses cheveux frisés plus noirs encore. « Alors, Chevy chérie est encore en panne ? » Et pratiquement chaque fois, il me disait en aparté : « Madame, excusez-moi, mais si comme toutes les autres femmes, vous grondez un peu votre mari, monsieur l'Ingénieur achètera certainement une voiture d'un bon modèle. » À quoi je répondais : « L'Ingénieur est habitué à sa voiture. » Il hochait la tête en grommelant : « Vraiment je ne vous comprends pas, vous et monsieur l'Ingénieur. Les clients de la Compagnie, à la moindre augmentation de salaire, changent de maison et de voiture, mais vous… » Je lui apportais soit du sirop soit du thé. « Quel rapport entre le *grade*, la maison et la voiture ? » Il buvait. « Il n'y en a pas ? »

Au lieu d'aller me poster devant la voiture pour participer aux rites habituels, je m'appuyai contre le mur de l'entrée. Je fermai les yeux en disant à voix haute : « Mon Dieu ! Faites-la démarrer. » J'avais envie d'être seule. Le plus tôt possible. J'avais mal au crâne et j'étais énervée.

Le bruit du moteur me fit rouvrir les yeux. Mais je ne remerciai le ciel que lorsqu'Artosh eut fait sa marche arrière pour sortir du garage, qu'il eut atteint la rue et que le bruit de la voiture se fut évanoui.

J'allai m'asseoir à la table de la cuisine et je me mis à crier contre moi-même : mais qu'est-ce que tu as donc ? Je pris un mouchoir en papier dans la boîte, l'appliquai sur mes yeux en pensant à mon père.

Chaque fois que j'allais mal, je pensais à lui. Et dès que j'allais bien, je pensais encore à lui. Par exemple, quand je voyais pousser des racines à la branche que j'avais mise dans l'eau. Ou bien lorsque je réussissais un plat que je faisais pour la première fois. Ou encore, quand Armen rapportait de bonnes notes. Je me mis à déchiqueter le mouchoir en papier en me demandant pourquoi je pensais toujours à mon père dans ces moments de joie ou de peine.

Je relevai la tête. Sur la porte du réfrigérateur, j'avais collé deux dessins. L'un était un cadeau des jumelles pour la fête des mères de l'an passé. De grands cœurs et de grandes fleurs multicolores au centre desquels était écrit « Nous t'aimons. » Le deuxième était un dessin d'Armen quand il avait quatre ou cinq ans. Il avait peint en jaune à l'aquarelle ce qui devait représenter une femme. Dans ses bras, qui n'avaient en rien l'air de bras, elle tenait une forme ronde et verte, censée représenter une tête avec deux yeux. Je lui avais demandé : « Qu'est-ce que tu m'as dessiné ? » Il m'avait répondu : « Maman qui tient Armen dans ses bras. » J'observai le dessin, une main sous le menton, en me disant : jamais plus je ne te tiendrai ainsi dans mes bras.

Sur la banque, j'aperçus le paquet. Celui qu'Émile Simonian m'avait remis la veille au moment où nous courions tous les deux après sa mère dans la cour.

Pourquoi ne m'en étais-je pas souvenue plus tôt ? J'emportai le paquet au salon. Ce n'était pas bien étonnant que je l'aie oublié dans la pagaille de cet après-midi et de cette soirée.

Je m'affalai dans un des fauteuils de cuir pour ouvrir le paquet. C'était un des ouvrages de Sardou que j'avais dit n'avoir pas lu. En haut de la page de garde était écrite cette dédicace : « Pour Clarisse, que je pourrais écouter pendant des journées entières. »

Je refermai le livre. Bien qu'il ne fît pas froid dans la pièce, je frissonnai. J'ouvris à nouveau le livre pour lire la dédicace. Je passai un doigt dessus. Quelle écriture douce ! Régulière et oblique. Moi, j'écrivais l'arménien en lettres droites, détachées. Mes « o » ressemblaient à de petits rectangles. Les lettres d'Émile avaient des boucles bien calibrées, liées et… douces.

Mon mauvais moral et mon énervement s'estompaient peu à peu, comme de l'eau qui bout et s'évapore. Je me sentais plus légère, apaisée. Alors, ce que je lui avais dit lui avait plu ? Cela ne l'avait pas ennuyé ? Je me souvenais de la main sous le menton, de la montre au bracelet de cuir blanc. Dans la cour, deux grenouilles se répondaient. Levant un œil vers la fenêtre, je songeai : ces deux-là aussi aiment bien bavarder ! Derrière la fenêtre, les bougainvillées semblaient vouloir me saluer.

Je retournai le livre pour lire la quatrième de couverture. Il y avait un résumé de l'histoire. Un homme est amoureux d'une jeune fille depuis qu'il est tout jeune et n'a d'autre but que de l'épouser. À présent, entraîné par la politique, il hésite entre son amour et ce qu'il appelle ses devoirs sociaux. Je revins à la première page pour lire encore une fois la dédicace d'Émile. Je tournai la page, commençai la lecture du premier chapitre. J'en étais au moment où le héros de l'histoire hésite ; la fille recourt à tous les trucs possibles pour le décider. Mais le téléphone sonna. Je regardai l'heure. Je n'en crus pas mes yeux. Je ne me souvenais pas d'avoir jamais lu aussi longtemps et tout d'une traite.

27

Comme disait Garnik, le moteur de Nina était allumé en permanence avec son bruit de crécelle : « J'en suis encore abasourdie. L'histoire d'Alice est donc sérieuse ou bien elle se fait encore des idées ? Quand Violette l'a appris, elle a dit que c'était clair depuis le début que Joop avait le béguin pour Alice. Et nous qui n'avons rien vu ! Moi, je pensais à lui pour Violette. Bon, ce n'est pas si mal finalement ! Alice était prioritaire ! » dit-elle dans un éclat de rire. Elle baissa la voix et se mit à chuchoter. Je l'entendis répéter plusieurs fois le nom d'Émile Simonian.

« Qu'est-ce que tu dis ? demandai-je.

— Rien ! reprit-elle à voix haute. Tu m'accompagnes au bazar cet après-midi ? Sophie me serine pour que je lui achète un béret. »

Sans me laisser le temps de répondre par l'affirmative ou la négative : « Alors, à cet après-midi ! Violette te salue. Au revoir, à plus. »

Le fait qu'Alice ait raconté à tout le monde une chose qui n'était en rien assurée, n'était pas étonnant. Mais qu'est-ce que Nina voulait dire au sujet d'Émile ? Pourquoi chuchotait-elle ? Pourquoi avait-elle dit : « Je t'en parlerai plus tard » ?

Je sortis dans la cour.

J'inspectai les légumes que j'avais plantés. Je ramassai quelques tomates. Je relevai la tête. Les moineaux avaient bâti deux nids dans les branches du *nabka*. Un moineau gras et dodu entra dans un des nids, tenant quelque chose dans son bec. On entendait piailler dans le nid. Je me dis : voilà le moineau qui nourrit son petit. L'air était brûlant. Rien ne bougeait. Je rentrai dans la maison en fredonnant.

Pour le goûter je préparai des sandwichs « fromage au four », selon l'expression des enfants. J'étendais du fromage sur des toasts que je passais au four. En attendant que grille le pain et fonde le fromage, je me demandai combien de goûters j'avais préparés jusqu'ici. Combien de déjeuners ? De dîners ? J'entendis grincer le portillon et les enfants courir dans l'allée.

« C'est maman qui m'a dit de venir chez vous, dit Sophie. Elle arrive dans un moment. »

Je leur dis d'aller se laver les mains, de goûter et de se préparer pour la leçon de piano.

« Ce serait bien que Sophie vienne avec nous à la leçon de piano ! dit Armineh.

— Oui, ça serait bien ! » confirma Arsineh.

Elles se tournèrent en même temps vers Sophie. « Si tu savais comme Miss Judy parle persan ! fit Armineh.

— C'est à mourir de rire, compléta Arsineh.

— Armen ! criai-je. Goûter !

— Je n'ai pas faim ! » cria-t-il derrière la porte.

Les jumelles se mirent à rire. Devant mon regard étonné, Armineh s'écria : « Mon Dieu, nous ne savons rien, pourtant...

— On a entendu dire qu'il s'était réconcilié avec Émilie, continua Arsineh.

— C'est sans doute pour ça qu'il n'a pas faim ! » conclut Sophie.

Éclat de rire général.

J'allai répondre au téléphone qui sonnait.

C'était madame Simonian. Émilie avait sa leçon de piano. Sa petite-fille lui avait dit que les jumelles aussi avaient leur leçon. Il fallait qu'Émilie aille avec elles car Émile avait un empêchement, il rentrerait tard à la maison et elle-même avait mal aux reins. Elle ne pourrait accompagner sa petite-fille. Pas le moindre « s'il vous plaît », « si ça ne vous dérange pas » ; même pas de bonjour ou d'au revoir pour la politesse.

Je n'avais pas raccroché qu'Armen bondit hors de sa chambre. « Veux-tu que j'aille chercher Émilie ? » Quand il vit mes yeux arrondis, il se mit à bredouiller. « Euh… Émilie m'a dit dans le bus qu'elle avait sa leçon de piano et euh… J'ai décidé de me remettre au piano moi aussi. » La mine d'Armen était si drôle que j'en oubliai ma rancœur contre les mauvaises manières de madame Simonian. C'est le moment que choisit Nina pour entrer. « Ouf! Je suis morte de chaleur ! » Armen nous fila entre les doigts en disant à peine bonjour. Avant d'atteindre le portail, il nous cria : « On vous attend à la station de bus.

— Qu'est-ce qu'il a celui-là ? demanda Nina.

— Il est amoureux ! » répondis-je les yeux au plafond.

Je m'attendais à ce qu'elle éclate de rire, mais elle se contenta de hocher la tête.

« On dirait qu'on a mis quelque chose dans l'eau de la ville, ces jours-ci.

— Les enfants, on y va ! » criai-je en direction de la cuisine.

Émilie portait un chemisier blanc sur un pantalon noir. Elle serrait contre elle ses partitions, appuyée au panneau de la station, la tête baissée. Elle remuait un caillou de la pointe de son soulier. Ses longs cheveux souples lui masquaient le visage. Armen faisait les cent pas devant elle, en parlant avec force gestes. Il s'arrêta dès qu'il nous aperçut. Émilie releva précipitamment la tête pour nous saluer, en rejetant ses cheveux de chaque côté de son visage. « Cette enfant est mignonne ! » s'écria Nina. Cette enfant ? me dis-je intérieurement. Émilie me regarda un moment, comme si elle avait lu dans mes pensées. Elle sourit en plaquant la moitié de ses cheveux derrière l'oreille. Son sourire ressemblait à celui des jumelles, quand elles avaient quelque chose à demander.

Le bus arriva. Je montai. Quand le chauffeur me salua, je m'étonnai : « Bonjour Agha Abdi. Vous faisiez la ligne de la raffinerie ?

— Que voulez-vous, madame, dit-il en riant, on progresse ! Vous allez bien ? La santé ? Merci pour tout !

— Mais de quoi ? Votre enfant va mieux ?

— *Passe* ! dirent les enfants en passant devant le chauffeur hilare.

— Avant-hier, j'avais un passager de Téhéran. Il a entendu les passagers de la Compagnie prononcer quelque chose avant de passer sans payer. Au lieu de "passe" il a dit "masse". »

Je joignis mes rires aux siens. Agha Abdi pressa le bouton de fermeture des portes. « Dieu merci, l'enfant va beaucoup mieux. Mademoiselle votre sœur a été d'une grande gentillesse. Merci beaucoup. » Par-derrière, Nina me faisait des grimaces pour me dire d'avancer.

Il n'y avait pas grand monde dans ce bus. Sophie et les jumelles allèrent s'asseoir au fond. Armen et Émilie s'installèrent derrière le chauffeur pendant que Nina me poussa presque sur un siège à l'écart des enfants : « Son enfant a été malade. J'ai demandé à Alice si à l'hôpital…

— Ça va, ça va ! dit Nina, en me coupant la parole. Crois-tu que ça changera quelque chose pour nous si tu es copine avec tous les chauffeurs, les jardiniers et les plombiers de la Compagnie ? »

Après avoir jeté un coup d'œil par-dessus son épaule, elle me dit dans le creux de l'oreille : « Parle-moi un peu de ton nouveau voisin. Il ne s'appelle pas Simonian ? N'est-ce pas celui qui a perdu sa femme ? »

Je me disais en la regardant : comment n'avais-je pas compris plus tôt ? Maintenant que j'avais compris, pourquoi étais-je irritée ? Pourquoi faisait-il si chaud ? Pourquoi n'arrivions-nous pas ?

Avant d'arriver à la station de Miss Judy, qui habitait Bavardeh sud, j'avais raconté à Nina tout ce que je savais sur les habitants du G4. Je me levai pour presser sur le bouton de demande d'arrêt en disant à Nina que nous avions le temps d'aller acheter le béret de Sophie et de revenir pour la fin de la leçon des enfants. « Un béret ? » fit Nina, distraite, et qui ne bougeait pas. Je fis signe aux enfants de descendre : « Lève-toi, dis-je à Nina encore assise, nous sommes arrivées. C'est toi-même qui as dit que tu voulais acheter un béret pour Sophie.

— Pour l'instant, dit-elle en se levant, j'ai des choses plus importantes à faire que d'acheter un béret.

Dis-moi, jeudi, tu ne fais rien de spécial pour le dîner ?

— Non.

— Alors, tu as des invités ! »

Je dis au revoir au chauffeur. Descendis après tout le monde. Un béret, par cette chaleur ? Comme dit ma mère, je ne suis qu'une sotte.

28

Le bus stoppa devant chez nous. Nous descendîmes. Émilie suivit les enfants jusqu'à la maison. Avant que j'aie pu dire quoi que ce soit, elle déclara que sa grand-mère lui avait demandé de rester chez nous pendant quelques heures. « La grand-mère décide pour tout le monde », me disais-je.

En entrant dans la cuisine, je trouvai ma mère et Alice qui nous avaient devancés. J'avais cent fois expliqué à ma mère que je leur laissais le double des clefs pour les occasions où nous partions en voyage, au cas où il serait nécessaire qu'elles entrent dans la maison. Peine perdue ! Ma mère et Alice avaient l'habitude de débarquer sans prévenir. S'il n'y avait personne, elles utilisaient leur clef et s'installaient.

Assise à la table de la cuisine, Alice se limait les ongles. Ma mère, debout sur une chaise, nettoyait la poussière sur les pots de terre cuite, en haut du buffet. Quand j'entrai, sans même me saluer, elle s'écria : « Je ne sais pas comment tu fais avec tous tes bibelots ! Tu es la copie de ton père.

— Qui t'a demandé de grimper là-haut ? Ashkhen a nettoyé tous les placards la semaine dernière.

— Le ménage d'Ashkhen ne vaut rien ! » répliqua ma mère en redescendant de sa chaise.

Elle salua chaleureusement Nina. Ce qui prouvait qu'elle ne lui en voulait plus. On entendit vrombir la Chevrolet d'Artosh.

Nina embrassa Alice en lui annonçant l'invitation pour jeudi soir. Les jumelles et Sophie battirent des mains en faisant des bonds de cabri. « Super ! Une soirée ! s'écrièrent-elles en se trémoussant vers Émilie.

— Toi aussi, il faut que tu viennes.

— Oui, il faut que tu viennes. »

Armen lança un regard vers Émilie. Celle-ci baissa la tête. « Si ma grand-mère me permet…

— Ne t'inquiète pas, dit Nina. Ta grand-mère et ton père aussi sont invités.

— Joop raffole de notre cuisine, s'écria Alice qui se mettait du rouge à lèvres sans sa glace.

— Clarisse lui fera un ragoût *fesendjan*[19] », ajouta ma mère.

On n'en voulait donc plus au Hollandais non plus !

« Tu nous fais Miss Judy ! dit Arsineh à sa sœur.

19. Ragoût fait de noix et de concentré de grenade.

Allez vite ! Miss Judy ! »

Armineh se hissa sur la pointe des pieds, l'index pointé vers Armen. « Cette fois-ci tu es *vouément* décidé à apprendre le piano ou bien tu veux juste t'amuser ? » Arsineh répondit à la place d'Armen : « Je suis vraiment décidé. » Armineh ouvrit de grands yeux en pinçant les lèvres : « Alors assis là dans le living-room avec Émilie jusqu'à ce que j'appelle. » Sophie se tenait les côtes de rire. « Elle parlait exactement comme ça. » Nina pinça la joue d'Armineh. « Petite coquine !

— La chère petite ! » reprit ma mère.

Alice était pliée en deux, son tube de rouge et sa lime à ongles à la main.

Émilie lança un regard par en dessous à Armen qui se mit à ironiser.

Quand Artosh entra, les jumelles se jetèrent à son cou en criant : « Jeudi soir nous avons des invités, Sophie, Émilie et puis encore... »

Depuis la leçon de piano, j'avais envie de parler, de dire « non », mais Nina ne m'en avait pas laissé l'occasion. À nouveau, je n'avais pas ouvert la bouche qu'elle mettait une main sur mon épaule. « Je t'aiderai. Tu n'auras absolument rien à faire. » Puis sa main glissa dans mon dos et elle me poussa presque vers la cuisine. « Occupe-toi seulement d'inviter tes voisins. Je me charge du reste. »

Artosh embrassa les jumelles : « Ce n'est pas une mauvaise idée. Émile et moi, nous ferons une partie d'échecs. » En sortant de la cuisine je ne pus m'empêcher de penser : j'aurais dû jeter le pion noir à la poubelle.

Je ne sais plus si j'avais fermé la porte derrière moi. J'enfilai l'allée, ouvris le portillon et au lieu de traverser la rue, je longeai le caniveau jusqu'à la place du quartier.

J'étais très énervée. À cause de Nina qui m'avait forcée à organiser ce dîner pour, selon son expression, arranger la rencontre d'Émile et de Violette ; pour Alice qui ne pensait qu'à elle ; ma mère qui ne pensait qu'à Alice ; les enfants qui étaient tout heureux, et Artosh qui ne pensait qu'à son jeu d'échecs. Pourquoi personne ne pensait à moi ? Pourquoi personne ne me demandait ce que je voulais ?

Mon côté affectueux demanda : toi qu'est-ce que tu veux ? Je lui répondis : je voudrais être seule quelques heures par jour. J'aimerais parler avec quelqu'un de ce que j'aime. Mon côté critique me prit au mot : tu veux être seule, ou bien parler avec quelqu'un ?

En passant près d'un eucalyptus, je tendis la main pour arracher une feuille. Je la froissai pour en sentir l'odeur. Je fis quelques pas. Jetai la feuille dans le caniveau. « J'aimerais savoir quelle décision le héros du roman de Sardou va finalement prendre », dis-je en faisant un bond en arrière pour éviter de justesse une grenouille morte qui gisait sur le trottoir. Elle avait probablement été écrasée par une grosse roue. « Maudite ville, grommelai-je, ses grenouilles, ses lézards, ses serpents d'eau, morts ou vifs. »

Je poursuivis mon chemin jusqu'à la place en pestant contre tout. Le soleil était couché, mais l'air était encore chaud. Des relents de vase montaient de la surface du canal. Je m'assis sur un des bancs qui entouraient la place. Je tournais le dos à une rangée de *bi'ârs*[20] et de lauriers blancs et roses. Sous le réservoir d'eau, au centre de la place, un chat efflanqué poursuivait quelque chose : une grenouille, probablement, ou un lézard.

Un vent brûlant souffla. Une gousse pareille à un haricot tomba d'un arbre sur ma jupe. Croyant un instant que c'était un vers, ou une sauterelle, je le jetai par terre en frissonnant. Depuis que j'étais à Abadan, ma vie n'était qu'une lutte incessante contre une foule d'insectes et de reptiles que j'avais toujours eus en horreur. J'avais constamment la nausée de toutes ces odeurs : les gaz de la raffinerie, les miasmes des canaux, les poissons et les crevettes à la saumure. Toutes ces odeurs se mêlaient aux parfums arabes du bazar des Koweïtiens, chaque fois que j'y allais, en se combinant avec la chaleur et l'humidité. Pourquoi étais-je venue habiter cette ville ? Pourquoi n'étais-je pas restée à Téhéran ?

20. Sorte de robinier.

Je me souvins de notre maison de Téhéran, avec sa délicieuse petite cour ; la ruelle bordée de platanes, l'odeur de terre humide quand, l'été, nous ou nos voisins les arrosions. Les matins d'hiver, depuis mon lit, je devinais s'il avait neigé à la différence de lumière entre un jour avec ou sans neige. Je me souvenais de ces jours d'hiver où j'allais à l'école, munie du bonnet, des gants et de l'écharpe de laine que me tricotait ma mère. La neige crissait agréablement sous le poids des bottines. Depuis combien d'années n'avais-je pas vu la neige ? N'avais-je pas mis de manteau, ni enfilé de gants ? Ne m'étais-je pas réchauffé les mains devant le poêle ? N'avais-je pas soufflé mon haleine embuée dans le froid de la rue ? Je chassai le moustique qui tentait de pénétrer dans mon nez. Pourquoi donc avais-je abouti là ? Pourquoi n'étais-je pas restée à Téhéran ? Parce qu'Artosh avait été embauché à la Compagnie des pétroles, parce qu'Alice avait trouvé du travail à l'hôpital, parce que ma mère avait suivi Alice à Abadan. Avait-elle suivi Alice ? Ou bien s'était-elle rapprochée de moi ? Jusque-là qui s'était occupé de moi exclusivement ? Et moi, à trente-huit ans, m'étais-je déjà vraiment occupée de moi-même ?

La nuit tombait. Il n'y avait plus personne dans la rue. À travers les haies de buis qui délimitaient les jardins, je voyais s'allumer une à une les lumières des maisons. Je regardai l'avenue qui menait à la nôtre. Il fallait que je rentre. Mais j'avais le cœur serré à l'idée de toutes les tâches qui m'attendaient là-bas :

préparer le dîner, penser à la soirée de jeudi, discuter avec Armen de ce pantalon qu'il avait vu et qu'il me forcerait certainement à acheter avant jeudi ; bien sûr, le plus important, inviter madame Simonian. Cette bonne femme égoïste et exigeante qui s'imagine que tout le monde est à son service. Au lieu de tout ce que je n'avais pas envie de faire, et que pourtant, je devais faire, j'aurais bien mieux aimé savoir quel parti le héros du roman de Sardou allait finalement prendre entre son amour et son devoir.

Une ombre se profila au coin de la rue. Je me levai de mon banc. Entre chien et loup, j'avais du mal à voir qui c'était. Sans doute un des enfants. Ils avaient dû s'inquiéter. Je me mis à marcher, puis à courir, avant de m'arrêter. Madame Simonian aussi. Elle portait un chemisier à col fermé sur un pantalon noir, comme sa petite-fille ce même après-midi. Dans ses chaussures à talons plats, elle faisait encore plus petite que d'habitude.

Elle s'immobilisa un instant, avant de poursuivre sa route dans la même direction. « Vous aussi, vous aimez marcher ! » me dit-elle sans me regarder. Ce n'était pas une question. Je ne savais pas quoi faire. Fallait-il la suivre, ou non ? Elle s'arrêta et se retourna. « Vous étiez sur le chemin du retour. » Ce n'était toujours pas une question. « Voulez-vous que nous marchions ensemble quelques minutes ? » Cette fois-ci, c'était bien une question, presque une prière.

Je la suivis un peu honteuse de l'avoir traitée intérieurement de « bonne femme égoïste et exigeante ». Le ton de sa voix me fit pitié. Nous gardâmes le silence jusqu'à la place. Ma voisine se dirigea vers ce même banc où j'étais assise quelques minutes plus tôt. « Voulez-vous que nous nous asseyions un moment ? Je suis fatiguée. »

Elle s'assit sans façon. Le banc était un peu haut pour elle, mais elle se hissa dessus sans faire de saut. Elle était entraînée. C'était naturellement le résultat de toute une vie.

Il faisait nuit à présent. L'air était humide, sans un souffle. Dans le canal, c'était un brouhaha continu de chants de grenouilles et du clapotis qu'elles produisaient en plongeant. Ma main sentait encore l'eucalyptus.

Un cycliste fit le tour de la place. Il remorquait une grosse caisse. C'était Hajji, ou « le monsieur du pain » comme l'appelaient les enfants, le vieil homme qui vendait son pain *lavash* matin et soir dans les quartiers de la Compagnie. Il rentrait chez lui. Jusqu'à Ahmadabad et sa petite rue poussiéreuse, il en avait bien pour une heure. Il y a quelques années, quand son fils s'était noyé dans le canal, j'étais allée voir sa femme. Hajji m'avait dit qu'elle allait mourir de chagrin. Quand ma mère et Alice avaient su que j'y étais allée, elles m'avaient traitée de folle. Mais Artosh m'avait félicitée. Les quarante jours du deuil n'étaient pas écoulés que la femme s'était immolée par le feu. Deux mois après, Hajji prenait une deuxième femme.

« Tu ne portes pas de cadeau à Hajji ? » avaient ricané ma mère et ma sœur. Artosh s'était contenté de hocher la tête et moi, je n'avais plus jamais acheté le pain *lavash* de Hajji.

« Quelle ville morte ! » s'écria madame Simonian.

Je me dis que c'était le moment de lui parler de la soirée de jeudi. « Ceux qui logeaient avant vous au G4 – vous les avez vus hier chez nous – voudraient… »

Elle se retourna vers moi et, sans me laisser finir ma phrase, me dit tout de go : « Oui je vois qui c'est. Ils veulent sans doute inviter mon fils. Et pour cela, ils m'invitent moi aussi ainsi qu'Émilie… Vous êtes probablement invitée vous aussi. » Elle ajouta ironiquement : « Peut-être même qu'ils vous laissent toute la peine d'organiser la soirée ? »

Je retins mon souffle. Un vent chaud se leva. Plusieurs fleurs de laurier blanc tombèrent. Dans la lueur pâle des réverbères, j'observai les *bi'ârs* qui encerclaient la place. Comment avait-elle deviné ?

Elle posa une main sur mon genou : « Clarisse, tu me plais beaucoup. » C'était la première fois qu'elle me tutoyait. « Tu es différente des autres femmes. Tu fais attention à certaines choses que la plupart ignorent. Tu accordes de l'importance à ce que toutes les autres négligent. En cela, tu me ressembles, du moins quand j'étais jeune. »

Ressembler à madame Simonian était bien la dernière chose qui me fût venue à l'idée et la dernière de mes envies. Ces derniers jours, tout le monde semblait vouloir me faire ressembler à une autre. Pour Nina, je ressemblais à Violette, et voilà que…

Elle retira sa main de mon genou : « Je n'aime pas cette ville. Cela fait des années que je ne me plais dans aucune ville. Je supporte à cause d'Émile et d'Émilie. » Quand elle se tut, je remarquai qu'elle surveillait moins son langage.

Son regard était fixé sur le réservoir d'eau. « Depuis que j'ai pris conscience de ce que je suis, je supporte tout. D'abord ce fut mon père, puis mon mari, maintenant c'est mon fils, et ma petite-fille. Je n'ai jamais pu faire ce qui me plaisait. » Elle semblait parler toute seule. Je regardai à mon tour le réservoir d'eau posé sur ses piliers métalliques. Il ressemblait à un géant qui observait ces deux femmes de toute sa hauteur.

Elle eut un sourire ironique : « Cela t'étonne ? Toi aussi, comme tout le monde, tu crois que j'ai eu et que j'ai fait tout ce que je désirais dans la vie ? » Elle se glissa hors du banc pour se mettre debout. « Viens, je vais te montrer les autres photos », dit-elle en m'entraînant.

J'en oubliai mon dîner, Nina, ma mère et Alice. Personne ne m'intéressait. La seule chose qui me plaisait c'était d'aller voir ces photos.

Le portillon du pavillon G4 était ouvert. Nous traversâmes la cour. Le massif de droite était plein de mauvaises herbes. On avait retourné la terre dans celui de gauche. Je me demandais s'il avait arraché lui-même les mauvaises herbes avant de retourner la terre.

La maison était plongée dans l'obscurité et le silence. En se dirigeant vers les chambres à coucher, madame Simonian caressa la tête de l'éléphant à la trompe cassée. « Ganesh est le dieu indien du bonheur et de la prospérité. » Elle caressa la trompe. « Tu vois, lui aussi sa patience est à bout à cause de moi ! » Elle ouvrit la porte de sa chambre à coucher. « Émilie est chez vous, Émile est allé la chercher et il est sûrement resté là-bas. Est-ce qu'il y a aussi la jeune blonde ? Assieds-toi sur le lit.

— Non », répondis-je en m'asseyant.

Elle sortit un lourd album de sous le lit. Il était recouvert de cuir rouge incrusté d'or et de turquoise. Je n'en avais jamais vu de pareil. « On va le trouver, on va sûrement le trouver », murmura-t-elle en ouvrant l'album. Puis elle resta un moment silencieuse.

La chambre à peine meublée était dans la pénombre. On eût dit qu'on l'habitait tout juste et qu'on n'avait pas encore eu le temps de l'aménager ou bien l'inverse : tout était empaqueté pour le déménagement.

Madame Simonian me passa une photo. Celle d'un jeune homme en costume blanc debout au centre d'un large escalier. Il avait un pied sur la marche supérieure. Sur les balustres de pierre qui bordaient l'escalier étaient alignés des pots remplis de fleurs. Face à l'appareil, le jeune homme souriait de ses yeux plutôt clairs.

« C'était l'entrée de notre maison d'Ispahan. Cette maison dont ta mère disait que je n'aurais pas dû la vendre. » Elle eut un sourire narquois. « Je la détestais à tous égards. Je détestais son grand jardin, ses chambres hautes de plafond, ses couloirs et leurs parquets de bois, chacun de ses meubles et de ses bibelots de prix. Mon père me demandait ce que je voulais de plus. Pendant des années, je ne voyais pas ce que je pourrais vouloir, jusqu'au jour où j'ai enfin compris, et quand je le lui ai demandé, il a refusé. »

Elle me tendit une autre photo du même jeune homme assis à un bureau jonché de livres et de documents. Il regardait l'objectif, une main tenant une plume, l'autre sous le menton. Vêtu d'un veston et d'un gilet rayés, il avait les cheveux plaqués. J'étais en train de penser que j'avais vu le même veston et le même gilet sur monsieur Davtian quand ma voisine me passa une troisième photo. Cette fois, le jeune homme portait une ample chemise blanche au col ouvert, comme les chemises russes. Ses cheveux lui tombaient sur les épaules. Une légère barbe dessinait son visage. Il était debout, main sur la hanche, à côté d'une chaise à haut dossier, l'œil toujours fixé vers l'objectif. Sur la chaise était assise une jeune fille qui portait un chignon, une robe sombre à col fermé, plusieurs rangs de perles de diverse grosseur autour du cou. On ne voyait pas sur la photo le bas du corps de la jeune fille, depuis la hauteur du genou. Le jeune homme, bien sûr, avait les yeux clairs.

La jeune fille de la photo – une soixantaine d'années plus tard – ferma les yeux. « "Un poète, ça ne vous fait pas vivre, me dit mon père. Il veut t'épouser parce que tu es riche. Personne ne tombe amoureux d'une fille naine." Pourtant mon premier mari et mon père sont bien tombés amoureux. De leurs fortunes respectives. "Si tu ne l'épouses pas, me dit mon père…" » Elle ouvrit les yeux en se penchant vers moi pour me reprendre la photo. « Cette photo, nous l'avions faite sans la permission de mon père dans le studio de Tony Hovanès, à Jolfa. Tony nous avait promis de ne rien dire à mon père. C'était un brave homme. Il a tenu promesse. » Elle regarda la photo en faisant la moue. Autour des lèvres, les rides se creusèrent. Les grenouilles coassaient dans la cour.

Je voulus lui demander « Et ensuite ? » Elle me regarda en riant : « Et ensuite ? » avant de feuilleter l'album à nouveau pour me montrer une page : elle était assise à côté d'un jeune homme sur un banc de fer devant la tour Eiffel. La photo suivante la montrait assise à côté du même jeune homme dans un petit pousse-pousse actionné par un homme à la peau basanée vêtu d'un pagne. Une autre photo les montrait tous les deux assis à la terrasse d'un café dans une rue très agitée.

J'écoutais tout en regardant les photos. « Il m'a suivie partout : en Inde, en Angleterre, en France, en Inde à nouveau. Quand mon mari mourut, je me trouvai libre à nouveau. Je pouvais me remarier, je pensai être la plus heureuse des femmes. » Elle feuilleta encore doucement l'album pour arriver à la dernière photo, une très grande photo. Celle d'une tombe dans un cimetière entouré de très grands arbres. Devant la tombe se tenait Elmira Simonian tout de noir vêtue, portant chapeau et voilette. Elle tenait par la main un petit garçon, costume et cravate de couleur noire. « Lui aussi est mort, quelques mois plus tard, ajouta madame Simonian d'une voix d'outre-tombe. Nous étions à Paris, je l'ai enterré au Père-Lachaise. »

Elle se tut en se redressant contre la tête du lit, les yeux rivés au plafond. Comme si elle était ailleurs. Probablement à la tour Eiffel, dans les ruelles de Bombay ou à la terrasse du café anglais. Peut-être même sous les hautes frondaisons du Père-Lachaise.

En refermant l'album je gardai la photo qu'ils avaient prise dans le studio. La jeune fille avait un regard froid. Le jeune homme avait l'air courroucé. Ses yeux étaient verts, peut-être bleus. « Il avait les yeux bleus ? » demandai-je. Elle porta sa main au front, me prit la photo des mains pour la ranger avec les autres dans l'album, puis se leva.

Nous nous dirigeâmes ensemble sans rien dire vers le portillon. Celui-ci était ouvert. Elle s'arrêta pour me prendre par le bras. « Excuse-moi d'avoir été aussi triste, bonsoir. » Elle me rappela alors que je sortais. Je revins sur mes pas. Elle était de la même hauteur que le portillon. Dans l'obscurité, je ne voyais pas son visage. « Ils étaient verts, me dit-elle de cette même voix lointaine. Comme ceux de son fils. »

Je restai seule dans la rue. Les buis et les *bi'ârs* traçaient des lignes noires. Les papillons de nuit virevoltaient autour des réverbères. Une odeur de gaz montait de la raffinerie.

J'ouvris la porte de ma maison. J'entrai. Il n'y avait plus le moindre bruit. Je me baissai pour ramasser un bandeau qui était tombé devant la table du téléphone. À qui était-il ? Armineh ou Arsineh ? Comment savoir ? Même leurs crayons étaient taillés au même endroit, avec les mêmes marques de dents. Sous la table du téléphone j'aperçus l'éclat d'une épingle à cheveux sertie de pierres. À qui était-ce ? Pas difficile à deviner. C'était à la fillette aux cheveux blonds.

En allant dans la cuisine, je me demandai quand Émile était venu chercher Émilie. Quand étaient-ils rentrés ? Comment ne les avais-je pas vus ? Nina et Sophie, quand étaient-elles reparties ? Qu'est-ce que les enfants avaient bien pu manger ? Combien de temps étais-je restée dehors ? Je regardais les pois de senteur sur le rebord de la fenêtre, encore étourdie par tout ce que j'avais entendu et toutes ces photos que j'avais vues. La table était encombrée de vaisselle sale. En mettant mon tablier pour la laver, j'entendis un bruit de pas derrière moi. Je continuai à laver ma vaisselle. « Tu étais chez madame Simonian ? » me demanda Artosh.

Je vidai dans la poubelle un reste d'omelette à la

tomate. Comment le savait-il ? Il compléta ma pensée. « Émile est allé te chercher. »

Sans le voir, j'imaginais où il était. Appuyé contre le chambranle de la porte, il se grattait la barbe, l'autre main dans la poche de son pantalon. Il réagissait ainsi chaque fois qu'il me sentait triste, et qu'il voulait savoir pourquoi. Il ne me demandait jamais pourquoi ça n'allait pas. Sans doute parce que, tout comme ce soir-là, ma tristesse n'avait rien à voir avec lui. Il ne m'interrogeait jamais. Je frottai mes assiettes avec la poudre à récurer en songeant que c'était Émile, et non mon mari, qui était venu me chercher.

J'entendis le bruit de la chaise glissant sur le carrelage. « Alice et ta mère se sont encore disputées à propos de je ne sais quoi. Elles sont parties très tôt. Nina a fait une omelette pour les enfants. Je les ai raccompagnées chez elles. Je ne sais pas non plus ce qu'avait la voiture, mais elle ne voulait pas démarrer. »

Je passai les assiettes sous le robinet pour les rincer en lisant sur la boîte cylindrique : Poudre à récurer Norman, pour vaisselle, carrelage, W.-C. et salle de bains. Au bas de l'étiquette il y avait la photo de Norman Wisdom, hilare, un képi sur la tête. J'allais lui dire : ne dis pas n'importe quoi. Je ne suis pas triste à cause de toi. En fait, je ne suis pas triste du tout. Il ajouta : « Armen n'a rien mangé. On avait perdu Ishy. Arsineh a pleuré. » Je défis mon tablier.

Artosh remuait quelque chose sur la table. Le sucrier, ou la salière. Il cherchait quelque chose d'autre à me dire. Je le savais. Il allait sans doute me demander : « Qu'est-ce que tu nous fais de bon demain ? » Au lieu de ça, il me demanda : « Madame Simonian était en forme ? » J'éclatai de rire. Je me retournai pour le regarder. J'énumérai très posément : « On perd Ishy pratiquement tous les soirs. Ces jours-ci Armen ne mange rien parce qu'il est amoureux. Moi, ça ne va pas fort, mais ça n'a rien à voir avec toi. Madame Simonian allait bien, mais ça, tu t'en fiches complètement. » Un instant, il se concentra sur le sucrier, puis sur moi. Il recula sa chaise pour se lever et sortit de la cuisine en renversant le sucrier. Furieuse, je retournai à mon évier où Norman Wisdom riait toujours.

29

Armen et Artosh sortirent en même temps. Ni l'un ni l'autre ne me dit au revoir.

Dans l'entrée, j'attachai fermement le ruban aux couettes de chacune des jumelles en leur disant au revoir. Armineh fourra le casse-croûte pour la récréation dans son cartable et tira la fermeture à glissière. « Tu ne nous accompagnes pas jusqu'à la porte ? » Je lui fis signe que non en l'embrassant sur la joue. « Tu es fatiguée ? » me demanda Arsineh. Je lui fis signe que oui en l'embrassant sur la joue.

Armineh tira le voilage derrière la porte : « Il y a encore du brouillard. » Les jours de brouillard, les jumelles avaient peur de traverser la cour. Je faisais toujours comme si je ne le voyais pas. Main dans la main, nous traversions la cour en chantant : « Nous volons sur les nuages. » Je remis le voilage en place. « Aujourd'hui vous allez voler sur les nuages toutes les deux, d'accord ? » Elles échangèrent un regard, puis me lancèrent un regard triste qui n'avait plus l'étincelle habituelle.

À travers le voilage, je les regardai s'éloigner en se tenant par la main puis s'évanouir dans le brouillard. On n'apercevait plus le portillon. La balancelle, le saule, une partie de la pelouse étaient comme peintes à l'aquarelle : de légères touches à peine visibles.

Pourquoi n'avais-je pas accompagné les enfants comme d'habitude jusqu'à la station de bus ? Pourquoi les avoir inquiétées ? Était-ce leur faute si j'étais lasse et déprimée ? Mon côté compatissant me suggéra : tu es une personne comme une autre, tu as le droit d'être énervée, de... Le téléphone sonna.

C'était madame Nourollahi : « Si vous avez le temps, j'aimerais passer vous voir ce matin. » Il ne me manquait plus que ça en plus de tout le reste. Je cherchai un prétexte. « Vous ne travaillez pas ?

— Mon patron m'a donné congé. J'ai un patron d'excellente humeur, que vous connaissez, je suppose ! » répondit-elle en riant de sa plaisanterie.

Dieu merci, son patron était de bonne humeur avec quelqu'un. Depuis qu'il avait renversé le sucrier, son patron n'avait pas dit un mot. Je cherchai un autre prétexte. « Aujourd'hui j'avais envie d'aller en ville pour...

— Parfait ! J'ai aussi des courses à faire. Voyons-nous à dix heures au Milk Bar. »

Je cherchai encore un autre prétexte, mais elle me remercia en quelques longues phrases et d'un mot me dit à tout à l'heure avant de raccrocher.

J'avais encore du temps avant dix heures. C'était le jour où je changeais les draps. Je commençai par la chambre d'Armen.

En évitant de remarquer le désordre des chaussures, chaussettes, livres, magazines, disques et autres verres de lait à moitié vides qu'il était incapable de ramener à la cuisine, j'ôtai du lit un pyjama fripé, quelques livres et cahiers pour pouvoir retirer les draps. En bougeant le matelas, je vis tomber une feuille de papier. J'imaginai, comme d'habitude, que c'était une copie d'examen mensuel qu'il avait cachée là à cause de sa note désastreuse. J'en trouvais toujours une grande quantité comme des jouets des jumelles qu'il croyait cacher dans des lieux insolites. Sous le capot du climatiseur, au-dessus de l'armoire à pharmacie dans la salle de bains, sous les tapis. Je dépliai la feuille, et dès la première ligne je compris qu'il s'agissait d'une lettre. Je m'interdis de la lire. Lire les lettres des autres, y compris celles de ses enfants, est une vile action. Je ne devais pas lire cette lettre, je ne le devais pas, et je le fis. Aux nombreuses ratures, répétitions, biffures et rajouts, je compris qu'il s'agissait d'un brouillon.

Ma chère Émilie, la plus belle de toutes... Ma vie durant, jamais je ne t'oublierai. Si tu me l'ordonnes, je suis prêt à te suivre au bout du monde pour te délivrer d'une grand-mère tyrannique et d'un père cruel. Moi aussi je serai délivré de deux sœurs idiotes, d'une mère qui ne sait queue *critiquer, faire la cuisine, jardiner et grogner, d'un père qui ne pense qu'à jouer aux* écheques *et à lire son journal. Mort aux pères, aux mères et aux grand-mères.*

La lettre à la main, je m'assis sur le lit. En apercevant les jujubiers derrière la fenêtre, j'eus soudain l'impression de me trouver en un lieu inattendu, à regarder dans le miroir une image totalement différente de celle que je croyais être. Je repliai la lettre et la glissai de nouveau sous le matelas. Avant de quitter la chambre, je changeai les draps et les taies d'oreiller et refis le lit. À travers mes larmes, je vis qu'il était déjà neuf heures passées. Je n'avais aucune envie de sortir pour aller voir madame Nourollahi, je n'avais envie de voir personne. J'avais envie de redevenir une enfant, de passer la main autour du cou de mon père pour pleurer tout mon saoul.

30

J'étais seule dans le bus. Le chauffeur fredonnait une chanson arabe. À l'évidence une chanson d'amour, si j'en jugeais au nombre de « mon amour, ma chérie » qu'il chantait avec conviction. Nous passâmes devant le cinéma Tadj. On aurait dit que c'était hier encore ; comme tous les vendredis, j'avais laissé chez ma mère les jumelles, qui étaient toutes petites, pour emmener Armen au cinéma. Je lui préparais avant de partir un sandwich au saucisson, persil et oignon haché, comme il les aimait. Il raffolait du Canada Dry orange. Il insistait pour aller l'acheter lui-même à la buvette. Nous regardions le film ensemble. Ensemble nous mangions nos sandwichs en riant. Sur le chemin du retour, la main dans la mienne, Armen racontait le film plusieurs fois de suite.

Le bus stoppa devant le magasin L'Étoile bleue. Depuis combien de temps ne lui avais-je pas tenu la main ? Depuis quand n'allions-nous plus ensemble au cinéma ? Avant de descendre je félicitai le chauffeur pour ses jolies chansons. Le jeune homme me montra en riant ses trois dents en or.

Je m'arrêtai devant la vitrine de L'Étoile bleue. Que pouvait bien me vouloir madame Nourollahi ? Mon fils me détestait-il à ce point ? Pourquoi Artosh n'avait-il pas essayé de faire la paix avec moi ? Une affichette publicitaire était collée à la vitrine, invitant les clients à entrer à l'intérieur pour voir le lave-linge américain Easy. « Pourquoi n'achèterais-tu pas un lave-linge ? » m'avait souvent répété Artosh. « Le linge, ça se lave à la main », répondait ma mère. « Et puis c'est très cher », ajoutait Alice. « Il faut absolument que tu en achètes un », insistait Artosh.

J'entrai dans le Milk Bar et montai à l'étage par l'escalier en colimaçon. Les quelques tables devant la baie vitrée étaient occupées : des jeunes, filles et garçons, des hommes et des femmes, un peu moins jeunes. J'étais mal à l'aise. Quand on parlait du Milk Bar, Alice faisait des yeux ronds : « Le matin, c'est un lieu de rendez-vous… »

J'annonçai au garçon que j'attendais une de mes amies en insistant bien sur les « e ». Je m'installai à une des tables de deux, pour surveiller l'escalier. Je pensais à la lettre d'Armen. Au sucrier renversé par Artosh. Personne ne voulait me comprendre. Pourquoi ? Jamais tant de choses ne s'étaient produites à un tel rythme. Avant l'arrivée d'Émilie et de sa grand-mère au pavillon G4, j'avais une vie bien plus tranquille. Mon côté critique intervint : tu es sûre qu'il s'agit juste d'Émilie et de sa grand-mère ? L'apparition du chignon et du nœud à pois dans l'escalier me fournirent un prétexte pour ne pas répondre.

« Vous ne vous sentez pas bien ? » me demanda madame Nourollahi dès qu'elle fut assise.

Je fus surprise. Cela se voyait-il autant ? J'expliquai, toute confuse, que j'étais débordée ces jours-ci. J'avais constamment du monde à la maison, les enfants me donnaient du souci, la chaleur et l'humidité de l'air étaient accablantes. Les enfants, à mesure qu'ils grandissaient, posaient plus de problèmes que j'avais du mal à comprendre et à résoudre. J'avais l'impression de ne pas être une bonne mère. Au lieu de m'aider, mon entourage était un poids sur mes épaules, j'étais fatiguée… Je m'étais mise à pleurer.

J'avais si honte que je me serais cachée sous la table. Pourquoi pleurais-je en public ? Pourquoi étais-je en train de dire à une femme que je connaissais à peine, avec qui je n'étais pas intime, des choses que je n'avais jamais dites à personne ? Madame Nourollahi sortit un mouchoir en papier de sa poche pour me le donner. Je m'essuyai les yeux en disant : « Excusez-moi, je ne sais pas ce qui m'a pris. »

Elle mit une main sur la mienne sans dire un mot jusqu'à ce que je redresse la tête pour la regarder. « Vous avez de beaux cheveux ! J'aimerais bien avoir les mêmes cheveux lisses. » Elle me tapota plusieurs fois la main avant d'ajouter : « On dit grand bien de leur café glacé. »

Pendant qu'elle passait commande au garçon, je me retournai vers la verrière. De l'autre côté de la place, un palmier était mort. Quand j'étais petite, ma mère disait souvent : « Ah ! Si tu pouvais avoir les cheveux un peu frisés, comme ceux d'Alice ! » Nous attendîmes que le garçon fût parti pour commencer notre conversation.

« Vous autres, les Arméniennes, vous êtes très en avance sur nous, fit madame Nourollahi. Nous devons lutter pour obtenir ce que vous avez depuis longtemps. Nous ne sommes qu'au début du chemin. » J'aurais probablement dû répondre : « Ce n'est pas tout à fait comme vous dites. » Mais je me contentai de hocher la tête.

Elle me demanda de lui parler de nos méthodes de gestion pédagogique, du conseil d'administration de notre société arménienne. Je lui parlai de l'école que les Arméniens avaient construite. Je ne me souvenais pas de qui je tenais ces informations. Le premier groupe d'Arméniens qui avait été engagé par la Compagnie des pétroles anglo-iranienne, chaque jour, après le travail, avait construit cette école de ses propres mains. « Pourquoi lui a-t-on donné le nom d'Adab ? » me demanda madame Nourollahi. Je n'avais pas la réponse. Je lui expliquai le mode de paiement de la scolarité, calculé sur le revenu des parents. Plus ou moins élevé, jusqu'à la gratuité totale, et même, dans le cas des plus pauvres, l'octroi de bourses. Je ne lui dis pas les marchandages de familles aisées pour tenter de payer moins cher. Il y avait aussi le denier du culte que le conseil d'administration demandait à chaque famille selon ses revenus annuels. Mais je passai sous silence le fait qu'il ne déplaisait pas à certaines d'entre elles de tenter d'y échapper. Je lui parlai aussi du bazar de charité organisé deux ou trois fois par an par les femmes qui y vendaient, au profit des familles démunies, des gâteaux faits maison, des tricots et toute sorte d'objets qu'elles fabriquaient elles-mêmes. Je tus le fait que ce bazar était le lieu de tous les ragots, vanités et rivalités au sujet de la voiture, des voyages en Europe ou de la promotion du mari.

Madame Nourollahi m'écoutait attentivement. Elle remercia le garçon qui apportait les cafés glacés. « Vous connaissez Emma Khatchatourian ? me demanda-t-elle.

— Non.

— Elle faisait des gâteaux extraordinaires. »

Mais je me souvins que ma mère, qui n'appréciait aucune pâtisserie, disait toujours : « Pour la pâtisserie, il n'y a qu'Emma. »

« Quand j'habitais Téhéran, poursuivit madame Nourollahi, elle donnait des cours de pâtisserie à la Fondation Farah. Il y avait ce… Je ne me souviens plus comment il s'appelait. *Nazok* ?

— *Nazouk*.

— Ah oui ! Fantastiques ces *nazouks*. »

Puis, elle me parla de leur association, de l'action des femmes pour l'obtention du droit de vote, de leurs cours d'alphabétisation. Les Iraniennes n'étaient pas encore conscientes de leurs droits. À présent, elle parlait simplement, sans affectation. On avait plaisir à l'écouter. Je le lui dis, ce qui la fit bien rire. « Quand je donne mes conférences, si je n'use pas d'expressions savantes, on croit que j'en suis incapable ou que je dis des banalités. » Le café glacé était délicieux.

Les jeunes se pressèrent autour de l'appareil à musique que le Milk Bar venait de recevoir d'Europe. Je savais qu'on appelait ça un juke-box mais je n'en avais encore jamais vu. Les jeunes se disputaient gentiment sur le choix du disque. Il y avait un garçon maigre et efflanqué et une fille vêtue d'une robe sac orange, toute droite avec des ourlets verts aux manches et dans le bas.

Madame Nourollahi était aussi au spectacle. « Quand je vois des jeunes heureux de vivre, me dit-elle, ça me ravit. C'est pour eux qu'on se tue à la tâche. Je me souviens de ma propre jeunesse… »

Les jeunes finirent par se décider pour un disque. C'était celui qu'Armen passait toute la journée sur son tourne-disque Teppaz pour danser le twist. Je n'avais jamais pu comprendre les paroles qui revenaient tout le temps dans la chanson. En sirotant mon café glacé, j'eus soudain la révélation : « *Hit the road Jack !* » Pourquoi cet air ne m'avait-il pas plu auparavant ? Il était beau pourtant.

Madame Nourollahi remuait son café glacé. « Tout ça n'est pas nouveau pour vous autres Arméniens. Pour nous, si. Mes parents, qui étaient pourtant plutôt en avance sur leur temps et qui avaient de l'éducation, ont tout fait pour que j'épouse mon cousin germain. Je sais que ce n'est pas la coutume chez vous, mais chez nous, le mariage dans la famille, non seulement ce n'est pas mal vu, mais au contraire, comme disent les anciens, c'est une œuvre pie. Vous avez sûrement entendu parler de l'union céleste entre cousins germains ? » J'en avais effectivement entendu parler, mais je voulais lui redire que tout n'était pas comme elle l'imaginait. Les Arméniennes avaient aussi leurs problèmes. Mais madame Nourollahi ne m'en donna pas le temps.

Elle appuya sur le nœud de son chignon. Sans doute pour s'assurer qu'il tenait convenablement. « Moi, j'ai tout fait pour refuser », dit-elle en riant de bon cœur. Deux fossettes apparurent au creux de ses joues charnues. « En fait, j'étais tombée amoureuse d'un ami de mon cousin qui était venu plusieurs fois à la maison. Bref, mon cousin et moi, nous nous sommes ligués pour prendre nos parents d'assaut et obtenir leur consentement. »

Une main sous le menton, je lui demandai : « Vous avez épousé l'ami de votre cousin ? »

Elle entoura son verre de tous ses doigts en regardant par la fenêtre et hocha la tête. Un sourire imperceptible se dessina sur ses lèvres et dans ses yeux. « Il y a presque vingt ans. » J'avais envie de lui poser une autre question, mais je n'osais pas. Je me lançai : « Et vous êtes toujours... »

Elle aspira le fond de son café glacé avec sa paille en faisant un bruit de succion. Puis elle repoussa son verre tout en s'essuyant les lèvres du coin de sa serviette en papier. « Je gronde les garçons quand ils font la même chose », dit-elle en riant. « Je suis toujours… ? Toujours contente de mon mariage ? »

Je fis signe que oui. Elle poussa un long soupir. « Vous voyez cette robe ? » me demanda-t-elle en pinçant le col entre deux doigts. « J'ai vu le modèle dans une revue. » C'était une robe à col anglais, munie de six boutons au-dessus de la taille. « J'ai fait tout Téhéran pour trouver le tissu. » C'était un tissu de lin blanc à gros pois jaunes. « Je suis allée faire au moins dix essayages. Cela m'a coûté une fortune en couturier. » Elle s'appuya contre le dossier de sa chaise pour me regarder. J'attendis.

Quand le garçon eut débarrassé les verres vides, elle se pencha en avant, les coudes sur la table. « Quand je l'ai eu portée deux ou trois fois, je m'y suis habituée. Bien sûr je l'aime toujours. Je fais attention aux taches, chaque fois que je l'ai portée je la secoue avant de la pendre dans le placard pour qu'elle ne se froisse pas, mais… » Elle ouvrit son sac pour y prendre son étui à cigarettes. « Vous fumez ?

— Parfois, dis-je en prenant une cigarette.

— Moi aussi parfois », ajouta-t-elle en me grattant une allumette.

J'observai l'étui. Il était en argent, gravé d'une grande fleur. « Quel bel étui ! » Elle fit le geste de secouer la cendre de sa cigarette dans le creux de la main pour faire signe au garçon d'apporter un cendrier. Elle sourit en regardant l'étui. « C'est un cadeau.

— Vous parliez de votre robe. »

Elle toucha l'étui en argent, comme pour le caresser. Avala une bouffée. « J'étais à Téhéran pour Nowrouz. J'y ai trouvé tout à fait par hasard cette ceinture au General Mode. » Elle repoussa légèrement sa chaise pour me montrer la ceinture. « Exactement la même couleur que les pois, n'est-ce pas ? » C'était le cas. La ceinture était fermée par une énorme boucle dorée.

Elle avança sa chaise, regarda sa montre. « Bref, on doit prendre soin de tout ce qu'on possède. Il est onze heures, j'ai rendez-vous chez le docteur à onze heures et demie. J'aimerais vous poser un tas de questions, dit-elle en ouvrant son grand sac jaune pour en tirer une feuille de papier. J'ai tout noté, ajouta-t-elle en lisant sa liste : les lois arméniennes sur le mariage et le divorce ; le droit de garde de l'enfant, en cas de divorce ; le droit de la femme dans l'histoire de l'Arménie ; les statistiques de l'alphabétisation des femmes. » Je la coupai pour lui dire que je ne pourrais pas lui répondre avec précision et qu'elle ferait mieux de prendre contact avec un membre de l'association du culte et de l'école. Elle fit un signe d'assentiment et nota quelques noms. Elle ajouta qu'elle avait l'intention d'inviter quelques Arméniennes à participer aux séances de leur association. À son avis, les difficultés rencontrées par les femmes étaient universelles ; il n'y avait pas de différence entre Musulmanes et Arméniennes. Les femmes devaient se serrer les coudes pour résoudre leurs problèmes, échanger leurs informations. Elle reprenait le ton de sa conférence.

J'eus beau faire, elle refusa de me laisser payer l'addition. « C'est notre association qui vous invite. » Au moment de lui dire au revoir dans la rue, je me souvins de lui demander si elle était présente à la cérémonie du 24 avril. Toute surprise de ma question, elle me répondit : « Cela vous étonne ? Une tragédie est une tragédie, pour les Musulmans comme pour les Arméniens. » Elle n'avait plus le ton de sa conférence.

31

Après la fraîcheur et l'obscurité du Milk Bar, la chaleur et la lumière de la rue me firent du bien. Je me sentais mieux. Plus légère. Je passai devant le cinéma Rex. Il y avait une longue queue au guichet. Des hommes, la plupart des Arabes. Pourquoi n'étaient-ils pas au travail, à cette heure matinale ? Il y avait *Tom Pouce* au programme de la semaine suivante. Je regardai les photos du film. Tom Pouce était assis sur la bobine qui lui servait de chaise. Une tasse renversée était sa table. Il buvait de l'eau dans un dé à coudre. Devant le cinéma, un Arabe vendait des crevettes sèches. Je passai vite en me bouchant le nez. Il fallait que j'emmène les jumelles voir le film avant qu'elles ne prennent leur indépendance comme Armen.

J'achetai le pantalon que mon fils avait en vue depuis longtemps en demandant à pouvoir l'échanger si la taille n'était pas la bonne. Quand je sortis du magasin, je n'avais pas envie de rentrer à la maison, mais plutôt de marcher pour réfléchir, ou ne réfléchir à rien. Tout en marchant, je réalisai que ce qui m'épuisait, c'était de rester constamment à la maison en compagnie d'un tout petit nombre de gens, à me coltiner toujours les mêmes problèmes. Il fallait que je fasse des choses pour mon plaisir. Comme madame Nourollahi. En passant devant la pâtisserie Negro, je me souvins que j'avais du monde à dîner jeudi soir. Je revins sur mes pas et j'entrai acheter des biscuits et des fruits secs. Je sortais de la pâtisserie, les bras chargés de mes paquets de gâteaux et du pantalon d'Armen lorsque je tombai sur Émile Simonian qui arrivait en sens inverse. Erreur d'intuition ? J'eus pourtant l'impression qu'il était embarrassé. Je me demandais ce qu'il pouvait bien faire ici ce matin au lieu de travailler. « À vrai dire, me dit-il, je n'étais pas très en forme, je ne me sentais pas d'aller travailler. J'ai pris un congé maladie pour venir au bazar. Je vais acheter des gants de jardin et un plantoir. »

Je pensais : le bazar, c'est de l'autre côté. « Si tu n'es pas pressée, voudrais-tu m'accompagner ? Je ne sais pas où ça se trouve. » Pourquoi était-il si nerveux ? Une voix me dit : parce qu'il est tombé sur toi. Lequel de mes côtés me suggérait cela ?

« Pour ce genre de choses, il n'y a que la boutique de l'Institut du jardin.

— Où est-ce ? demanda-t-il en prenant mes paquets.

— Place Alfi ! » dis-je au chauffeur de taxi.

Sur le trottoir, devant la boutique, un marchand ambulant vendait olives, concombres à la saumure et feuilles de vigne. Je pensai que ce serait bien pour mon dîner de jeudi soir. Je pris des olives et des concombres tandis qu'Émile ressortait du magasin avec des gants de jardinage, un plantoir et quelques paquets de graines de fleurs. « J'ai acheté des graines de pois de senteur. J'adore les feuilles de vigne farcies, ajouta-t-il en apercevant l'étal du marchand ambulant. Dieu sait depuis combien de temps je n'en ai pas mangé. » J'achetai des feuilles de vigne.

Nous prîmes le bus de Bavardeh. Pendant tout le trajet, nous discutâmes en répétant plusieurs fois : « Ça alors ! Moi aussi. »

Quand nous fûmes arrivés devant chez moi, il me rendit mes paquets en disant : « Je t'assure, je ne dis pas ça par politesse. D'habitude je n'ai rien à dire à personne. »

Il faisait déjà nuit quand j'eus fini la farce des feuilles de vigne. « Tu emmènes les enfants manger des *fish and chips* ? » demandai-je à Artosh. Ce qui eut pour effet de faire bondir de joie les jumelles. Artosh pensa sans doute que je prenais l'initiative de la réconciliation. En rangeant la farce dans le réfrigérateur, je réalisai que j'avais beaucoup de travail avant jeudi. Je refermai la porte du réfrigérateur le plus lentement possible pour n'avoir à croiser aucun regard. Les jumelles s'échappèrent en gardant la main sur leur bouche pour que je ne voie pas leurs lèvres rougies par le Kool-Aid. « Quel beau rouge à lèvres ! » m'écriai-je. Elles ôtèrent leurs mains pour éclater de rire. Je fermai la porte derrière eux en disant : « Vous pouvez revenir tard, pas de problème. » Quatre têtes ahuries me regardaient depuis l'allée.

Je m'assis face à la fenêtre du salon. Il y avait de la lumière dans le pavillon G4. Je me demandai ce qu'il était en train de faire. Peut-être bavardait-il avec sa mère, ou lisait-il, ou bien...

Je tirai le rideau brusquement avant d'aller dans la cuisine. Je posai sur la table le panier de feuilles de vigne et sortis la farce du réfrigérateur.

Tandis que je roulai ma première feuille, mes deux côtés commencèrent à se disputer : espèce d'idiote ! Pourquoi ? Si deux êtres partagent les mêmes goûts, où est le problème ? Aucun, cependant... Parce que l'une est une femme et l'autre un homme, ils ne devraient pas se parler ? Seulement se parler ? Mais bien sûr !... C'est le seul qui me comprenne... Je deviens folle à force de parler toute seule... Je suis fatiguée de m'occuper tout le temps des autres... La récompense ? Mon fils me prend pour une grincheuse et une emmerdeuse. Mon mari n'est pas capable d'échanger un seul mot avec moi. Ma mère et ma sœur ne font que se moquer de moi. Nina, qui en principe est une amie, n'arrête pas de me donner du travail. Pas plus tard que maintenant ; je suis forcée de préparer à dîner pour des gens qui m'ennuient à mourir. Tout le monde t'ennuie ?… Alors, pourquoi prépares-tu des feuilles de vigne ?… Pour qui les prépares-tu ?… Tu es une idiote.

Je posai la dernière feuille roulée dans le plat, levai les yeux vers le rebord de la fenêtre, et les pois de senteur.

32

Le jeudi soir, mes invités rivalisèrent de ponctualité.

Les jumelles étaient assises dans la balancelle de la cour avec Sophie. Chaque fois que la balancelle prenait de la hauteur, elles poussaient toutes les trois des hurlements de bonheur en tendant les mains pour tenter d'attraper les fines branches du saule. Le saule devant la balancelle, et n'importe quel autre saule me rappelait toujours le poème *Parvana* de Hovanès Toumanian. Je l'avais récité si souvent pendant mon enfance que je le savais plus ou moins par cœur. Face à la fenêtre et au saule, je coupai les tomates et les concombres en récitant mes passages favoris :

Les cymbales ont retenti
Sont apparus la belle princesse et le roi aux cheveux [blancs
La fille, telle un croissant de lune, le père comme un [lourd nuage
Lune et nuage, une tête sur une épaule

Respiration et froufrous me firent tourner la tête. Les jumelles et Sophie étaient debout devant la porte de la cuisine.

« Ma tante, quel beau poème ! dit Sophie.

— Recommence depuis le début, dit Armineh.

— Oui, vas-y.

— Je ne sais pas le début, dis-je en riant.

— Alors, raconte l'histoire.

— Oui, raconte.

— Je vous l'ai racontée cent fois, avec le livre, leur dis-je en jetant dans la poubelle les épluchures de concombre.

— Bon, raconte-la pour Sophie.

— Elle ne la connaît sûrement pas.

— Tu la connais ? » demandèrent-elles en chœur à leur cousine.

Sophie fit signe que non.

Je posai sur la table l'huile d'olive et le jus de citron. Tout en préparant la sauce de la salade, je racontai mon histoire : « Il était une fois un roi qui vivait en haut d'une grande montagne. Ce roi avait une fille très jolie. Quand celle-ci fut devenue grande, on décida de la marier. Des quatre coins du monde accoururent de nombreux princes pour demander sa main. Le roi donna à sa fille une pomme d'or en lui disant : "Dès que tu auras choisi ton mari, tends-lui cette pomme." »

Les trois filles s'assirent autour de la table de la cuisine en attendant la suite de l'histoire. Je trouvais très intéressant que, pour une fois, ce fût la fille qui choisît son mari, et non l'inverse. Je m'essuyai les mains pleines d'huile d'olive à mon tablier. « Les princes se déclarèrent prêts à apporter à la fille du roi tout ce qu'elle désirerait : de l'or, des bijoux, et même la lune et les étoiles. »

« Bienheureuse princesse ! dit Sophie. À sa place, j'aurais demandé la lune, tous les bijoux et tous les chocolats du monde.

— Chut ! » firent les jumelles en même temps.

Je poursuivis, tout en remuant la sauce de la salade. « À quoi bon l'or, les bijoux, la lune et les étoiles ? dit la princesse. Je ne demande qu'une chose à celui qui partagera ma vie : le feu du vrai amour. »

Les jumelles observèrent Sophie qui me jetait des regards ébahis.

Je salai, poivrai. « En entendant parler de feu, les prétendants crurent que la princesse voulait du feu pour de vrai. Sans autre explication, ils se ruèrent à la recherche du feu tandis que la princesse attendit leur retour. »

Je donnai une tape sur le bras d'Armineh qui prenait une feuille de laitue dans le saladier. « Et la princesse attendit pendant des années, de longues années. Mais un beau jour, elle baissa la tête, écrasée par le chagrin. Elle se mit à pleurer, et pleura tant et tant que ses larmes formèrent un lac qui engloutit le palais du roi. »

Elles me regardèrent en coin toutes les trois, pendant que je posais le saladier sur la banque. « Chaque saule que vous voyez est cette princesse qui baisse la tête et qui pleure. Les princes sont ces papillons qui tournoient dans la nuit, virevoltent autour des lampes, cherchent le feu pour le ramener à la princesse. »

Un moineau vint cogner contre la moustiquaire en piaillant avant de repartir à tire-d'aile.

« Pauvre saule pleureur ! dit Armineh.

— Pauvres papillons de nuit ! » lui répondit Arsineh.

Sophie me regardait d'un air ahuri.

33

Alice était assise à côté de Joop. Elle gloussait en clignant de ses yeux peints au Rimmel. Comme Raiponce, quand les enfants la remuaient d'avant en arrière. Ma mère était assise sur une chaise en face d'eux. Comme au ping-pong, sa tête dodelinait de l'un à l'autre. Artosh et Émile jouaient leur partie d'échecs.

Émilie était assise à côté de son père. Les genoux serrés, les mains sous le menton, elle contemplait le tapis. Armen arborait son nouveau pantalon, debout derrière son père. À l'autre bout de la pièce, Violette feuilletait notre album de mariage. Elle avait insisté pour le voir. Garnik et Nina parlaient alternativement avec Joop, Alice et ma mère, mais la plupart du temps entre eux, cherchant le moindre prétexte pour rire.

« Pourquoi ne faites-vous pas encadrer une de vos photos de mariage pour l'accrocher au mur ? » demanda Violette. Je cherchais quoi répondre quand Émilie se frappa les deux joues : « Oh ! J'ai perdu le nœud de ma chaussure. »

Tous les regards convergèrent vers les chaussures d'Émilie. Une des deux chaussures vertes avait une fleur blanche, l'autre non.

« Il a dû tomber quelque part par là », lui dit Armen. On va le chercher. Émilie jeta un regard vers son père puis se détourna. « Essaie de chercher, lui dit-il, tu vas sans doute le retrouver. »

Émilie se leva lentement en rajustant son étroite jupe noire. Elle quitta le salon, suivie d'Armen. Violette, l'album à la main, vint s'asseoir à sa place. « Échec ! dit Artosh à Émile. Ce soir, tu es distrait. » Violette referma l'album.

Sous prétexte de rapporter des boissons, j'allai dans

la cuisine. J'étais sûre qu'Émilie avait les deux fleurs quand elle était arrivée. Je m'étais même dit en voyant les chaussures : « Ce sont les mêmes que celles que j'ai achetées la semaine dernière. » Avais-je acheté des chaussures pour enfant, ou bien Émilie, des souliers pour dame ?

Je faisais des allers et retours entre la cuisine et le salon. Cette soirée traînait en longueur. J'attendais le moment où tout le monde serait parti, où j'aurais fait la vaisselle et tout rangé pour me laisser aller dans un des fauteuils verts. Enfin, je pourrais continuer la lecture du roman de Sardou pour savoir ce qui était arrivé au héros de l'histoire. J'avais dans la tête la visite du matin chez madame Simonian. J'étais allée l'inviter pour la soirée. Sans y être obligée du tout, mais au contraire, avec plaisir.

En ouvrant la porte, je l'avais crue malade. Elle avait le teint pâle, des cernes sous les yeux. Elle portait une longue et ample robe blanche. Nous passâmes au salon. Alors que je lui demandais de ses nouvelles, elle me dit qu'elle avait mal dormi. Quand je lui parlai de l'invitation à ma soirée, elle eut un « non » si catégorique que je n'osai pas insister. La soirée était pour moi sans importance. J'avais envie de l'entendre parler. De l'homme aux yeux verts, d'Émile, de la femme d'Émile. C'était comme un film dont on a vu la bande-annonce et qu'on veut voir en entier. Hélas, ma voisine n'était pas d'humeur causante. Elle était si absorbée par la contemplation du tapis que je me levai pour prendre congé. Elle n'insista pas pour me retenir. Elle avait un comportement froid. On n'aurait jamais dit que ce fût la même femme qui, quelques jours plus tôt, m'avait raconté les moments les plus intimes de sa vie.

Je mis à réchauffer sur le gaz les plats que j'avais préparés pour le dîner : pilaf et ragoût d'aubergine, feuilles de vigne, et des *ikra*, un hors-d'œuvre que j'aimais beaucoup et que j'avais particulièrement pimenté en espérant que madame Simonian viendrait. Alors que je sortais les fines herbes et les pickles du réfrigérateur, j'entendis la voix d'Émile : « Tu t'es donné beaucoup de peine. »

Je me retournai. Il était debout devant la table de la cuisine. « Quelle peine ? Pour toi, ça me fait plaisir ! » Cela m'avait échappé. Mon côté critique me réprimanda : tu gâches tout ! Je me repris aussitôt : « Je voulais dire, ça me fait plaisir pour tout le monde. »

Il me prit des mains le bol de pickles et le panier de fines herbes pour les poser sur le plateau, à côté de la salade. « Clarisse, il faut que nous parlions. Quand as-tu un moment de libre ? » Sa chaîne pendait pardessus la chemise. J'avais le cœur qui battait.

« Qu'est-ce que je peux faire ? demanda Nina. J'emmène tout ça à table ? » Je fis signe que oui. Je n'arrivais pas à articuler. Nina sortit en emmenant le plateau.

« Lundi après-midi ? » demanda Émile. Pendant que je mettais le pilaf dans un plat, tout se déroula très vite dans ma tête : lundi, les enfants rentreraient tard de l'école car ils répétaient pour la fête de fin d'année ; Artosh était à Khorramshahr toute la journée, il ne rentrerait que le soir ; Alice faisait le service de nuit ; ma mère était invitée quelque part. Je fis signe que c'était d'accord.

Depuis le salon, Nina appela Émile qui, en sortant, se trouva nez à nez avec ma mère. Il s'excusa.

Ma mère ne répondit pas. Elle s'approcha de la table de la cuisine pour me glisser à l'oreille : « Nous étions bien sottes de nous inquiéter inutilement. Si tu voyais comme il est prévenant avec Alice. C'est le destin ! Bon, il n'est pas arménien, et après ? Pourquoi as-tu renversé la moitié du riz sur la table ? »

Il me fallut crier trois fois que le dîner était servi pour qu'Armen et Émilie veuillent bien passer à table. Quant aux jumelles et Sophie, elles voulurent manger dans la balancelle. J'étais sur le point de refuser, mais Sophie me prit par la taille. « Ma tante, permets-nous de dîner en compagnie de la princesse !

— Quoi ? Quelle princesse ? demanda Nina.

— Le saule pleureur, la fille du roi qui…

— Je vais servir les enfants, dit Nina, ne lui laissant pas finir sa phrase. Toi, assieds-toi », me dit-elle.

Garnik se servit de riz pilaf en s'extasiant tandis que Violette demandait à Émile : « Tu aimes les feuilles de vigne ? »

Tout en vérifiant qu'il ne manquait rien sur la table, je me demandai : « Depuis quand se tutoient-ils ? »

J'allai monter la climatisation. Alice était en train de servir l'assiette de Joop. « Tu ne lui as pas donné beaucoup de viande, disait ma mère, sers-lui plus de riz. »

Il manquait une assiette pour moi. Quand je mettais le couvert, je m'oubliais régulièrement. « Commencez à manger, dis-je en me dirigeant vers la cuisine, je reviens tout de suite. » Personne n'avait attendu ma permission pour se ruer sur la nourriture. Sauf Émile et Violette qui bavardaient l'un à côté de l'autre. Nina me fit un clin d'œil dans leur direction. En sortant, je croisai le regard d'Émilie qui ne quittait pas Violette des yeux. Avait-elle surpris le clin d'œil de Nina ?

Je m'arrêtai au milieu de la cuisine. Pourquoi mon cœur battait-il la chamade ? Pourquoi n'avais-je pas faim ? Pourquoi n'avais-je aucune envie de regagner ma place à table ? Pourquoi cette soirée n'en finissait-elle pas ? Je lavai les assiettes des fruits secs et les verres de l'apéritif. Que me voulait Émile ? De quoi parlait-il avec Violette maintenant ? Pourquoi étais-je oppressée ? Pourquoi la climatisation n'avait-elle aucun effet ? Un cri me fit sortir de la cuisine.

Violette était debout. Elle regardait la tache verte sur sa jupe blanche tandis qu'Émilie, les deux mains sur la bouche répétait : « Excusez-moi ! Je l'ai fait tomber sans faire attention. Excusez-moi. » Le bol de condiments gisait sur le sol.

« Versez vite du sel dessus, s'écria ma mère en

tendant la salière à Artosh pour qu'il la passe à Nina en train de frotter la jupe de Violette avec un mouchoir en papier.

— Ce n'est rien, intervint Garnik. Une tache de condiments, ça part à l'eau.

— Ça devait arriver, dit Alice.

— Ça dovait quoi ? » demanda Joop.

Alice lui expliqua tandis qu'Émile disait à Émilie : « Tu n'aimes pas les condiments. Pourquoi as-tu pris ce bol ? » Il ne la grondait pas, l'interrogeait simplement, mais Émilie se mit à bouder. « Elle l'a touché sans faire exprès », dit Nina. J'observai Émilie. Ne l'avait-elle vraiment pas fait exprès ?

J'accompagnai Violette à la salle de bains. Je lui apportai une serviette propre pour nettoyer sa jupe. Elle me l'arracha des mains. Elle frotta énergiquement la jupe en grommelant : « L'imbécile ! Elle m'a pourri la belle robe qu'on m'avait rapportée de Londres. Je l'adorais. » Elle jeta la serviette par terre avant de se recoiffer devant la glace. Puis, comme si je n'étais pas là, elle continua : « Petite méchante ! Attends un peu. Je m'en vais t'apprendre, moi ! »

Nous regagnâmes la table. Émile se leva et ne se rassit que lorsque Violette fut assise. Puis il demanda à Émilie qui était assise à côté d'elle : « Excuse-toi. » Émilie s'exécuta d'une voix forte : « Je vous en prie, excusez-moi d'avoir taché votre belle robe. »

Violette lui caressa la joue en souriant : « Ce n'est vraiment rien ! En fait, je n'aimais pas beaucoup cette robe. » Émilie sortit de la pièce à reculons. « Quel talent culinaire ! » fit Violette en me regardant. Émile s'était servi de salade et d'*ikra*. Je me penchais pour lui offrir des feuilles de vigne quand les jumelles et Sophie bondirent dans la pièce en hurlant.

« Une grenouille grosse comme une tortue a sauté sur la balancelle, cria Armineh.

— Grosse comme une tortue, confirma Arsineh.

— Elle était jalouse des papillons de nuit, me dit Sophie en pouffant de rire.

— Quoi ? » fit Nina.

Sophie commença à raconter l'histoire de Parvana.

« Bon, bon ! coupa Nina en lui prenant son assiette. Va ! Ce n'est pas le moment de raconter des histoires.

— Toi, tu n'en racontes jamais. C'est tante Clarisse qui nous l'a racontée. C'est une très belle histoire. »

Je lui dégageai le front en la renvoyant dehors avec les jumelles. « Allez voir ce que fit la grenouille avec la princesse.

— Vous avez entendu ce qui est arrivé à Pegov et Shamkhal ? dit Garnik.

— Qui ça Tchamkhal ? demanda Nina.

— Pas Tchamkhal, Shamkhal. C'est le directeur des relations publiques de la Compagnie.

— Ah oui, Tchamkhal ! répondit Nina en éclatant de rire. Tes *ikra* sont succulents.

— Un peu trop forts, dit ma mère. Les aubergines auraient mérité d'être un peu plus grillées.

— Tu savais, toi, que Shamkhal était prince héritier

du Daghestan ? demanda Garnik à Artosh.

— Oui vaguement. »

Émile ne s'était toujours pas servi de feuilles de vigne.

Garnik tendit son assiette à Nina. « Tu nous sers du ragoût ? Le *fesendjan* de Clarisse, on ne s'en lasse pas. Tu imagines ? L'ancien prince héritier du Daghestan au service de l'ambassadeur d'Union soviétique.

— Où est-ce le Daghestan ? demanda Nina. Madame Veskanian, Pepsi ou Canada ?

— Permettez-moi de vous expliquer », dit Joop en toussotant.

Il se lança dans un long commentaire sur le Daghestan – *Darestan* selon sa prononciation –, un pays aux confins de la mer Caspienne et de la Géorgie ; pays de montagne, d'où son nom de Daghestan car *dagh* signifiait montagne en turc. Jusqu'à la révolution, c'était un royaume. À l'arrivée des communistes au pouvoir, c'était devenu une république soviétique. Le roi s'était exilé en Europe. Actuellement, son fils était directeur des relations publiques de la Compagnie des pétroles à Abadan.

Pendant un instant nous restâmes immobiles et muets devant Joop, jusqu'à ce qu'Alice se mette à applaudir : « *Bérâvo* ! Quelle science parfaite !

— J'ai un très grand intérêt pour l'histoire et la géographie, répondit Joop en rougissant.

— Si je ne me trompe, il doit être espion ou quelque chose comme ça, gloussa Garnik en aparté pour Nina et pour moi.

— Encore tes grosses plaisanteries, lui dit Nina en le rabrouant.

— Bref, continua Garnik à voix haute, comme convenu, Shamkhal vient avec quelques-uns des directeurs à la rencontre de Pegov pour lui faire visiter la raffinerie. Tout d'abord l'ex-prince héritier et l'ambassadeur d'Union soviétique se toisent du regard. » Garnik se leva pour imiter cet échange de regards soupçonneux au moyen d'une cuillère et d'une fourchette. « Tous les gens présents sont terrorisés à l'idée qu'une dispute éclate. » Avec la cuillère et la fourchette, il imitait le choc des épées. « Mais le communiste pur et dur et le royaliste débouté se serrent la main et échangent en russe ce que nous prenons pour des politesses d'usage, à notre plus vif soulagement. "Fais un peu attention, monsieur Burt Lancaster, tu vas m'éborgner avec ta cuillère", s'écria Nina en lui tendant une assiette de pilaf et de ragoût. « J'ai vu Shamkhal plusieurs fois, poursuivit Garnik en s'asseyant après avoir bien ri. C'est un homme très drôle et très jovial. Et même très cultivé. Il parle au moins cinq ou six langues. Quel délicieux *fesendjan* ! Le monde est bizarre, ajouta-t-il en se servant de salade, on efface un pays de la carte d'un coup de gomme.

— Tu ne crois pas, intervint Artosh, qu'il est temps d'effacer toutes ces "*istân*" et d'écrire à la place "égalité" ?

— Pour parler tous russe et lire Maxime Gorki ? intervint Garnik en piochant des fines herbes dans le panier.

— Ne commencez pas ! » s'écria Nina en même temps que moi.

Personne ne dit plus rien pendant un moment, sauf ma mère et Alice qui donnaient à Joop la recette du *fesendjan*. Émile chuchota quelque chose dans le creux de l'oreille de Violette, ce qui les fit glousser de rire tous les deux. « Alors, c'est bien Tchamkhal, n'est-ce pas ? » fit Nina. Garnik lui pinça la joue : « Comme c'est drôle ! »

Joop était en train de raconter quelque chose à Alice pendant qu'Émile et Violette continuaient à chuchoter. Je me demandais ce qu'ils pouvaient bien avoir à se dire. « Écoutez tous, dit Alice. Vas-y, parle », dit-elle à Joop qui rougissait en secouant la tête. « Écoutez, répéta Alice en se tournant vers nous. Qui sait parmi vous ce que veulent dire Bereym et Bavardeh ? » Puis, se tournant vers Joop : « Où est-ce que tu as appris tout ça ? » Joop rougit à nouveau. Alice continua : « Hein ? Personne ne le sait ? Bereym est une espèce de datte. Avant que les Anglais n'achètent les terrains d'Abadan, tout le quartier de Bereym était planté de ces dattes. » Garnik la coupa : « Bravo pour les feuilles de vigne ! Bien sûr, les dattes aussi c'est très bon. » Pour une fois, Artosh écoutait ma sœur avec beaucoup d'attention. Posant ses couverts dans son assiette, Alice se rengorgea. « Écoutez la suite, maintenant. Qui peut me dire d'où vient le nom de Bavardeh ? Personne ? Toutes ces terres appartenaient à un Arabe qui avait une fille d'une grande beauté. Elle s'appelait Warda, car en arabe, cela veut dire fleur. » Alice demanda confirmation à Joop : « C'est bien ça ? » Joop approuva et Alice continua. « On appelait l'Arabe Bou Warda, c'est-à-dire le père de Warda. Quand les Anglais ont acheté les terrains, ils leur ont donné le nom du propriétaire. Peu à peu Bou Warda est devenu Bavardeh. Bavardeh nord, fit-elle en tournant la tête à droite, Bavardeh sud, à gauche.

— Intéressant, dit Artosh.

— C'est bien ce que j'ai dit, un espion ou quelque chose comme ça », grommela Garnik.

Un coup de poing de Nina le fit taire. « Quelle science ! reprit Alice, en regardant Joop. Bravo ! » Joop rougit encore en riant. Ma mère fit passer le panier de fines herbes. Je me dis que si l'histoire de Joop était vraie, le père de Warda devait être un des rares Arabes à être devenu célèbre par sa fille et non par son fils. Joop et Artosh échangèrent quelques mots. « En fait, une légende est, peut-être ! dit Joop.

— Légende ou réalité, en tout cas c'est intéressant », répondit Artosh.

Je débarrassai la table en pensant que personne ne s'était aperçu que je n'avais pas dîné. Mais Émile vint me dire : « Les feuilles de vigne étaient exceptionnelles, bien que tu n'aies touché à aucun plat. » Il m'aidait à débarrasser quand survint ma mère. « Je vous en prie, débarrasser la table n'est pas une tâche pour les hommes. » Pendant qu'Émile rejoignait Nina qui l'appelait, ma mère bougonna : « Mon Dieu ! Je déteste les hommes qui jouent les bonnes femmes ! Tu as entendu ce que Joop disait à Alice pendant le dîner ? Il lui disait que... » J'empilai les assiettes sales pour les emporter à la cuisine. Intérieurement je lui répondis : je n'ai rien entendu et ne veux rien entendre. Laissez-moi tranquille.

« Je crois que c'est fait ! » me glissa Nina à l'oreille en partant. Violette se contenta de dire merci. « Souviens-toi de conserver le *fesendjan* dans un plat de porcelaine », dit ma mère. Les remerciements de Joop durèrent cinq bonnes minutes. Tout ce monde parti, je pus enfin fermer la porte.

Je lavais la vaisselle quand Artosh entra dans la cuisine. Il s'appuya contre l'évier : « Les jumelles réclament une histoire », dit-il en riant comme il avait ri pendant toute la soirée. « Je n'ai pas le courage de leur raconter une histoire », lui répondis-je. Il me regarda : « Pourquoi ?

— Je suis fatiguée », dis-je sans le regarder.

Il se mit à se gratter la barbe. Je me retournai pour l'observer un instant.

« Pourquoi ne te rases-tu pas ? »

34

J'étais dans une très grande maison. Avec des couloirs et des pièces qui communiquaient entre elles. Un grand nombre de gens allaient et venaient, mais je n'en connaissais aucun. Je tenais les jumelles par la main en cherchant la sortie. Un prêtre de haute taille vint au-devant de moi pour me dire que je n'aurais pas la permission de sortir tant que je n'aurais pas résolu l'énigme. Il emmena les jumelles en les tirant par la main tandis que je leur courais après.

Je me trouvais dans une grande cour entourée de pièces de chaque côté. Au centre il y avait un bassin rond et vide. J'appelais les jumelles en pleurant lorsqu'une jeune femme entra dans la cour, un bébé dans les bras. Elle était vêtue d'une longue jupe rouge qui traînait par terre. Tandis que j'appelais les jumelles en pleurant, la femme à la jupe rouge riait, dansait autour du bassin, lançait son bébé en l'air et le rattrapait.

Quand je me réveillai, mon cœur battait, j'étais trempée de sueur. Artosh dormait encore. Je rejetai les draps. Je passai une veste légère par-dessus ma chemise de nuit, et j'enfilai mes pantoufles pour aller dans la cour. Il ne faisait ni jour ni nuit. Cela sentait le trèfle en fleurs. Les rosiers étaient couverts de boutons. Je fis les cent pas dans l'allée en réfléchissant au rêve que j'avais fait.

Je m'assis sur la balancelle trempée par l'humidité

de l'air. Les branches du saule n'atteignaient pas le dossier. La maison de mon rêve m'était inconnue. Je ne voyais pas non plus qui était ce prêtre. J'avais oublié l'énigme. Je me souvenais seulement de la cour et du bassin rond. L'humidité de la balancelle commençait à m'importuner.

Je me levai pour passer dans l'arrière-cour. Les jumelles avaient creusé un trou près du robinet. Un de leurs jeux favoris était de creuser un trou, le remplir d'eau, y verser des herbes, de la terre et des cailloux. Elles remuaient le tout avec un bâton en disant : « Nous préparons la soupe. »

« Il n'y a guère plus de deux heures entre Ispahan et Namagard », dit ma mère.

Mais moi j'avais dix ou douze ans et le chemin me paraissait beaucoup plus long.

Alice grogna pendant tout le trajet.

« Quand est-ce qu'on arrive ?

— On va jusqu'à Namagard acheter du saindoux », dit ma mère.

Mon père raffolait de la cuisine faite à la graisse animale. Ma main dans celle de mon père, je longeais les ruelles étroites en regardant les enfants pauvres et maigres collés aux murs de pisé ou postés derrière les fenêtres sur le passage des enfants de la ville.

Alice n'arrêtait pas de gémir. « J'étouffe avec cette chaleur et cette poussière. » Moi j'y étais insensible. J'observais les femmes du village dans leurs habits traditionnels. Les plus jeunes se masquaient la bouche dans la pointe de leurs foulards multicolores. Quand j'en avais demandé la raison à ma mère, celle-ci, très irritée par la chaleur et la poussière que le vent nous soufflait continuellement au visage, m'avait répondu que les jeunes filles ne devaient jamais parler devant leurs parents ou leurs beaux-parents. Les foulards jaunes, rouges et verts formaient les seules taches de couleur visibles dans le village en dehors de la couleur ocre de la terre.

J'entrai dans une cour. Alice tira ma mère par la main. « Rentrons ! » Au centre de la cour il y avait un bassin rond et vide sur lequel donnaient tout autour une série de pièces fermées par des portes de bois surmontées d'impostes vitrées couvertes de poussière. Dans un coin de la cour, quelques jeunes femmes étaient assises autour du four pour cuire le pain. Une vieille femme passait son temps à critiquer leur travail en ronchonnant. Mon père s'entretenait avec le maître de maison, un homme beaucoup plus corpulent que lui avec des yeux globuleux. Tandis qu'Alice geignait, j'observais en silence tout autour de moi, sentant que j'allais bientôt me mettre à pleurer.

Une jeune femme entra par la porte restée ouverte. Elle était grande et fort maigre. Elle allait pieds nus. Ses longs cheveux étaient tout ébouriffés et constellés d'herbes sèches. Un chien galeux efflanqué la suivait. Quand elle nous aperçut, la femme se mit à rire. Alice se tut. À présent, elle dansait autour du bassin vide en chantant. Le chien hurlait, assis devant la porte.

Pendant un moment on n'entendit que le chant de la femme, le sifflement du vent et le hurlement du chien. Alors, le maître des lieux se baissa pour ramasser par terre un bout de bois et cria en direction de la femme : « Va-t'en. Sors d'ici, tu n'as pas honte ? » Les jeunes femmes pouffèrent de rire sous leurs voiles. « N'ayez pas peur, nous dit la vieille femme. Elle est folle, mais inoffensive. » Puis elle prit un caillou devant le four et le lui lança en criant : « Tu n'as pas honte ? » La femme se protégea la tête de ses mains et se mit à pleurer. Mais elle se remit à chanter et sortit de la cour en dansant, suivie du chien.

En rentrant à Ispahan, ma mère nous expliqua que les gens de Jolfa avaient l'habitude d'emmener leurs fous à Namagard. Il y avait là des familles qui s'occupaient d'eux pour une certaine somme mensuelle. Je n'arrêtai pas de pleurer jusqu'à Ispahan. Alice me demanda : « Il n'y a plus de poussière et l'air s'est rafraîchi, alors pourquoi pleures-tu ? »

Je fis plusieurs fois le tour des jujubiers et des platebandes de fines herbes. J'enlevai les mauvaises herbes. Sous les jujubiers, trois fruits secs étaient tombés ; ils avaient pris une teinte brunâtre. Je les ramassai avant de m'asseoir par terre. Appuyée contre l'arbre, je jonglais avec les fruits.

Je relevai la tête pour regarder les branches du jujubier. Youma m'avait raconté, ou peut-être l'avais-je lu quelque part, que cet arbre était une espèce de cèdre, du même cèdre dont on faisait le shampoing pour cheveux à partir des feuilles. Combien d'arbres avions-nous ainsi dont le nom différait de celui de ses fruits ? Le cèdre et le jujube, le palmier et la datte. Je n'en trouvai pas d'autres. C'était drôle de trouver justement ces deux arbres à Abadan. En me levant, je jetai les jujubes secs et noirs dans les fines herbes et revins vers ma chambre. Je m'habillai sans faire de bruit, et avant de sortir, posai un message sur la table du téléphone.

35

L'église était sombre et dégageait une odeur d'encens.

Je donnai une pièce à la gardienne qui, après m'avoir ouvert la porte, me parla de la maladie de son fils. Je lui dis qu'il était inutile qu'elle allume la lampe et fasse brûler de l'encens. Puis je fermai la porte derrière moi.

Je pris un foulard sur la table à côté de la porte et me couvris la tête. Je fis le signe de croix. Foulant le tapis de couleur fauve, j'avançai vers l'autel. Je m'assis sur un des deux bancs du premier rang. Pendant un temps indéterminé, je contemplai l'icône de Jésus enfant dans les bras de sa mère, jusqu'à ce que la lumière du matin, pénétrant par les vitraux du chœur, apporte un peu de jour dans l'église.

J'aperçus les chandeliers de l'autel encadrant de grands vases d'argent remplis de fleurs artificielles, posés devant le calice et l'étole du prêtre. Bien que j'eusse déjà vu tout cela à de nombreuses reprises, j'avais l'impression de le découvrir pour la première fois.

Le Jésus peint sur l'icône me rappelait Armen enfant. Je me souvins que Nina m'avait dit la même chose à propos de Tigran. J'y voyais aussi l'image des jumelles. Jésus enfant était sans doute le modèle de tous les enfants.

Je m'agenouillai en soupirant profondément, fis le signe de croix et, les yeux fermés, je récitai : *Notre Père, qui êtes aux cieux, que votre nom soit sanctifié.* Quand avais-je récité cette prière pour la première fois ? *Que votre règne vienne. Que votre volonté soit faite, sur la terre comme au ciel.* Quand, la dernière fois ? *Donnez-nous aujourd'hui notre pain de ce jour. Pardonnez-nous nos offenses comme nous pardonnons aussi à ceux qui nous ont offensés.* Je récitais comme si c'était la première fois. *Et ne nous soumettez pas à la tentation, mais délivrez-nous du mal.* Je terminai ma prière : *Car c'est à vous qu'appartiennent le règne, la puissance et la gloire, pour les siècles des siècles.* J'ouvris les yeux. *Amen !* Je fis un dernier signe de croix devant l'icône de Jésus et Marie. Celle-ci était couverte d'un châle bleu, tenant Jésus dans ses bras, enveloppé d'un tissu jaune.

Commençant à sentir des fourmis dans mes

jambes, je me levai pour aller jusqu'au présentoir des cierges. Je glissai de l'argent dans le petit tronc de bois et pris sept cierges comme d'habitude. Six pour les enfants, Artosh, ma mère et Alice, le septième pour mon père. En allumant le septième, je murmurai : « Viens à mon aide ! »

Je fis le tour de l'église. Parvenue à la place des choristes, à côté du vieil orgue, j'aperçus sur le mur les ex-voto que les gens avaient offerts après avoir recouvré la santé ou avoir été exaucés. Durant toutes ces années, en venant à l'église, jamais je n'avais pris le temps de les lire convenablement. La plupart étaient rédigés en arménien, quelques-uns en anglais. Il y avait aussi une petite plaque de marbre sur laquelle était gravée cette inscription :

Vierge Marie, Mère douloureuse
Je t'ai imploré par les blessures de ton fils et
Tu m'as rendu le mien

En posant la main sur la petite plaque de marbre, je songeai : la pauvre mère ! Arrivée à la porte de l'église, je me dis : qui est-ce qui me fait croire que c'est la mère et non le père de l'enfant malade qui a offert l'ex-voto ? Je revins vers le chœur, et avant de sortir, me signai une dernière fois.

Je me dirigeai vers la maison. L'air était agréablement chaud. Il y avait longtemps que je n'avais pas autant apprécié la chaleur. Un peu avant le cinéma Tadj, je regardai à droite. Au fond de l'impasse, la grande porte bleue était fermée comme d'habitude, et comme d'habitude, un homme y montait la garde. J'avais entendu dire que derrière cette porte s'étendait tout un quartier, comme le bazar des Koweïtiens, avec ses cafés, ses boutiques et ses immeubles d'habitation. Derrière la porte bleue vivaient des femmes qui depuis des années n'étaient peut-être jamais sorties de leur quartier. J'avais toujours eu envie de voir ce qu'il y avait derrière la porte bleue, mais je savais que c'était impossible.

Un Arabe poussait devant lui cinq ou six chèvres sur le trottoir. Un autre Arabe l'accompagnait à bicyclette et lui faisait la conversation. Le cycliste essayait de calquer son allure sur celle de son compagnon, ce qui lui faisait faire quelques embardées avec sa roue avant. L'odeur de gaz provenant de la raffinerie s'élevait dans un ciel sans nuage.

Je longeai l'avenue plantée de quelques palmiers ici et là et recouverte d'herbes folles par endroits, jusqu'à ce que je parvienne au cinéma Tadj. J'avais beau habiter Abadan depuis de longues années, j'étais chaque fois étonnée par le contraste entre le quartier de la Compagnie des pétroles et le reste de la ville. Comme si on passait sans transition de la sécheresse du désert à la verdure d'un jardin.

De chaque côté des larges avenues, les maisons toutes identiques avec leurs haies de buis ressemblaient à des enfants qui sortent de chez le coiffeur. En rang, ils attendent que le surveillant vienne leur dire : « Bravo ! Quels enfants propres et bien mis ! »

Je tournai dans notre rue. On n'entendait que le chant des cigales et le coassement intermittent des grenouilles. En regardant autour de moi, je me disais que j'aimais cette ville chaude, verte et calme.

Je trouvai Artosh et les enfants dans la cuisine. Les jumelles me lancèrent des regards inquiets mais lorsqu'elles me virent sourire, elles sautèrent dans mes bras. Armen s'approcha et ne refusa pas le baiser que je lui donnai sur la joue. « Je fais du café ? » demanda Artosh.

Les jumelles avaient décidé que nous n'irions pas déjeuner au club. « Il faut qu'on étudie nos leçons, dit Armineh.

— Il nous reste peu de temps avant les examens », continua Arsineh.

Je fis réchauffer les restes du dîner de la veille. Artosh mangea ses feuilles de vigne avec du riz blanc. « Que cela n'arrive pas jusqu'à ta mère, mais je dois dire que les feuilles de vigne, c'est succulent avec le riz blanc. » Chaque fois, en effet, que ma mère avait dit que les Arméniens de Jolfa mangeaient les feuilles de vigne avec du riz, il avait bien ri. En se levant de table, il ajouta : « Le dîner d'hier était excellent, tout particulièrement les feuilles de vigne qui étaient exceptionnelles. »

36

Ashkhen était en train de faire le ménage dans les chambres tout en parlant comme un moulin.

« Clarisse *khanom djan*, ne te fâche pas mais je ne veux pas aller travailler chez madame Simonian. D'abord elle s'obstine à ce que j'y aille le vendredi. Moi, le vendredi, j'ai toujours du monde à la maison, mon mari va au hammam, je ne sais plus où donner de la tête. Et puis, elle n'est jamais contente de mon travail. "Pourquoi tu as lavé comme ci ? Pourquoi tu as repassé comme ça ?" Ensuite, elle se dispute sans arrêt avec son fils et sa petite-fille. Son fils est pourtant un vrai monsieur. Il ne dit jamais un mot. Mais sa petite-fille… ouille, ouille, ouille, quel petit monstre ! Avec sa langue grosse comme un cornichon, elle vous insulte. Elle jette tout ce qu'elle trouve ou vous le déchiquette avec ses ciseaux… » Elle posa son chiffon à poussière par terre. « Je l'ai entendu dire au téléphone : "Si tu m'aimes, tu dois gifler monsieur Vazguen." Tu vois qui c'est, Clarisse *khanom djan* ? Le directeur de l'école… »

Ashkhen en avait complètement oublié son ménage. Tout en lui répondant que je connaissais monsieur Vazguen, je lui demandai de ne pas oublier de faire la poussière des placards avant d'aller secouer les coussins des fauteuils du salon.

Je sortis de ma chambre en me demandant avec

qui la fille avait bien pu parler au téléphone. Armen ? Pourvu qu'il n'allât pas gifler… J'allai jusqu'au téléphone qui sonnait. Il faudrait que je lui parle. Je décrochai.

Sa voix était calme, comme d'habitude. « Je voulais te remercier pour la soirée de jeudi. On t'a donné beaucoup de peine. Je voulais te dire aussi qu'hier soir j'ai trouvé un livre qui pourrait t'intéresser. Je l'ai mis de côté pour te l'apporter lundi. Tu n'as pas oublié notre rendez-vous ? »

Un de mes côtés me souffla : dis-lui que le lundi tu es occupée, que tu n'es pas libre, que tu as du travail… Je répondis à Émile que cela ne m'avait donné aucune peine, que je le remerciais pour le livre et que je n'avais pas oublié notre rendez-vous. Lorsque je raccrochai, mes deux côtés commencèrent à se disputer.

Appuyée contre la table du téléphone, j'essayais de penser à autre chose. Sous quel prétexte pourrais-je parler à Armen ? Pourquoi Ashkhen m'appelait-elle encore ? Il était quatre heures et quart. Où étaient passés les enfants ?

En relevant la tête, je les aperçus tous les trois, à travers le rideau de l'entrée, qui remontaient l'allée. Les jumelles avançaient à cloche-pied. Armen suivait derrière, les mains dans les poches.

Tandis que le « Clarisse *khanom djan* » d'Ashkhen retentissait à nouveau, j'ouvris la porte.

« Hello ! fit Armineh, un 20 et deux 19.

— Hello ! fit Arsineh, deux 19 et un 20. »

Je m'étais souvent demandé si les jumelles ne faisaient pas exprès de faire les mêmes fautes pour avoir des notes identiques. Mais comment était-ce possible ? Je m'étais entendue avec l'instituteur pour qu'elles fussent assises sur des bancs différents, éloignées l'une de l'autre.

Armen referma la porte et attendit que les jumelles aient fini de gesticuler. Qu'attendait-il exactement ? Pourquoi ne se précipitait-il pas pour s'enfermer dans sa chambre comme ces jours derniers ? Me voyant perplexe, il me demanda si je pouvais téléphoner à Miss Judy pour annuler quelques leçons de piano, le temps que les examens soient passés. Les jumelles confirmèrent en opinant du chef.

Mais avec cette démonstration d'intérêt pour l'étude et les examens, je n'étais pas au bout de mes surprises. « Tu m'interroges en histoire ? Demain j'ai un examen blanc. »

Ashkhen apparut dans le couloir. « Clarisse *khanom djan* ! » Je fis du coude aux jumelles pour qu'elles disent bonjour. D'une voix douce, Ashkhen répondit par des compliments : « Bonjour ma rose, bonjour ma jacinthe, mon candi et mon miel, mon lait, mon sucre. Non ! Ça ne peut pas être vous. » Armineh et Arsineh répondirent en même temps : « Qu'est-ce qui ne peut pas être nous ? » Ashkhen noua solidement son foulard blanc derrière la nuque en désignant le salon. « Le fauteuil du salon ! »

Nous allâmes ensemble au salon où nous trouvâmes tous les coussins des fauteuils empilés sur le sol. Ashkhen nous indiqua un des fauteuils. Nous nous approchâmes. Au centre du fauteuil, là où il était recouvert par le coussin, il y avait un trou. Quelqu'un avait dû le faire au moyen d'un couteau ou d'une pointe aiguë. Je regardai Armen qui prit un air ahuri. « Je te jure que ce n'est pas... » Il sortit en courant. Le regard des jumelles fit un aller et retour entre Ashkhen et moi.

« Ce n'est pas Armen.

— Je te jure que ce n'est pas lui. »

J'avais envie de demander « Mais qui alors ? » Elles me coupèrent :

« Nous ne savons pas qui, mais... Mais ce n'est pas Armen.

— Ouille, ouille, ouille ! » fit Ashkhen, hochant la tête, les deux mains sur son gros ventre.

Je dis aux jumelles que leur goûter était sur la table de la cuisine et à Ashkhen que, pour l'instant, elle n'avait qu'à cacher le trou sous le coussin.

Je payai Ashkhen qui noua fermement son foulard sous le menton. Ce qu'elle faisait toujours pour signifier que son travail était fini. Derrière la nuque, c'était lorsque elle se mettait au travail ou qu'elle y était. Elle ferma son porte-monnaie, mit sous son bras le paquet de vêtements et le sac de victuailles que je lui avais donnés à emporter en me remerciant. Je refermai la porte derrière elle en la regardant partir à travers le rideau de l'entrée. Ses paquets sous le bras, elle clopinait dans l'allée en soufflant pour atteindre le portillon. « Pauvre femme ! me disais-je. Qu'a-t-elle vu de la vie sinon la peine ? » Je défis mon tablier pour le jeter dans le panier de linge sale. Il portait la saleté de toute une journée de labeur en compagnie d'Ashkhen.

J'allai retrouver Armen dans sa chambre, bien décidée à ne pas dire un mot du trou dans le fauteuil. J'avais des choses plus importantes à lui demander. Il me tendit son livre d'histoire. « Dis-moi, quelles nouvelles de monsieur Vazguen ? » Il s'assit sur son lit. « Il va bien, pourquoi ? » J'ouvris le livre : « Comme ça. » Il se leva pour chercher quelque chose dans son cartable. « En fait, aujourd'hui je suis allé au secrétariat, et il y était aussi. » Je refermai le livre. « Pourquoi étais-tu au secrétariat ? » En général, on n'appelait Armen au secrétariat que pour le gronder pour ses sottises et les dégâts qu'il avait causés. Je craignis qu'il n'eût vraiment donné cette gifle à son instituteur. Il me remit une feuille carrée. « C'était pour ça. » J'eus un choc. J'étais sûrement convoquée à l'école. Probablement avait-il été à nouveau puni. Certainement… Je lus le papier. « Félicitations à Armen Ayvazian pour ses efforts et son application en mathématiques. » Je bondis pour le prendre dans mes bras et l'embrasser. « Tu m'étouffes, s'écria-t-il en riant.

— À vrai dire, j'étais très inquiète pour toi, ces derniers jours », lui dis-je, le moment d'émotion passé. Je me demandais comment aborder la question d'Émilie. « Je sais bien pourquoi tu étais inquiète. C'est inutile. Ne sois jamais inquiète pour moi. Ton fils n'est pas un imbécile. Maintenant, interroge-moi en histoire. » Il se pencha pour ramasser par terre le livre d'histoire et me le donner. Comment faisais-je pour oublier que mon fils était le champion de l'embrouille ?

Je finis la lecture du manuscrit de Vazguen avant le lundi. Je fis du pilaf aux lentilles et du ragoût d'aubergines pour Artosh qui en raffolait. Un gâteau aux amandes pour les enfants. Je ne fis aucun reproche à Armen pour le désordre de sa chambre. J'emmenai les jumelles voir *Tom Pouce* au cinéma. Armen refusa de nous accompagner sous prétexte que c'était pour les enfants. Le soir suivant, quand il me dit qu'on passait *Tarzan* au cinéma du club de la Compagnie, j'acceptai de les y emmener, à condition qu'ils ne feraient pas d'histoire pour se lever le lendemain. Les jumelles n'en revenaient pas que je les laisse aller au cinéma deux soirs de suite. Elles étaient si contentes que lorsqu'Artosh se mit à ronchonner en disant qu'il n'avait pas envie de prendre la voiture, elles s'écrièrent : « On va y aller en taxi. » Mais il fallait voir leurs mines à tous les quatre quand je répondis : « Le club est tout près, à cette heure, les rues sont vides, alors… C'est Armen qui va conduire. »

Dans le cinéma de plein air du club, j'applaudis avec les enfants aux exploits de Tarzan et ris de bon cœur des espiègleries de Cheeta. Dans l'air encore chaud de la nuit, on sentait d'un côté les remugles du fleuve, de l'autre les odeurs de grillades du restaurant du club. J'étais heureuse de partager le bonheur de mes enfants.

37

Ce lundi matin, le ciel était nuageux. Un vent violent soufflait.

J'envoyai les enfants à l'école.

« Et si un orage éclate ? s'inquiétait Armineh. Qu'est-ce qu'on fera ?

— Madame Mania interrompra sûrement notre répétition, répondit Arsineh.

— Tant mieux ! fit Armen, en prenant son sac pour partir.

— N'oubliez pas de remettre à madame Mania ou à monsieur Vazguen le livre et le manuscrit de la traduction.

— Tu nous avais promis de nous le lire ! objecta Armineh.

— Monsieur Vazguen était pressé. Nous le lirons ensemble quand il sera imprimé.

— Bon ! » firent-elles en tendant leurs joues rondes pour que je les embrasse avant de les accompagner jusqu'au portillon.

Si la répétition était annulée, les enfants rentreraient plus tôt. Était-ce bien ce que je voulais ? Fallait-il prier pour que l'orage éclate, ou l'inverse ? Émilie attendait devant chez elle, vêtue d'une blouse bleue marine, col de dentelle et socquettes blanches. Quand le bus arriva, Armen resta debout devant la porte pour laisser monter Émilie. Artosh était déjà assis au volant de sa Chevrolet. Je retins mon souffle. Au deuxième coup, la voiture démarra. Je relâchai mon souffle. Artosh partit tout sourire. Il freina un peu plus loin et passa la tête par la fenêtre. « Aujourd'hui, je rentre plus tard, tu te souviens ? » Je lui adressai un sourire pour lui dire que je m'en souvenais. Quand la Chevrolet et le bus eurent disparu, je refermai le portillon. Le vent faisait tourbillonner quelques fleurs de bougainvillée au-dessus de la cour.

Je n'avais pas sitôt fermé la porte d'entrée que j'entendis grincer le portillon. À travers le voilage je la vis s'avancer. Elle était vêtue d'une jupe et d'un chemisier noirs. Elle portait des mocassins. Elle avait jeté un châle blanc sur ses épaules. Pour la première fois, j'étais heureuse de la voir.

Elle s'assit à la table de la cuisine. Au lieu d'un thé au lait elle me demanda du café. Pendant que je préparais le café, elle se contenta de quelques mots : « Le temps est à l'orage. Quand nous étions en Inde, c'était le signe qu'il allait pleuvoir. » Ses cheveux étaient attachés par-derrière. Elle ne portait pas d'autres bijoux qu'une paire de boucles d'oreilles en perles. Je posai le café et une assiette de biscuits Nice sur la table avant de m'asseoir en face d'elle. Pendant un moment, elle resta sans rien dire devant sa tasse de café. Dehors, un grand vent soufflait toute la poussière du désert du Khouzistan. Sur le rebord de la fenêtre, les pois de senteur tremblotaient.

« Vous allez mieux ? » lui demandai-je. Je ne disais pas ça pour meubler la conversation. J'étais vraiment inquiète. Bien que ce jour-là, elle eût perdu sa pâleur. Elle avait même mis un rouge à lèvres de couleur beige.

Elle but une gorgée de café. Releva la tête. Ses yeux ressemblaient à deux billes noires. Elle toussota. « Je ne sais pas pourquoi je vous ai dit tout ça l'autre soir. Je n'ai pas l'habitude de me livrer ainsi. Je n'avais jamais parlé de moi à quiconque jusque-là. Peut-être parce que j'estimais n'être comprise de personne. Pourquoi ai-je jugé que toi, tu pouvais me comprendre ? Je ne sais pas. » Elle se tut. Le vent se mit à hurler, renversant un pot de fleurs sur le rebord de la fenêtre.

Elle défit une de ses boucles d'oreilles. Se frotta le lobe avant de remettre la boucle en place. Elle parlait doucement. Comme si elle ne voulait pas qu'on entende le son de sa voix. « Émile ne tient de son père que la couleur de ses yeux et sa passion pour les livres. Au contraire de son père qui distinguait nettement la poésie des réalités de la vie, Émile vit dans un monde de fables et de poésie. Depuis tout enfant, il ne cesse de tomber amoureux. Il a cru qu'il était amoureux de la mère d'Émilie. La jeune fille était d'une famille pauvre. Son père était alcoolique. Il ne cessait de battre sa fille. Émile est apparu dans le rôle du sauveur et puis... la fille était jolie. Au début, je ne voulais pas de ce mariage. Mais devant le fait accompli, j'ai dû rendre les armes. Au bout de deux mois à peine, il a compris son erreur. Dieu a voulu qu'elle mourût quelques années après. »

Le vent poussa encore un hurlement et projeta dans la cour le pot de pois de senteur. Je l'entendis se briser. Je fus triste tout d'un coup. Du pot de fleurs brisé ? Ou de ce qu'on pût parler si aisément de la mort ?

« Il s'est toujours trompé dans ses choix. Toujours par légèreté. J'ai dû migrer d'une ville à l'autre, d'un pays à l'autre d'innombrables fois, tout cela pour éviter qu'il ne nous entraîne tous les trois dans ses aventures. Moi, cela m'est égal, mais Émilie ne le supporte pas. Je crains fort qu'elle ne nous fasse des bêtises. Au point de vue mental, sa mère... »

Elle ne finit pas sa phrase. Elle but la dernière gorgée de son café en hochant la tête puis reposa sa tasse sur la sous-tasse. Je ne savais trop quoi dire. Je montrai la tasse : « Voulez-vous que je vous dise l'avenir ? » Je disais n'importe quoi, parce que non seulement je n'y croyais pas, mais en plus je n'y connaissais rien. Je lui avais dit ça sans réfléchir.

Comme si elle venait de se réveiller, elle se leva brusquement en repoussant sa chaise en arrière. Elle porta une main à ses cheveux, rajusta son châle. « Je te prends ton temps. L'avenir ? L'avenir, il y a bien longtemps qu'on me l'a prédit ! » dit-elle en jetant vers la tasse un regard plein d'ironie. Elle ferma les yeux, les rouvrit, se perdit dans la contemplation d'un dessin de Sayat Nova. « Il aimait ses poèmes. Disait qu'ils venaient du cœur. Comme les siens. Mais personne ne l'a jamais compris. » Je la raccompagnai jusqu'à la porte d'entrée. Sur le seuil, elle se retourna, posa la main sur mon bras, m'adressa un sourire triste. « Émile s'attache très vite. » Elle tira son châle jusque sous le menton. « Aide-le. Il n'a pas pris la bonne décision. Donne-lui tes conseils. »

Elle s'avança dans l'allée. Le vent tordait son châle sur ses épaules. L'allée était jonchée des fleurs pourpres des bougainvillées. Le saule se tordait comme une vieille femme qui s'arrache les cheveux dans son chagrin. Les gouttes de pluie s'évaporaient avant d'avoir touché le sol. Le ciel était incandescent.

38

Je fis le tour des chambres pour ranger ce qui n'avait pas besoin de l'être. Devant chaque fenêtre, je m'arrêtai pour regarder au-dehors. Les plants de tomates étaient pris de tremblement, les fleurs étaient secouées de haut en bas. Les arbres d'Armineh et d'Arsineh avaient perdu toutes leurs fleurs. Celui d'Émilie en conservait quelques-unes. Le saule s'arrachait les cheveux. Seul le jujubier semblait faire front au vent et à la tempête.

Je tirai tous les rideaux. Je voulus aller ramasser le pot cassé sous la fenêtre de la cuisine. Mais je me ravisai. Mon pot de fleurs adoré était brisé, et apparemment, cela n'avait aucune importance. Je sifflai la fin du ménage et regagnai ma chambre en me rappelant Agha Morteza qui, au même coup de sifflet, prononçait la formule magique et sacrée « *Feydows !* » tout en rassemblant au plus vite ses affaires pour partir. Je mis beaucoup de temps avant d'oser lui demander ce que signifiait *Feydows*. Il m'avait répondu en riant : « Ça veut dire "le travail est fini". »

Mon mauvais côté ironisa : tu penses à Agha Morteza pour m'empêcher de te demander pourquoi tu mets du rouge à lèvres. Pourquoi tu te peignes les cheveux. Pourquoi tu passes méticuleusement cette crème sur tes mains. Je reposai le peigne sur la coiffeuse. Que voulait-il me dire ? S'il m'en parle, qu'est-ce que je lui réponds ? Qu'est-ce que je dois lui dire ? Sa mère m'avait bien dit : « Il n'a pas pris la bonne décision. » Je rajustai ma jupe. Mon bon côté me donna ce conseil : dis-lui que vous êtes amis. De bons amis. J'essuyai les traces de transpiration sous mes bras. En entendant sonner, j'effaçai un peu mon rouge à lèvres avec un mouchoir en papier. L'entrée s'assombrit tout à coup.

À peine avais-je tourné la poignée que le vent ouvrit tout grand la porte. Émile entra, traînant avec lui une quantité de poussière, de feuilles et d'herbes qui s'amoncelèrent sur le sol. Parmi elles, on distinguait des choses colorées couvertes de poussière qui ressemblaient à des sauterelles. Nous nous mîmes à deux pour repousser la porte. Émile était couvert de poussière. Il haletait. « Qu'est-ce qui se passe ? » lui demandai-je.

Il passa une main dans ses cheveux en secouant sa chemise : « Les sauterelles !

— Quoi ? »

J'abaissai mon regard vers le sol pour apercevoir ce que j'avais comparé à des sauterelles. C'étaient des sauterelles ! Une vingtaine de sauterelles mortes ou moribondes. Je devais être pâle et tremblante car il me prit par le bras. « Pourquoi trembles-tu ? Tu ne savais pas ? » Je le regardai, ahurie. « Qu'est-ce que je devais savoir ? » Il secoua son pantalon. « Parfois, quand elles émigrent, les sauterelles… Toi, ça ne va pas. Viens t'asseoir. » Encore tout étourdie, je le laissai m'emmener jusqu'à la cuisine plongée dans le noir. Il me fit asseoir sur une chaise. Alluma la lumière. Ouvrit le réfrigérateur. Me servit un verre d'eau. « Les enfants ! » m'écriai-je en prenant le verre.

Il s'assit en face de moi, se pencha en avant : « Ne t'inquiète pas. J'ai téléphoné à l'école avant de venir.

Ils les gardent jusqu'à ce que tout ça soit fini. Il n'y a pas de fenêtre ouverte ? La climatisation est arrêtée ? » Je le regardai d'une telle façon qu'il bondit sans attendre ma réponse.

Je ne sais plus si je bus ou non. Je me levai pour aller à la fenêtre. Le rebord de la fenêtre était couvert de sauterelles à moitié mortes. Je regrettai de ne pas avoir retiré le pot de fleurs de sous la fenêtre. Il faisait très sombre. Je n'avais encore jamais entendu un bruit pareil. « Ce sont les ailes des sauterelles », dit Émile dans mon dos.

Nous restâmes debout l'un à côté de l'autre, à regarder la cour. C'était une pluie de sauterelles. Le son que produisait leur chute sur le sol ressemblait à des milliers de papiers froissés. « Tu ne ferais pas mieux de t'asseoir ? » fit-il me voyant toute pâle et frissonnante.

Nous retrouvâmes nos deux chaises l'une en face de l'autre. « Tu n'avais encore jamais entendu parler du phénomène ? » Je fis signe que non. « Les sauterelles émigrent. » Son visage touchait presque le mien. « Elles volent parfois pendant des kilomètres et des kilomètres. » Je remarquai la cicatrice d'une petite coupure sur son menton. « Quand elles commencent à se fatiguer, elles se divisent en deux groupes. L'un des deux se place sous le deuxième pour lui permettre de se reposer. » La cicatrice était à peine visible. « Le groupe du dessous, épuisé, meurt en tombant. » Il jeta un regard par la fenêtre. Le ciel était encore sombre. « La scission des deux groupes se fait en général au-dessus des mers et des océans, ou parfois au-dessus des villes. »

Le bruit était ininterrompu. Maintenant, cela ressemblait à une noria d'avions passant au-dessus de nos têtes. Me voyant encore toute tremblante il me rassura : « Sois tranquille, ça va s'arrêter d'un moment à l'autre.

— Ta mère ! m'écriai-je soudain en me souvenant d'elle.

— Elle a pris ses pilules, dit-il en regardant la fenêtre sans lumière. Elle dort. Elle ne va pas bien. Quelquefois, elle est très mal. »

Nous restâmes assis en silence le temps que le bruit des avions et du papier froissé diminue au fur et à mesure que le ciel s'éclaircissait. J'avais l'impression de rêver.

La sonnerie du téléphone me fit sursauter. Je me comprimai la joue pour m'assurer que je ne rêvais pas. Le téléphone sonna pour la troisième fois.

Je dis à ma mère que j'allais bien. Alice avait bien fait de téléphoner de l'hôpital. C'était parfait que Joop eût téléphoné à Alice. Non, Artosh n'avait pas téléphoné de Khorramshahr. Les enfants étaient à l'école. Oui, c'était une calamité... « Alors tu es seule ? » me demanda-t-elle. Je lui répondis que je l'appellerais plus tard et raccrochai.

Je n'avais fait un pas que le téléphone sonna de nouveau. C'était Nina. Oui, oui ! lui dis-je. C'était épouvantable. Quelle chance que Garnik soit à la maison et que Violette ait seulement bien ri. Artosh est à Khorramshahr. Oui, j'allais téléphoner à l'école.

« Alors pendant tout ce chahut, tu étais toute seule ?

— Je t'appellerai plus tard. »

Je raccrochai et regagnai la cuisine. Il était toujours assis au même endroit. Les jambes légèrement écartées. Le buste penché vers la chaise opposée. Le regard tourné vers la fenêtre.

Je m'appuyai contre le chambranle de la porte. En me passant une main dans les cheveux, je vis qu'elle était pleine de poussière. Comme lorsque je changeais la terre des pots de fleurs ou que je faisais mes plantations. J'éternuais deux fois de suite.

« Tu vas mieux ? » me demanda-t-il. Je fis signe que oui. J'ajoutai en murmurant : « Je suis allergique à la poussière. » Je tirai un peu ma chaise en arrière pour m'asseoir. Je transpirais. Pendant un moment, il n'y eut plus que le silence et cette odeur de terre.

Il me regarda. « Écoute, Clarisse, je sais bien que tu n'y étais pas préparée, mais... »

Dis-le vite, me dis-je en moi-même. Non, ne dis rien.

Il soupira. « La vue de cette cour n'est pas très amusante. Je sais bien que tu n'aimes pas ces sauterelles, mais... »

Cette fois-ci, je fus obligée de me comprimer les joues des deux mains pour m'assurer que je ne rêvais pas. La vue de la cour ? Je n'aimais pas les sauterelles ?

Il se leva. Moi aussi. Nous allâmes dans l'entrée. Il ouvrit la porte. Je regardai dans la cour. C'était sûrement un rêve. Cela n'avait rien de réel.

La pelouse, les arbres, la haie de buis, l'allée, tout était recouvert de poussière. Tout avait pris la couleur terre des sauterelles. Il me fallut un moment pour réaliser que ce n'était pas simplement la couleur mais les sauterelles elles-mêmes. Elles avaient tout envahi. J'en avais le tournis. Il mit une main sur mon épaule. « Ce n'est pas grave. On va nettoyer. » Je rentrai m'asseoir à la cuisine comme une automate.

Tandis qu'Émile faisait du café, je contemplais, éberluée, le vase posé sur la table. J'avais cueilli ces deux roses le matin même dans le jardin, après que sa mère m'avait quittée. J'étais étonnée de ne pas y voir de sauterelles.

Pendant que nous buvions le café, Émile me parlait des différentes espèces de sauterelles. Il y avait celles du désert, les rouges, celles du Maroc. Il y avait une espèce, uniquement des mâles, qui possédait une paire d'ailes qui ne lui servait pas à voler mais à les frotter pour produire un son de nature à attirer les femelles. Quand le nombre des sauterelles de chaque groupe dépassait un certain seuil, celles-ci changeaient d'aspect et de comportement. Elles viraient du marron au rose ou au jaune et suivaient des règles de vie sociale. Dans la Bible, le prophète Joël conjure le peuple juif de se repentir sous peine de subir une invasion de sauterelles…

Je bondis de ma chaise en entendant arriver le bus.

Je rejoignis les jumelles dans l'allée. Elles semblaient avoir beaucoup pleuré. Elles se remirent à pleurer en m'apercevant. Armen suivait, faisant mine de rester indifférent mais son teint pâle et son front couvert de sueur le trahissaient. « C'est fini, c'est fini ! dis-je aux jumelles en les prenant dans mes bras pour les embrasser. Oui ! C'était effrayant. » Puis, je me tournai vers Armen qui mit une main sur mon épaule. « Tu n'as pas eu peur, toute seule ?

— Je n'étais pas seule », murmurai-je, la gorge serrée, en l'embrassant.

En passant sur les sauterelles, nous rentrâmes à la maison, les jumelles pendues à mes basques. Émile et Armen évacuèrent du pied les sauterelles qui s'étaient accumulées dans l'entrée pendant que j'emmenais les jumelles au cabinet de toilette pour leur laver les mains et le visage. Quand je ressortis, je vis Armen et Émile en train de bavarder sur le pas de la porte. Armen me regarda. « Si tu as besoin de quelque chose, appelle-moi », me dit-il en se dirigeant vers sa chambre. Je passai ma main sur mon front. J'avais envie de vomir, mal au ventre, la tête qui tournait. Je m'appuyai contre la table du téléphone.

Le regard d'Émile glissa de la porte fermée de la chambre d'Armen à moi. « Je voulais te parler. Je n'ai pas pu. » Il baissa la tête. « Plus tard, peut-être. » Il se dirigea vers la porte. « Émilie a dû rentrer. Elle a peut-être eu peur. » Il se retourna vers moi en souriant.

« Bien qu'elle n'ait peur de rien, encore moins que sa grand-mère. » Une main sur la poignée, il s'immobilisa quelques secondes. Il retira sa main et se retourna encore. « Mais il faut que je te le dise. Tu es ma seule amie. Toi, tu peux comprendre. J'ai décidé d'épouser Violette. »

39

J'étais en train de vider les cendriers dans la poubelle quand Artosh entra dans la cuisine. « Tu n'as pas dormi de la nuit ? » Je fis tout pour éviter son regard. « Je n'arrivais pas à dormir. J'ai lu. » Il posa sa main sur mon épaule. « Tu es sans doute bouleversée par ce qui s'est passé hier. Tu es toute pâle. Aujourd'hui, essaie de te reposer. Je vais téléphoner au service de nettoyage de la Compagnie. » Il sortit dans le couloir. Ce qui s'était passé hier ? Il voulait sans doute parler des sauterelles. Sa main sur mon épaule laissa comme une brûlure.

Je tirai les rideaux de la cuisine pour ne pas voir la cour. Tandis que je débarrassais la table du petit déjeuner, mes deux côtés commencèrent à se disputer : combien de fois s'est-il inquiété en dix-sept ans ? Combien de fois l'a-t-il seulement montré, ou l'a-t-il exprimé ? Rarement. Rarement comme aujourd'hui en particulier ? Pourquoi pas ? Parce que...

Armen entra dans la cuisine pour me dire quelque chose.

« Parce que..., répétai-je en le regardant.

— Tu m'as dit quelque chose ?

— Qu'est-ce que tu dis ?

— Je t'ai dit : "Je lace mes chaussures tout de suite !" Pourquoi tu es toute pâle ?

— Parce que..., répondis-je en regardant ses chaussures.

— Bonjour ! Bonjour ! firent les jumelles qui arrivaient en courant.

— Cette nuit, j'ai rêvé qu'on allait à la piscine avec Émilie, dit Armineh.

— Nous y étions avec Émilie, Sophie, tante Violette et oncle Émile, précisa Arsineh en comptant sur ses doigts.

— Non, protesta Armineh en s'asseyant à table, on n'était pas si nombreux.

— Si, répliqua Arsineh, une main sur le dossier de la chaise.

— Non !

— Si ! » martela du pied Arsineh.

Je ne me souvenais pas avoir vu les jumelles se disputer ainsi. Pourquoi donc avaient-elles choisi ce jour-là pour le faire ?

« Ça suffit ! » criai-je.

Elles se turent un moment, puis Armineh dit à sa sœur tout doucement :

« C'est moi qui ai rêvé, ou toi ?

— Moi aussi, j'étais dans le rêve, pas vrai ? répondit Arsineh en pinçant les lèvres.

— Oui, tu y étais, dit Armineh après un instant de réflexion.

— Alors, il y avait aussi Sophie, tante Violette et oncle Émile.

— D'accord, ils y étaient aussi. Maman, du lait s'il te plaît. »

Les joues tombantes d'Arsineh se redressèrent dans un large sourire. Elle s'assit à table. « Hier, quand la pluie de sauterelles a commencé, Baba a dit que la fin du monde était proche. Qu'est-ce que ça veut dire "la fin du monde" ? » Armen le lui expliqua. En d'autres circonstances, j'aurais été étonnée de ses connaissances, plutôt bonnes. Mais ce n'était pas le jour.

« La cour est pleine de sauterelles, grogna Armineh. Pour aller jusqu'à l'autobus, comment... ?

— Jusqu'à l'autobus, comment... ? fit Arsineh en posant son verre de lait sur la table.

— Je vais vous porter l'une après l'autre dans mes bras jusqu'à l'autobus, dit Armen. Ça vous va ?

— Ouah, firent les jumelles en éclatant de rire, on va monter sur son dos ! »

Je regardai Armen rire avec ses sœurs. Comme il avait changé ! Je le vis servir du lait à Arsineh. Oui, il avait grandi. J'avais envie de pleurer. Je ne savais pas trop pour quoi au juste. Artosh entra dans la cuisine, une main dans sa barbe. « Le responsable du service de nettoyage se moque de moi. Quand je lui ai demandé d'envoyer quelqu'un pour nettoyer la cour, il m'a répondu que ce serait fait avant midi, et il a raccroché. Quand je serai arrivé au bureau, j'irai voir le chef… » On sonna à la porte.

Qui cela pouvait-il être à cette heure matinale ?

À cette heure matinale, c'était Youma. Elle était là devant la rangée de ses quatre garçons aux figures rondes, tannées par le soleil, le crâne rasé. Ils arboraient tous les cinq un large sourire, tenant à la main qui un sac de jute, qui un sac plastique ou un carton. Je n'avais jamais vu les garçons et c'était la première fois que je voyais Youma sourire. Elle avait quatre dents en or. Son grand foulard rouge à grosses fleurs vertes lui arrivait jusqu'à la taille.

« Qu'est-ce qu'il y a Youma ? lui demandai-je. Tu es de noce, dès le matin ? » Les garçons eurent un petit rire. Youma, elle, rit tout haut. « *Khanom mohandes*, aujourd'hui c'est pas moins qu'une noce ! J'ai dit aux enfants : on commence par *khanom mohandes*. C'est une femme juste, elle ne voudra pas demander trop cher à des pauvres comme nous, pas vrai les enfants ? » Elle se retourna vers ses garçons qui approuvèrent en riant tout bas, faisant éclater la blancheur de leurs dents sur leur visages bruns.

Je regardais Youma d'un air ahuri quand Artosh surgit derrière moi : « Qu'est-ce qui se passe ? »

Arsineh et Armineh se collèrent à ma jupe.

« Qu'est-ce qu'il y a ? » fit Armen. Pendant quelques secondes, notre groupe de cinq fit face à l'autre groupe de cinq.

Youma fut la plus prompte à réaliser ce qui se passait. Elle se retourna pour dire quelque chose en arabe à ses enfants, ce qui les fit bien rire. Puis elle nous expliqua qu'elle était venue acheter les sauterelles, parce que les Arabes les torréfiaient avant de les manger. « Comme des graines grillées, n'est-ce pas *khanom mohandes* ? Comme des graines. Comme ça », dit-elle en mettant le pouce et l'index devant la bouche pour montrer comment on cassait les graines entre les dents.

« Berk ! » firent les jumelles. Mais Youma n'entendit pas. Elle poursuivit ses explications. « Parfois aussi on les fait bouillir, à la casserole. » Armen éclata de rire. Suivi par Youma et par les garçons, après un instant d'hésitation.

Je demandai à Youma de commencer par dégager l'allée avant toute chose. Quand je lui dis que je ne voulais pas d'argent, elle leva au ciel ses deux bras décharnés chargés de bracelets. « Que Dieu te garde toujours ta grande bonté, qu'il te donne tout ce que tu désires, qu'il... » Je ne la laissai pas finir sa prière et fermai la porte.

Armen entraîna les jumelles dans sa chambre pour leur montrer les trois dernières photos qu'il avait de Tarzan et de Cheeta.

Artosh triait du courrier dans une chemise posée

sur la table du téléphone. « Tu vois un peu à quoi la misère réduit les gens, à manger des sauterelles. » Je me baissai pour arranger le tapis du couloir qui était de travers. « On mange des sauterelles en de nombreux endroits. Cela depuis très longtemps. »

Artosh me regarda sans rien dire. Les jumelles revinrent vers l'entrée. Écartèrent le rideau de la porte. Passèrent la tête en s'exclamant : « C'est nettoyé jusqu'au portillon. » Puis elles froncèrent le sourcil en regardant Armen se coiffer devant la glace du couloir.

« Alors tu ne nous portes plus sur ton dos ? demanda Arsineh.

— Non, on ne joue plus, dit Armineh.

— Finalement, le responsable du service de nettoyage n'avait pas tort », fit remarquer Artosh.

Je les accompagnai. Youma et ses enfants travaillaient. En moins de dix minutes ils avaient déjà rempli trois sacs qui attendaient devant le portillon. Je n'avais jamais vu la rue dans une telle effervescence. Hommes, femmes et enfants, tous étaient en nage. Ils secouaient en hâte arbres et buis pour faire tomber les sauterelles dans les sacs et tous les récipients qu'ils avaient amenés. C'étaient des disputes sans fin pour savoir à qui était cet arbre ou cette allée de buis. Toute la ville était donc dans cet état ?

L'autobus se faisait attendre. Je vis Armen traverser la rue et rejoindre Émilie, devant le pavillon G4.

« Les buis ! fit Arsineh en me tirant par la manche.

— Les arbres ! dit Armineh.

— Regarde ! » me dit Artosh.

Deux Arabes étaient en train de secouer la haie de buis à gauche de chez nous. Quand ils eurent fini, il n'y avait plus que les branches dénudées. Nous regardâmes les autres buis et les autres arbres, d'un air consterné. Il ne restait pas une seule feuille verte. Je n'avais jamais vu Abadan autrement qu'en vert.

« On dirait qu'ils sont allés chez le coiffeur…, fit Armineh.

— On leur a fait la boule à zéro ! » reprit Arsineh.

Je restai plus longtemps que d'habitude à agiter la main derrière le bus des enfants et la Chevrolet d'Artosh.

Quand je rentrai dans la cour, je trouvai Youma qui secouait le saule. Il ne restait de la princesse de Hovanès Toumanian que de longues tiges nues, comme les doigts d'un squelette. Mon regard glissa vers la pelouse. Un carré était encore recouvert de sauterelles. Là où les enfants de Youma les avaient ramassées, il n'y avait plus que le sol nu. Comme si la belle pelouse verte et fleurie qui était encore là hier, n'avait jamais existé. Partout on ne voyait que de la terre. Et c'était vraiment de la terre, cette fois-ci.

40

Il n'y avait pas assez de chaises pour tous autour de la table de la cuisine.

« On ne serait pas mieux au salon ? » répétai-je plusieurs fois. Mais tous parlant en même temps, personne ne m'entendit. J'envoyai Armen chercher d'autres chaises dans sa chambre et celle des jumelles. Tout le monde finit par s'asseoir.

Artosh était en train de faire rire Garnik avec l'histoire du coup de téléphone au service de nettoyage de la Compagnie. Derrière lui, Armen était debout, contre la banque. Les jumelles parlaient avec Sophie des répétitions pour la fête de fin d'année pendant que ma mère leur préparait des tartines beurrées au fromage. Alice se mettait du rouge à lèvres devant le miroir de son poudrier. Nina racontait : « En plus du bruit d'avion à réaction que faisaient ces maudites sauterelles au-dessus de nos têtes, Garnik n'arrêtait pas de courir autour de la pièce en nous criant de ne pas nous affoler, de ne pas bouger, de ne pas parler. J'ai fini par lui remplir un verre d'eau en hurlant : "Eh l'homme ! Calme-toi. Tu as plus peur que tout le monde." Je l'ai forcé à avaler de l'eau. » En riant aux éclats, elle passa un bras autour du cou de Garnik qui se gratta la tête. « Doux Jésus, c'est bien vrai, moi le gros ours, j'étais terrorisé, mais ma femme et celle-ci, imperturbables ! » Il désigna Violette, qui était la seule avec moi à ne pas rire. Elle ne disait pas un mot, remuant sa tasse dans sa sous-tasse.

Ma mère coupa une pomme en quatre, distribuant trois quartiers aux jumelles et à Sophie, tendant le quatrième à Armen qui refusa. Elle le croqua elle-même. « Moi non plus, je n'ai pas eu peur du tout. J'étais seulement inquiète pour Alice et Clarisse et pour les enfants. Surtout pour Clarisse qui était toute seule. »

Je me levai brusquement pour ramasser les assiettes.

« Elles ne sont pas sales, ma tante, pourquoi tu les enlèves ? dit Sophie.

— Nanny, une autre pomme.

— Nanny, une pomme.

— Un peu de patience mes enfants, laissez-moi le temps », dit ma mère en piochant une autre pomme dans la corbeille de fruits.

« J'ai eu beau répéter à Joop que je ne craignais rien, dit Alice, "Hors de question ! a-t-il répondu, je vais de ce pas à l'hôpital." J'ai eu toutes les peines du monde à le convaincre de ne pas venir. À quoi cela aurait-il servi ? Je ne suis pas une enfant. » Garnik plongea la main dans l'assiette de Nina pour y grappiller quelques grains de raisin qu'il avala les uns après les autres. « Excuse-moi, ma très chère Alice, comment a-t-il traduit "hors de question" en anglais ? » Garnik éclata de rire, suivi par les jumelles et par Sophie. « On ne rit pas la bouche pleine, fulmina ma mère. Vous allez vous étrangler. » Alice remit son poudrier et son rouge à lèvres dans son sac en jetant un regard furieux à Garnik.

Nina donna une tape à Garnik. « Te revoilà en train de chiper dans mon assiette ? » Puis elle dit en direction d'Alice : « Laisse donc. Tu le connais bien, il cherche le moindre prétexte pour raconter des idioties. Tu es libre ce soir ? »

Alice inspecta ses ongles. Fit tourner la bague autour de son doigt en pinçant les lèvres. « Ce soir, Joop est occupé. Il doit écrire à sa mère et à sa tante. » Cette fois, Garnik rit à gorge déployée. Quand il fut remis, il ajouta avec un clin d'œil pour les jumelles et Sophie que le rire avait aussi gagnées : « Pas plus occupé que ça ?! »

« Un de ces jours prochains, il faut que je demande un congé », poursuivit Alice. Nina donna un coup de coude à Garnik en disant aux enfants qui riaient encore : « Pourquoi restez-vous plantées là ? Allez, dégagez ! »

Ma mère s'éventait tandis qu'Artosh faisait tourner son couteau à fruits sur la table. Je donnai deux biscuits à Armen qui se penchait au-dessus de moi pour atteindre le plat à gâteaux, tout en observant Violette qui n'avait pas dit un mot depuis qu'elle était arrivée. Je me demandais ce qu'elle avait.

« On va jouer à la dînette avec nos poupées, s'écria Sophie.

— On va jouer avec nos poupées, reprit Armineh.

— À la dînette, précisa Arsineh.

— Moi, je vais faire du vélo, dit Armen.

— Et moi, je vous prie de m'excuser, dit Alice.

— Ce sont les sauterelles qui ont mangé les fleurs ? » demanda Violette, qui s'était approchée de la fenêtre. Elle s'était fait une queue-de-cheval. Portait une paire de mocassins blancs. Elle mit un doigt sur la vitre, qui laissa sa trace. « Les pauvres ! » s'écria-t-elle. Était-ce une illusion de ma part, ou bien souriait-elle imperceptiblement ?

« Il faut que j'aille à Téhéran pour..., commença Alice à voix haute.

— Téhéran ? la coupa Nina. Téhéran, mais pour quoi faire ?

— Pendant la migration, dit Violette qui nous tournait le dos, elles volent des kilomètres. Chaque sauterelle mange l'équivalent de son propre poids tous les jours. Au Cambodge on prépare de délicieux plats avec des sauterelles. » Comment savait-elle tout cela ? Fallait-il que je me le demande ?

« Il faut que je fasse renouveler mon passeport, s'écria Alice, Joop a dit que nous irions en Hollande en septembre pour voir sa mère et sa tante. On se mariera là-bas. Mais auparavant, on va très probablement faire une petite fête ici. »

Nous nous retournâmes tous vers Alice, ma mère, Artosh, Nina et Garnik et moi.

« Les pauvres ! » s'écria Violette en se tournant vers nous.

Nous échangeâmes avec elle le même regard.

« Je veux parler des sauterelles, dit-elle en riant avant de se retourner vers Alice et d'ajouter : Bravo ! Félicitations ! »

Alice eut un sourire grimaçant.

« Merci, Violette, finalement il y en a au moins une qui pense à nous féliciter. »

Elle se leva en repoussant sa chaise et tourna sa grosse tête ronde vers ma mère qui restait bouche bée : « J'y vais, tu me suis ou tu restes ? »

Ma mère se leva en hâte et tira violemment sur la lanière de son sac qui était accroché au dossier de sa chaise. Si violemment que la lanière se déchira. Fourrant son sac avec sa lanière déchirée sous son bras, ma mère sortit en courant après Alice tandis que la chaise brinquebalait pour s'effondrer par terre sous nos regards effarés.

Il se passa un certain temps, je ne sais pas combien, avant que Violette ne se mette à imiter les enfants en comptant : « Un, deux, un, deux, on freine, on regarde devant soi… » Puis elle s'avança pour ramasser la chaise, la rapprocher de la table et s'asseoir.

Tous nos regards étaient fixés sur Violette qui avait pris une paire de cerises dans la corbeille de fruits. « Qu'elles sont mignonnes ! » dit-elle en les accrochant derrière l'oreille et en faisant glisser son regard sur chacun de nous, l'un après l'autre. En haussant ses épais sourcils, elle ajouta : « Eh bien ! Qu'est-ce qui vous étonne tant ? Se marier n'est pas une mauvaise nouvelle ! Si ? Bon ! Moi aussi, je vais me marier. »

Au même moment surgirent les jumelles et Sophie, tout essoufflées. Le doigt levé, comme à l'école : « Permission de faire du vélo ? »

Violette fit un quart de tour vers les enfants en agitant la tête : « Elle n'est pas belle ma boucle d'oreille ? » Les enfants se mirent à rire en voyant remuer les cerises. « Les enfants, dit-elle en riant avec elles, vous avez envie d'être demoiselles d'honneur à mon mariage ? »

Les jumelles et Sophie firent des bonds de cabri en frappant des mains. « Fantastique, fantastique ! De quelle couleur seront nos robes ?

— Rose, dit Armineh.

— Bleue, dit Sophie.

— Rose », dit Arsineh.

Artosh me regarda, Garnik regarda Nina, Nina regarda Violette. Les enfants faisaient la volte en se tenant par la main et criaient : « Un mariage, un mariage ! »

Violette retira les cerises de son oreille, en arracha les queues, l'une après l'autre, et les mangea.

« Qu'est-ce qu'elle a dit ? demanda Garnik à Nina.

— Qu'est-ce que tu as dit ? » demanda Nina à Violette.

Violette se leva pour jeter les noyaux dans une assiette : « Les enfants, venez avec moi. On va décider qui mettra quelle couleur. Moi, bien sûr, c'est du blanc, parce que je suis la mariée, quant à vous… »

Elle les entraîna hors de la cuisine.

« Elle est devenue folle », dit Nina. Puis, s'adressant à Garnik : « Allons, lève-toi et va voir ce que ta cousine, qui est plus folle que moi, a bien pu concocter ! »

Il ne resta plus que moi dans la cuisine, et Artosh qui s'amusait à faire glisser le sucrier sur la table. Shhh, shhh, shhh ! Je patientai. Un peu plus. Encore plus. J'éclatai : « Arrête ! »

41

Le fauteuil de cuir vert n'était pas si confortable que cela. Je repliai mes jambes. Je les allongeai. Je m'assis bien droite, puis de travers. Je posai les mains sur les bras du fauteuil. Je les en ôtai. J'appuyai ma tête contre le dossier. Je fermai les yeux, les rouvris. Je pris le livre de Sardou dans la bibliothèque. Je lus deux lignes à l'endroit où j'avais placé un signet avant de refermer le livre. Finalement, cela n'avait aucune importance que le héros choisisse entre amour et devoir. Je détestais ce héros complètement idiot. Je détestais aussi l'héroïne incapable de comprendre à quel point le héros était idiot. Je me levai pour aller dans la cuisine, en me disant : c'est toi la plus idiote de tous.

Je vérifiai l'heure à la pendule. Les enfants allaient bientôt arriver. J'ouvris la porte du réfrigérateur. Nous n'avions plus de lait. Nous avions du fromage. J'eus beau chercher, je ne trouvai pas le beurre. J'étais sûre que nous en avions le matin même. Je fis le tour de la cuisine. Le beurrier était resté sur la banque et le beurre avait presque entièrement fondu. La vaisselle sale du petit déjeuner s'amoncelait dans l'évier.

Combien de fois, en dix-sept ans, la vaisselle du petit déjeuner n'avait pas été faite avant l'après-midi ? Peut-être une ou deux fois durant les deux derniers mois où j'attendais les jumelles. J'aperçus la gravure représentant Sayat Nova. Deux des punaises avaient été arrachées. La moitié du visage du poète pendait contre le mur. Je m'approchai. Comme il était laid. Comment l'avais-je vu beau auparavant ? Sans doute parce que c'était la nièce d'Artosh qui nous l'avait envoyé d'Arménie. Peu importe d'où il venait. Il était laid et je n'étais qu'une sotte de l'avoir trouvé beau.

J'arrachai la gravure du mur. Je la froissai dans mes mains, jusqu'à la réduire à une boule de papier que je m'amusai à jeter en l'air plusieurs fois avant de l'envoyer dans la poubelle. Sayat Nova alla cogner contre le bord de la poubelle et atterrit par terre. Je pris mon sac à main et sortis.

Le portillon du pavillon G4 était entrouvert. J'allai jusqu'au réservoir d'eau. Je passai devant les bancs, les arbres effeuillés et les lauriers privés de leurs fleurs.

J'avançais en essayant de ne pas regarder autour de moi. Je n'avais encore jamais vu Abadan avec cette couleur terreuse. La ville paraissait fatiguée, épuisée. Comme moi-même.

J'arrivai devant chez Adib. Un petit écriteau de carton était collé derrière la porte indiquant : FERMÉ. Pourquoi n'avais-je jamais vu cet écriteau ? Sans doute parce que je n'étais jamais venu faire mes courses à cette heure du jour. Je savais bien que l'épicerie était fermée entre une heure et trois.

Je regardai ma montre. Il était trois heures moins cinq. D'ici une heure, les enfants rentreraient de l'école. Je n'avais plus de beurre, rien qu'un peu de fromage. Ils allaient rester sans goûter. Comment avais-je pu oublier que j'étais à court de beurre et de fromage ? Que la boutique fermait tous les midis ? Depuis le matin, au lieu de m'occuper de la maison je m'étais prélassée dans le fauteuil vert pour rêver aux deux héros du roman et à leur bêtise…

En poussant un profond soupir, je cognai la porte de verre avec mon alliance. Juste au milieu du É de FERMÉ.

Je respirai en voyant monsieur Adib ouvrir sa boutique. « C'est vous, *khanom mohandes* ? Vous ne venez jamais à cette heure ! »

La boutique était sombre et chaude. Monsieur Adib pesa le beurre et le fromage. « Vous avez déjà vu une telle chaleur ? On dit que c'est à cause des sauterelles. Après les attaques de sauterelles la chaleur augmente. Probablement que les enfants vont sauter dans le fleuve. Dieu sait combien les requins en blesseront d'ici ce soir. Ils n'y peuvent rien, les pauvres enfants ! La chaleur ne leur laisse aucun répit. Personnellement, je n'avais jamais vu une telle chaleur. »

La balance de monsieur Adib était toute rouillée par endroits. Ses plateaux étaient tordus. Je n'avais pas la patience de faire remarquer à l'épicier qu'il avait connu bien pire que cette chaleur. Moi aussi. Ce soir, demain soir, ou après-demain soir, dans les quartiers arabes, à Ahmadabad, dans des quartiers où je n'avais jamais mis les pieds, dont je ne connaissais même pas le nom, pour la énième fois des enfants plongeraient dans le fleuve. Et si le requin ne les tuait pas, il leur arracherait un bras ou une jambe. Alice nous raconterait que dans la journée d'hier on avait amené sept enfants blessés par des requins. Aujourd'hui, c'était huit, hier soir dix. Ma mère, Artosh et moi ferions de muettes protestations. Après un petit temps de silence que nous estimerions nécessaire et suffisant eu égard à la mort ou à la perte d'un membre, nous nous préoccuperions de nos propres enfants nous réclamant leur goûter, s'inquiétant du dîner, se plaignant de la chaleur, nous demandant de pousser la climatisation.

« Nous avons un excellent halva, dit monsieur Adib, je vous en donne un peu ? »

Excepté moi, personne n'aimait ça à la maison. Je lui demandai de m'en servir deux *sirs*[21] seulement.

21. 1 sir = 75 grammes.

Je repris le chemin de la maison, mon paquet à la main. L'air était brûlant, la rue déserte. Même les grenouilles s'étaient tues. La porte du pavillon G4 était fermée.

J'entrai dans notre cour. Il était debout devant la porte. Je passai entre les jujubiers, les parterres désolés, les arbres et les arbustes dénudés.

« *Bârev* Clarisse ! » dit-il.

Le vert de ses yeux était la seule touche de vert à la ronde.

« *Bârev* ! répondis-je en ouvrant la porte. J'ai acheté du beurre. Je vais le mettre dans le réfrigérateur avant qu'il n'ait totalement fondu. » Il me suivit jusqu'à la cuisine. Je mis le beurre, le fromage et le halva au frais avant d'entamer la vaisselle. Je n'entendis aucun pas derrière moi ni de grincement de chaise sur les carreaux. J'en déduisis qu'il ne s'était pas assis, qu'il était encore debout à la porte de la cuisine.

Mon côté bonne éducation me suggéra : ce n'est pas bien. Offre-lui de s'asseoir. Quand je me retournai, je le trouvai devant l'emplacement vide de la gravure de Sayat Nova. « Tu ne t'assieds pas ? » lui demandai-je. Il s'assit et commença.

Depuis le jour où il avait vu Violette chez nous, il était persuadé d'entendre une voix lui dire que c'était la femme qu'il recherchait depuis toutes ces années. Le lendemain du même jour, il avait revu Violette alors qu'il sortait du bureau. Elle passait par là tout à fait par hasard. Ils étaient allés au Milk Bar prendre un café et bavarder. Ils s'étaient plusieurs fois donné rendez-vous au bord du fleuve.

J'avais rangé ma vaisselle propre dans l'égouttoir. Assise en face de lui, je l'écoutais parler. Les paroles d'Artosh me revinrent en mémoire : « Violette nous a posé un tas de questions, à Émile et à moi : dans quel secteur de la Compagnie nous travaillions, à quel poste… Je n'aurais jamais cru que tout cela pouvait l'intéresser. » Je me souvenais aussi de ce que m'avait rapporté Nina : « La pauvre Violette souffre encore des suites de son divorce. Le soir, elle se promène le long du fleuve. » Violette elle-même avait dit aux enfants : « Un de ces jours, je vais vous emmener au Milk Bar manger des glaces. » À Garnik qui lui disait : « Comment connais-tu ce Milk Bar, petite diablesse ? » elle s'était contenté de sourire.

Émile était troublé. Il passait une main dans ses cheveux, puis la fourrait dans sa poche. Il reculait sa chaise puis la repoussait en avant. « Ma mère n'est jamais d'accord avec ce que je fais. Elle pense toujours que je me trompe. Elle est persuadée que je ne comprends rien. Tout ce qu'elle fait, depuis toujours, est totalement calculé. Elle ne croit pas en l'amour. Mais la vie c'est l'amour, n'est-ce pas ? Tu es bien d'accord avec moi ? »

Il se calma un instant en m'observant.

J'éteignis ma cigarette dans le cendrier. Je gardais le silence. Je n'avais aucune envie de savoir quelle décision allait prendre le héros du roman de Sardou.

Finalement, je n'aimais pas ces romans de Sardou. J'allumai une autre cigarette.

« Je ne savais pas que tu fumais ! » me dit-il. Il me parla encore de Violette. Quelle fille simple et généreuse ! Ne réclamant jamais rien. Elle aimait la musique et la poésie. Il parlait exactement comme dans les romans de Sardou.

Au bruit que firent les enfants dans la cour, il se leva. « Tu parleras à ma mère ? Je ne veux pas la faire souffrir, mais si elle n'est pas d'accord, je serai obligé de… » Il me dit au revoir, puis sembla hésiter. Il me prit par le bras et me dit en s'allant : « Je t'en prie. »

En donnant leur goûter aux enfants, j'essayai d'écouter ce qu'ils me disaient. « L'examen de maths était superfacile. On n'a plus que deux semaines avant la fête de fin d'année. Aujourd'hui, on a répété le poème *les Quatre Saisons*. Dans la représentation, Émilie fait Cendrillon. Le prince est un copain de… »

Armen prit son sandwich et son verre de lait et repoussa sa chaise. « Demain j'ai examen de géo. »

Les jumelles suivirent leur frère du regard jusqu'à ce qu'il ferme la porte de sa chambre. Puis elles baissèrent la voix. Armineh parla la première :

« Après la répétition, Armen a giflé son copain, celui qui joue le rôle du prince.

— Mais le maître est arrivé avant que la bagarre commence.

— Qu'a fait Émilie ?

— Elle a ri », répondirent-elles en même temps.

42

Le soir tombait, le soleil avait perdu de sa force. Pourtant, la vieille Chevrolet était garée dans la rue et la porte du garage, grand ouverte, attendait la visite de la Cadillac verte. Penchées sur la table de la cuisine, les jumelles feuilletaient le mensuel *Lusaber*. Je leur retirai le magazine. « Demain vous avez un examen.

— On vient juste de l'acheter ! dit Armineh d'un air pincé.

— Laisse-nous au moins aller jusqu'au bout, fit Arsineh du même air.

— Avant de dormir. Maintenant, révisez votre histoire, je vais vous interroger », rétorquai-je en jetant le magazine sur la banque.

Elles échangèrent un regard et sortirent de la cuisine. Cela faisait bien une ou deux semaines qu'elles ne discutaillaient sur rien. Pourquoi ? S'étaient-elles rendu compte que ma patience était à bout ?

Ils ne sont pas très café, plutôt thé, dit Artosh. Je remplis la bouilloire et la mis sur le gaz. Une demi-heure plus tard je portai le plateau du thé au salon. Nos invités me remercièrent du bout des lèvres tandis qu'Artosh refermait la porte derrière moi en souriant.

J'allai m'étendre sur mon lit. Les yeux au plafond, fixés sur le ventilateur, je me parlais à moi-même. Pourquoi ne faisais-je attention qu'à la bêtise des autres ? Pourquoi n'écoutais-je pas convenablement ce qu'ils disaient ? Pourquoi critiquais-je Alice ? N'étais-je pas pire qu'elle ?

Je me levai pour aller à la fenêtre. Le soir était tombé. Les jujubiers dénudés avaient pris une teinte grise. Il fallait que j'agisse. Que je me distraie pour ne pas penser. Ranger mes tiroirs ? Je l'avais déjà fait une semaine avant. Lire un livre ? Les livres étaient dans le salon. Je ne voulais pas déranger Artosh et ses invités. En fait, c'était un prétexte, je n'avais aucune envie de lire. Le dîner était prêt. Je pouvais aller au garage. Il y avait longtemps que j'avais envie de jeter un tas d'objets inutiles que nous empilions là-dedans.

En sortant, j'entendis un bruit et crus apercevoir quelqu'un se faufiler à travers les buis jusqu'au garage. Qui cela pouvait-il être ? Les invités d'Artosh étaient encore au salon. Les enfants étudiaient leurs leçons. Les portes de notre garage et de celui de monsieur Rahimi étaient fermées toutes les deux. Je craignis que ce ne fût encore une des farces d'Armen et que la cible ne fût la Cadillac verte. Moi qui croyais que mon garçon était devenu grand. J'ouvris la porte du garage.

Je ne sais plus qui de nous deux eut le plus peur, moi ou le jeune homme qui était penché sur le coffre de la Cadillac. Je poussai un hurlement. L'homme se retourna, les bras chargés d'une liasse de papiers. J'allais pousser un deuxième hurlement quand sa jambe heurta le pare-chocs de la voiture. En tombant, il poussa un cri, dispersant dans le garage tous ses papiers.

Artosh était assis à la table de la cuisine. « Combien de fois faut-il que je te le répète ? Je t'ai dit que je n'étais pas au courant. Je ne savais rien. Ils ont fait ça sans m'en parler. » En disant cela, il se mit à déplacer le sucrier.

Je tremblais, je criais sans retenue. « Tu ne savais pas ? Ton cher ami gare sa Cadillac spécialement dans notre garage pour…

— Ce n'est pas mon ami.

— Peu importe. Disons ton cher ennemi. Bien sûr qu'il n'est pas ton ami. Un ami ne se comporterait pas ainsi. Il boit notre café et notre thé, débite un tas de sottises, et il demande à son acolyte de venir chercher les tracts dans notre garage ? Et s'il avait été suivi ? Si la police avait débarqué chez nous ? Toi qui n'as jamais pensé qu'à la politique, pourquoi t'es-tu marié ? Pourquoi avoir eu des enfants ? S'il y avait eu une descente de police, qu'est-ce qu'on devenait moi et les enfants ? Tu ne penses qu'à toi. »

Je vidai mon sac et Artosh me laissa parler. Puis il prit le sucrier sur la table. Pendant que je continuais à vociférer en l'accusant de ne penser à rien, de n'être qu'un égoïste, il se mit à jouer avec le couvercle.

« Je me tue à la tâche du matin au soir pour toi et pour les enfants, tout ça pour quoi ? Pour que tu fasses tout ce qui te chante ? Les échecs, ce qui paraît important à tes yeux. Jouer les héros, me laisser les enfants sur le dos sans que je puisse avoir une minute à moi et que personne ne se soucie de savoir si je suis fatiguée, si je… » J'éclatai en sanglots, un mouchoir en papier sur les yeux, tandis qu'Artosh ouvrait puis refermait le sucrier.

C'était la première fois qu'il ne quittait pas les lieux pendant que je vidais tout ce que j'avais sur le cœur.

« J'ai fait tes quatre volontés. Vivre dans le quartier de Bereym, c'est pour les bourgeois. OK ! On n'a pas besoin d'une voiture de luxe. OK ! J'ai des invités. OK ! J'aime jouer aux échecs. OK ! Je suis passé voir Shahandeh. OK ! Et maintenant… Maintenant on se sert de ma maison pour distribuer des tracts et monsieur le maître de maison dit : "Je n'étais pas au courant. Ils l'ont fait sans m'en parler !" Si tu es bête au point de ne pas savoir ce qui se passe chez toi, alors… »

Je ne pus finir ma phrase. Devant mes yeux médusés, Artosh souleva le couvercle du sucrier et, comme pour arroser les fleurs, se mit à saupoudrer de sucre la table, les chaises et le sol de la cuisine avant de remettre le couvercle sur le sucrier, de le reposer sur la table de la cuisine et de sortir.

43

J'étais assise à la table de la cuisine à recoudre l'ourlet des poches des blouses des jumelles qui s'était encore défait.

Après ma dispute avec Artosh, Ashkhen et moi avions balayé plusieurs fois la cuisine, mais les processions de fourmis que je découvrais tous les matins dans tous les coins prouvaient qu'il restait encore du sucre en poudre ici et là. Je n'avais pas échangé un mot avec Artosh depuis ce jour-là. En revanche, j'étais en perpétuel conflit avec moi-même pour savoir si j'avais tort ou non. Les jumelles se balançaient dans la cour en chantant des comptines :

Nous avions un joli chien
Nous l'aimions bien

On entendit grincer le portillon de la cour, puis les cris et les rires des jumelles.

« Merci Sophie !

— Merci, oncle Garnik.

— Tous les deux verts.

— Les mêmes que celui de Sophie.

— Merci, merci. »

J'éteignis sous la casserole du ragoût aux haricots verts pour aller ouvrir. Les jumelles sautaient de joie en tenant à la main leur hula-hoop de couleur verte.

« Finalement, tu es parvenu à tes fins ? »

Garnik agita la main en me regardant : « Parole d'homme ! J'avais promis que je leur achèterais, j'ai tenu parole. »

Je posai les blouses et la boîte à couture sur une chaise pour dégager la table de la cuisine. « Tous les mois on sort une nouvelle mode de jouet. Si on veut les acheter tous, on se ruine et on a des enfants gâtés. Ils le sont déjà suffisamment comme ça. Tu veux du café ou un sirop ? »

Garnik, en s'asseyant, tira un grand mouchoir de sa poche pour s'éponger la nuque et le front. « D'abord de l'eau, ensuite du café, et du sirop. Les enfants ne resteront pas des enfants bien longtemps, aimer les jouets c'est de leur âge. Avant qu'on s'en rende compte, ils seront déjà adultes, et comme nous aux prises avec les difficultés de la vie. Et puis, ce n'est pas ce genre de dépenses qui vous ruine. Où est Artosh ? »

Je pris de l'eau dans le réfrigérateur et un verre dans le placard. Je sortis la cafetière, mesurai le café. « Le café très ou peu sucré ? Où est Nina ? »

Garnik but son eau d'une traite et reposa le verre sur la table. « Elle est allée au bazar avec Violette acheter des draps américains. Répète-moi encore que ce sont les enfants qui nous ruinent. Très sucré. Artosh n'est pas encore rentré ? »

Un œil sur le café pour éviter qu'il déborde : « Moi aussi il faudrait que j'achète des draps. » Je versai du café dans les tasses et m'assis à table. « Je te coupe du *gata* ? »

Il prit sa tasse de café. « Vous vous êtes disputés ? »

J'entendais les enfants jouer dans la cour : « Quarante-cinq, quarante-six, quarante-sept… »

Garnik avala une gorgée de café. « Comment j'ai compris, hein ? fit-il, hilare. Eh bien, premièrement tu m'as déjà cent fois préparé du café et tu sais que je le prends très sucré, deuxièmement je t'ai demandé deux fois où était Artosh et tu as noyé le poisson. Qu'est-ce qui s'est passé ? »

Fallait-il que je lui explique ou non ? « J'en ai assez qu'Artosh se mêle de politique. » Dans la cour, Sophie criait : « Celle qui le fait tourner cent fois a gagné. »

Garnik me regarda un instant. S'amusa avec sa tasse à café. Regarda par la fenêtre. « Bon ! Chacun a ses opinions, après tout. » Je me souvins que chaque fois qu'Artosh disait : « Les Dashnaks ne voient pas plus loin que le bout de leur nez. » Garnik lui répondait : « Le bout de notre nez, c'est tout de même plus important que ce qu'il y a plus loin, non ? »

Je me levai pour remuer le ragoût. « Ce n'est pas un problème d'opinion, mais d'égoïsme. Nous, les femmes, nous trimons du matin au soir pour que vous les hommes vous puissiez, comme vous dites, construire un monde meilleur. Vous ne pensez ni à nous, ni à vos enfants. »

Je lui servis du « nous les femmes, vous les hommes » pendant plusieurs minutes. Garnik m'écouta en silence. Le problème, c'est que mes paroles ne sonnaient pas très juste à mes propres oreilles. J'avais omis quelque chose. J'étais sûre que d'une certaine façon, j'avais raison. Mais en même temps, je ne savais pas comment l'exprimer pour que cela ne ressemble pas aux jérémiades d'une bonne femme qui s'est disputée avec son mari.

Garnik se leva pour aller soulever le couvercle de la casserole du ragoût sur le feu. « Ça sent rudement bon, ces haricots ! Je suis en train de penser que si nous, les hommes – les égoïstes, comme tu dis – nous n'essayons pas de faire un monde meilleur, vous les femmes, qu'allez-vous faire cuire dans ces casseroles ? Et encore, s'il reste des casseroles. » Le couvercle à la main, il lança un sourire en coin.

Dans la cour, les enfants criaient : « Quatre-vingt-dix-huit, quatre-vingt-dix-neuf, cent, hourra ! » J'étais persuadée que les propos de Garnik méritaient une réponse. J'en étais sûre, mais rien ne me venait à l'idée. « Tu veux un peu de ragoût ? »

44

« J'ai espoir que votre honneur se réjouit ainsi qu'Alice et moi-même de la décision que nous avons prise. J'ai envoyé une épître à ma mère et à ma tante en Hollande. Elles aussi se réjouissent. Si votre honneur est satisfait, Alice et moi-même le sommes aussi. » Artosh desserra le nœud de sa cravate en changeant de position dans son fauteuil.

« Dis à Artosh de mettre une cravate, m'avait répété Alice la veille. Et toi tâche de t'habiller convenablement. Mets du rouge à lèvres. Envoie les enfants chez Nina, ou bien, je ne sais pas… Bref, qu'ils ne fassent pas de bruit. » Cela ne me traversa même pas l'esprit qu'elle aurait pu organiser cette rencontre chez elle, ni qu'il s'agissait d'une demande en mariage.

Pour me rendre utile, je fis passer les pâtisseries. Joop prit un des choux à la crème achetés par Alice en ignorant les gâteaux que j'avais faits moi-même. « Je raffole des choux à la crème. *Shat shat* merci ! » dit-il à Alice en lui adressant un sourire. « Je lui apprends l'arménien », me dit Alice tout sourire en repoussant le plat de pâtisseries faites maison. « Il n'aime que les choux à la crème », ajouta-t-elle en jetant à Joop un regard en coin.

« *Shat shat lav* ! » dit ma mère dans un sourire figé en secouant la tête. Son regard cherchait à se faufiler dans l'étroit espace entre Joop et Alice. Armen était dans sa chambre. Les jumelles faisaient de la bicyclette. À leur grande surprise, je leur avais donné de l'argent pour acheter du pain au *Dairy* et tout ce qu'elles voudraient au *Store*.

Joop expliquait précisément comment fonctionnait leur système de chauffe-eau en Hollande à Artosh qui l'écoutait avec non moins d'attention. Je ne savais pas si c'était juste pour occuper le temps ou bien si cela l'intéressait vraiment.

Les yeux au plafond, Alice lança : « J'ai entendu dire qu'Émile et Violette allaient se marier ? » Depuis que son mariage avec Joop était décidé, elle ne me regardait plus jamais en parlant... Ou alors, bien qu'elle fût beaucoup plus petite que moi, elle semblait me regarder de haut. « La pauvre Violette, avec cette belle-mère minable ! Sans doute s'imagine-t-elle que le jour même de son mariage madame la naine va lui offrir ses bijoux à deux mains ! »

Ma mère m'aida à dresser la table du dîner en profitant des allées et venues entre la cuisine et la salle à manger pour vider son sac.

« Mon souhait était qu'Alice se mariât dans l'église d'Abadan à qui je dois tout. Jusqu'ici tous mes vœux ont été exaucés. Pour tes accouchements, pour le bras cassé d'Armen, pour l'opération des amygdales des jumelles, et le dernier c'était ce mariage. Tu as encore fait une tonne de salade ! Personne ne prend beaucoup de salade chez nous. Encore que tu aies bien fait. Ces jours-ci Alice ne mange plus que ça. »

Armen et les jumelles jouaient au *mâr o pelle*[22] sur la table de la cuisine. « Un quatre !

— Non, c'était un trois.

— C'était un quatre, pas vrai Arsineh ?

— C'était un quatre, ne triche pas, Armen.

— Un, deux, trois, quatre, bzzzz, je suis montée. À ton tour, Arsineh. »

22. « Le serpent et l'escalier », jeu d'enfant.

Ma mère versa la sauce sur la salade. « Je ne voudrais pas que Joop croie que je suis le genre de belle-mère à se mêler de tout. S'ils veulent aller se marier en Hollande, qu'ils le fassent. Toutes les églises se ressemblent.

— Nanny parle d'église, dit Armineh, ça me fait penser qu'une des élèves de sixième nous a raconté une bonne histoire aujourd'hui. On la raconte, Arsineh ?

— Oui, on la raconte, répondit Arsineh en ajoutant : Attention, Armen ! Ton pion tombe dans la case au-dessus du gros serpent. Ne triche pas. Vas-y Armineh. Mama, Nanny, écoutez. » Elles se mirent à raconter tour à tour. « Un garnement n'arrêtait pas de frapper à la porte de l'église.

— Dès que le prêtre arrivait, il s'enfuyait.

— Alors, le prêtre s'est caché derrière la porte.

— Le garnement a frappé.

— Le prêtre a ouvert brusquement la porte.

— Tout surpris, le garnement a dit…

— Excusez-moi, Jésus est là ? »

Les jumelles furent les premières à éclater de rire. Armen dit que la blague était usée. Ma mère s'efforça de ne pas rire. « On ne plaisante pas sur Jésus et sur l'Église. C'est un péché. »

Je demandai aux enfants de ranger leur jeu pour poser la casserole de riz sur la table pendant que ma mère inspectait le panier de fines herbes. « J'ai dit à Joop qu'ils devaient absolument faire une fête ici. » J'espérais qu'avant que le panier de fines herbes n'atteigne la table de la salle à manger, ma mère n'en jetterait pas la moitié dans la poubelle sous prétexte qu'elles étaient fanées. « Ma fille n'est pas une enfant trouvée pour que je la laisse partir chez son mari sans une fête. Donne-moi le plat, je vais l'emmener à table. C'est dommage que le fond du plat ait ramolli. »

En versant le *ghormeh sabzi* dans deux bols, je murmurai : « Qu'Alice se marie ! Dans une église, sans église, avec ou sans fête, mais qu'elle se marie !

— Tu as entendu ce qu'a dit Joop ? me dit ma mère en riant. Il dit que…

— Emporte les plats de *khoresht*, dis-je en la coupant, j'apporte le *pârinj*. »

Ma mère retira le *damkoni* d'au-dessus du *pârinj*. « Bon ! S'ils ne veulent pas de fête, tant pis ! Après tout, pourquoi tant de dépenses pour nourrir tous ces gens ? Mmm… Quel délicieux *pârinj*. Passe-moi un plat, je vais le remplir. Toi, tu es fatiguée. »

Je lui donnai le plat. Je m'appuyai sur la banque pour boire le sirop de Vimtu que je m'étais préparé. Ma fatigue était un pur prétexte. Ma mère était convaincue que seuls les Arméniens de Jolfa savent cuisiner le *pârinj*. Tous les ans, elle en commandait directement d'Ispahan. Mais celui-ci, elle l'avait fait elle-même et elle voulait le servir elle-même de peur que je ne gâte tout.

La glace avait fondu et mon sirop était devenu tiède. Je n'avais pas le courage d'aller en chercher mais, me souvenant que nous en aurions besoin pour le dîner, j'allai jusqu'au réfrigérateur.

Ma mère disposait les morceaux de viande sur le *pârinj*. « À eux de voir. Qu'ils fassent une fête s'ils le veulent, sinon tant pis. Nous n'avons pas à nous en mêler. » Pendant que je vidais la glace dans un bol de cristal, ma mère secouait la tête de gauche à droite pour inspecter son plat. « Nous allons voir si notre cher gendre aime le *pârinj*, dit-elle en emmenant le plat, mais ce serait tellement bien s'ils faisaient cette fête ici. » Les jumelles entrèrent en courant.

« Mama !

— Mama !

— Regarde ce qu'il nous a apporté !

— Regarde ce qu'il nous a apporté ! »

Joop leur avait apporté deux poupées. Une poupée garçon et une poupée fille. J'emportai mon bol de glace au salon, suivie des deux filles et des deux poupées. « Je vous en prie, dis-je, le dîner est servi. » Je remerciai Joop pour les poupées et fis signe aux jumelles d'en faire autant.

Armineh s'avança vers Joop en tendant la joue : « Merci.

— Dis "Merci oncle Joop", intervint Alice.

— Merci oncle Joop », dit Arsineh en tendant la joue.

Joop les embrassa toutes les deux.

« Quels noms avez-vous donné à vos poupées ? leur demanda Artosh.

— Il faut que nous réfléchissions », dirent-elles toutes les deux après s'être consultées.

Armen entra en tenant à la main un magnétophone portable flambant neuf. Nous nous écriâmes presque tous à la fois : « Comme il est beau ! » Joop rougit tandis qu'Armen s'approchait pour lui serrer la main et le remercier. « Je vous prie, je vous prie ! » répéta Joop.

Pendant le dîner, Joop fit de grands compliments du *pârinj*. « *Ânoush* ! *Ânoush* ! » répéta ma mère plusieurs fois. Alice traduisit pour Joop : « Bon appétit ! » Puis ma mère, avec l'aide d'Alice, donna la recette du *pârinj* : « On prend de l'orge ou du blé concassé. On le fait d'abord revenir puis on ajoute la viande et des oignons frits épicés de curcuma et on laisse évaporer comme pour le pilaf. Pendant cette dernière phase, il faut impérativement remuer pour éviter qu'il n'attache. » Alice finit par se lasser de traduire tout ce que disait sa mère. « Très bien, ça suffit ! dit-elle. Il ne se prépare pas pour un concours de cuisine. »

Au moment de dire au revoir, Joop embrassa les jumelles. « Nous avons trouvé des noms pour les poupées.

— Quel est le nom de famille d'oncle Joop ? me demanda Arsineh dans le creux de l'oreille. Dis-le-moi tout bas. »

Je le lui dis. Elle courut le chuchoter à Armineh qui tendit la poupée garçon vers nous en disant : « Monsieur Joop Hansen.

— Madame Alice Hansen », dit Arsineh en tendant la poupée fille.

Alice en rit plus que nous tous.

Au moment où Joop me tendait la main, je m'approchai de lui pour le prendre dans mes bras et l'embrasser sur les deux joues en le félicitant, au grand étonnement d'Artosh et de ma mère. Quant à Alice ? Je ne sais pas du tout ce qu'elle en pensa. Cela n'avait pour moi aucune importance. Tout ce que je savais, c'était que je devais à Joop Hansen une fière chandelle !

Ce soir-là, je racontai aux jumelles l'histoire de la jeune fille qui, à la suite d'une mauvaise action, fait le terrible rêve qu'elle est devenue une grenouille. Le lendemain matin, elle a la bonne surprise de constater en se réveillant qu'il n'en est rien. Aussi décide-t-elle de ne plus faire de mauvaises actions.

« Drôle d'histoire, dit Armineh en bâillant.

— Plutôt banale, dit Arsineh. Pas vrai, Armineh ? »

Armineh dormait déjà. Avec Arsineh nous chantâmes *Du ciel sont tombées trois pommes*, j'éteignis la lampe, sortis dans le couloir et me dirigeai vers le salon en pensant : « Arsineh a raison. Cette histoire est assez banale. »

Après le départ des invités, Artosh, avait ri en se tapant sur le ventre. « J'ai tellement mangé de *pârinj* que je vais éclater. Je vais me coucher. » Ce qu'il avait fait.

Je m'assis devant le téléviseur éteint, les jambes étendues sur la table basse devant le canapé. Je plongeai la main dans mes cheveux pour rouler une mèche. J'étais bien. Je n'avais pas envie de dormir. Pourquoi ? Était-ce parce que j'avais fait la vaisselle, dépoussiéré le salon et que la maison était, comme disait ma mère, un vrai bouquet de fleurs ? Ou bien parce qu'Alice allait finir par se marier et que Joop, contrairement à la première impression qu'il nous avait faite à ma mère et à moi, se révélait être un homme charmant ? Peut-être aussi parce que la veille Artosh était rentré plus tôt que d'habitude à la maison avec deux pots de pois de senteur, des roses et des blancs. J'étais restée quelques instants tout étonnée à les regarder, puis je m'étais avancée vers lui, il m'avait prise dans ses bras et j'avais fondu en larmes.

En éteignant la lampe du salon, je me dis que c'était peut-être aussi parce que le matin, en me réveillant, j'avais découvert que je n'étais pas une grenouille.

45

Il était dix heures du matin.

C'était Nina au téléphone. « Tu as vu comment la finaude s'est bien débrouillée ? Et moi qui croyais qu'il fallait l'aider à ouvrir les yeux ! Il ne nous reste plus que la visite à la future belle-mère. Après-demain, c'est la fête de fin d'année à l'école. J'ai pensé que je pourrais l'inviter pour jeudi prochain. Je compte sur toi et Artosh. Alice et ta mère seront rentrées de Téhéran d'ici là, n'est-ce pas ? » Je répondis qu'elles le seraient.

« Alors donne-moi le numéro des Simonian pour que je lance l'invitation.

— Tu ne te souviens pas de ton ancien numéro ?

— Quoi ?

— Le numéro de téléphone du pavillon G4. Tu as oublié ? »

Nina se mit à rire si bruyamment que je dus éloigner le récepteur de mon oreille. « Comme dit ta mère, je ne suis qu'une sotte. J'ai toujours eu tellement de présence d'esprit !... »

Elle finit par raccrocher. Je raccrochai à mon tour et passai au salon. La machine à coudre était sur la table avec les robes que j'étais en train de coudre pour la fête de fin d'année. Le printemps était en soie rose, l'été en coton rouge. Pour l'automne j'avais acheté du taffetas orange. Sur le calicot blanc de l'hiver, j'avais cousu de la fourrure de lapin aux manches et au bas de la robe. La fourrure était un cadeau que jadis des parents d'Artosh avaient ramené de Tabriz. Je me souvins que nous avions bien ri Alice et moi : était-ce bien raisonnable d'offrir de la fourrure à des gens qui habitaient Abadan ? Et ma mère nous avait mis en garde : « Méfiez-vous, ça peut toujours servir. »

Je confectionnai une couronne d'épis de blé pour l'automne. J'avais dû expliquer longtemps à Youma ce que je voulais avant qu'elle ne me le rapporte.

La maison était fraîche et calme, emplie de l'odeur du gâteau aux amandes que j'avais mis au four. Tout en collant mes épis de blé je me demandais pourquoi j'avais oublié de prévenir Nina que je n'avais aucune nouvelle des Simonian depuis quelque temps. Cela faisait plusieurs jours qu'Émilie n'était pas allée à l'école. Les jumelles s'étaient demandé si elle n'était pas malade. Elles voulaient aller la voir. J'avais refusé. Elles avaient boudé. Artosh s'était contenté d'écarquiller les yeux sans broncher plus que cela.

Je cousis des fleurs artificielles bleues et roses sur un large ruban qu'Armineh devait porter dans les cheveux avec la robe du printemps. Pourquoi donc étais-je réticente à m'enquérir de ce que devenaient les Simonian ? Sans doute parce que je ne voulais pas être mêlée à leurs histoires. Sinon, j'aurais été forcée de prendre parti. Pour qui ? La mère ou le fils ? En collant les deux bouts du large et long ruban de coton qui devait servir de bandeau à l'hiver, je jetai un coup d'œil dans la cour.

Depuis quelques jours, les trois personnes qui formaient cette famille me paraissaient irréelles. Elles semblaient s'être éloignées de moi, ou l'inverse. Comme un film que j'aurais vu il y a bien longtemps et que ne n'avais pas envie de revoir. Un vent léger soufflait au-dehors, laissant entrevoir la fenêtre du salon du pavillon G4 à travers les branches des *bi'ârs*. Je n'avais encore aucune idée pour l'été. Un collage de fleurs eût ressemblé au printemps. Je ne voyais pas ce qui pouvait symboliser cette saison. Rien ne me venait. J'y penserai plus tard. Non, je n'avais aucune envie d'aller chez les Simonian. Il valait mieux ne pas m'en mêler. Je retournai à ma couture en imaginant une couronne de buis pour l'été.

46

On avait décoré la cour de l'école. De petites ampoules de couleur pendaient aux arbres. Les murs étaient couverts des dessins des enfants. On avait dressé la scène au fond de la cour, tendue de velours vert. Des rangs de chaises s'alignaient depuis le devant de la scène quasiment jusqu'à la porte d'entrée. Armen faisait partie du service d'ordre qui plaçait les gens et gérait le buffet.

J'avais pris une chaise pour m'asseoir et je saluais les connaissances autour de moi quand Artosh me tapa sur l'épaule pour me dire que Mania m'appelait. Il désigna l'escalier sur le côté de la scène. Du haut des marches, Mania me faisait signe de venir.

Je demandai à Artosh de me garder ma place pendant que j'allais en coulisse. Les garçons et les filles de la chorale, pantalon bleu marine et chemise blanche, jupe bleu marine et chemisier blanc, faisaient un bruit d'enfer que les cris de leur professeur de musique, monsieur Joura, qui n'arrêtait pas de leur demander de se taire, n'arrivaient pas à couvrir.

Comme d'habitude, Mania était inquiète et très excitée en même temps. Elle attachait un ruban dans les cheveux roux d'une fillette en lui disant : « Regagne vite ta place et ne remue pas tant, sinon ton ruban va se défaire à chaque minute. » Mania se tourna vers moi : « Tu ne sais pas où est passée Émilie Simonian ? »

Quelques jours plus tôt, les jumelles n'avaient cessé de répéter qu'Émilie Simonian ne venait pas à l'école. « Madame Mania a dit que si demain elle n'était pas là non plus, il faudrait trouver une autre Cendrillon.

— C'est une des septièmes qui fait Cendrillon.

— À notre avis, Émilie aurait fait une bien plus jolie Cendrillon. »

« Je n'ai aucune nouvelle, lui répondis-je. J'ai entendu dire que vous l'aviez remplacée par une des septièmes pour le rôle de Cendrillon. » Mania tira par la main une fillette qui écartait le rideau de velours pour faire des signes à la foule. « Eh oh ! Petite vipère, qui t'as permis de venir ici ? Cours vite au vestiaire attendre ton tour. » Elle pinça la joue de la fillette qui déguerpit en riant, faisant virevolter sa jupe traditionnelle multicolore. Mania jeta un regard circulaire. « En effet, j'ai trouvé une nouvelle Cendrillon, dit-elle en me désignant une fillette dans une longue jupe verte à la porte du vestiaire, qui attachait son foulard de travers sur sa tête. Elle est mignonne, non ? » J'échangeai un regard avec la fillette qui me sourit.

« J'ai été si débordée toute la semaine que je n'ai pas trouvé le temps de téléphoner aux Simonian », me dit Mania qui cria en direction de la nouvelle Cendrillon : « Mademoiselle Jasmine, on ne met pas son foulard de travers. Cendrillon ne joue pas ce genre de comédie avant d'aller retrouver le prince charmant dans son palais ! » Elle se retourna vers moi. « Pour ce soir, mon problème n'est pas Cendrillon, mais le prince. La mère du prince vient de me téléphoner que celui-ci avait attrapé la rougeole. Je ne sais plus quoi faire.

— Tu ne veux pas, j'espère, me charger du rôle du prince ? » Avec Mania, on pouvait s'attendre à tout.

« Après tout, ce ne serait pas une si mauvaise idée, dit-elle en pouffant de rire, puis, reprenant son sérieux : Écoute-moi, Armen a assisté à toutes les répétions, en particulier aux scènes de Cendrillon et du prince. Parfois même, il corrigeait leurs fautes de texte. Je ne vois pas mieux que lui. J'ai envoyé quelqu'un reprendre le costume chez le malade. Il ira très bien à Armen, ils ont la même taille. On a encore le programme de la chorale, les poèmes et les danses, d'ici là... (Elle regarda sa montre.) Ensuite il y a la distribution des prix... Cela nous laisse un peu plus d'une heure. On a assez de temps pour une répétition. Ce n'est pas une mauvaise idée, hein ? »

J'évitai un micro qu'on était en train d'installer au milieu de la scène, en faisant un pas en arrière. « Ce n'est pas une mauvaise idée du tout, à condition qu'Armen accepte. » Mania me donna une tape dans le dos en riant : « Toi, tu le trouves et tu me l'envoies, je me charge de lui faire accepter ! »

Je traversai toutes les rangées de chaises déjà bien remplies en pensant qu'elle était bien capable d'y arriver. Certes, Armen était un phénomène en matière d'obstination, de refus d'obtempérer quand il ne voulait pas faire quelque chose, mais Mania faisait des prodiges quand elle était décidée à réaliser ce qu'elle voulait. Je me souvenais qu'elle était parvenue quelques années plus tôt à obtenir du prêtre acariâtre de notre église, qu'il voulût bien jouer le rôle de l'évêque dans une pièce qui était donnée pour le jour de l'an.

Je me mis à la recherche d'Armen que je trouvai près du buffet en train de mettre des bouteilles de Pepsi et de Canada dans des bacs remplis de glace. Je lui demandai de rejoindre Mania dans les coulisses. Quand je regagnai ma place, je trouvai Nina assise à côté d'Artosh. Elle retira son sac de la chaise vide à côté d'elle. « Viens, je t'ai gardé la place. Dis-moi un peu ce qui se passe.

— Où est Garnik ?

— À Ahwaz. Quelques jours pour ses affaires, dit-elle avec précipitation. Pourquoi le téléphone des Simonian ne répond-il pas ? »

En jetant un regard à la ronde, je vis que Violette n'était pas là.

« À quoi rêves-tu ? me demanda-t-elle en me tirant par la manche. Leur téléphone ne répond pas, je te dis. Violette a des airs de chien battu. Je n'ai rien pu faire pour l'amener avec nous. Elle est restée à la maison dans l'attente d'un coup de fil d'Émile. »

Les projecteurs qui étaient dirigés vers la scène s'allumèrent. Nina fut obligée de faire comme tout le monde et de se taire. Le rideau s'ouvrit. Mania s'avança vers le micro pour dire un mot de bienvenue. Tout en la regardant je me dis que s'ils ne répondaient pas au téléphone, c'était qu'il s'était passé quelque chose. Étaient-ils vraiment malades ? J'aurais dû y faire un saut. Pourquoi n'avaient-ils pas donné signe en téléphonant eux-mêmes ?

Quand le discours de bienvenue fut terminé, on applaudit et la parole fut donnée à Vazguen Hayrapetian qui vint faire au micro le rapport annuel de l'école. Pourquoi auraient-ils dû téléphoner ? La chorale chanta un hymne. De ceux qu'on chantait chaque année. *Hautes montagnes de mon pays*, *Adieu mon école chérie*, un extrait de l'opéra *Ânoush*. Contre quoi étais-je furieuse ? Mon imbécillité, ou celle d'Émile et de sa mère ? Armineh et Arsineh furent successivement le printemps, l'été, l'automne et l'hiver. Elles récitèrent leurs poèmes sans une faute. J'avais oublié de demander au photographe de la fête de les prendre en photo. Pourquoi en aurais-je voulu à Émile ? Ou à sa mère ? Au moment de s'approcher du micro, un petit garçon se prit les pieds dans le fil et faillit tomber par terre. On eut très peur tout d'abord, mais quand il cria à ses parents depuis la scène : « Ce n'est pas de ma faute ! », on rit de bon cœur et on applaudit plus fort que pour les autres quand il eut récité sa poésie.

On annonça un quart d'heure d'entracte, ce qui permit à Nina de poursuivre. « Violette a raison. C'est la naine qui a mis le feu aux poudres. Par pure jalousie. De la beauté de Violette, de sa jeunesse, du fait qu'Émile en soit tombé amoureux. Qu'est-ce que tu crois qu'il faille faire maintenant ? Il faut que tu nous aides. Que tu parles avec la mère. Que… » J'avais envie de lui crier : Fous-moi la paix ! Mais Artosh me prit par le bras. « Viens, il faut que je te parle. »

On alla ensemble au buffet. Artosh acheta une boisson à une fille qui avait le brassard rouge du service d'ordre et me la donna. La boisson sucrée me fit du bien. « Bonjour, madame Ayvazian, me dit la jeune fille, vous avez vu Armen dans son costume de prince ? »

Je la reconnus. Elle était venue plusieurs fois à la maison avec les jumelles. Armen la surnommait Roubina la rondelette. Je lui souris. « Tu vas bien, Roubina ? »

Elle ferma les yeux : « On dirait un vrai prince ! » Elle rouvrit les yeux, cligna des paupières plusieurs fois avant de se tourner vers un monsieur qui lui avait réclamé trois fois deux sandwichs au saucisson.

« Qu'est-ce que tu me voulais ? demandai-je à Artosh.

— Rien ! répondit-il après avoir salué un des instituteurs en lui serrant la main. Je voulais simplement te délivrer de Nina. »

Vazguen Hayrapetian fit la distribution des prix. Les jumelles reçurent les leurs et se précipitèrent pour nous montrer leurs livres, l'une assise à côté de moi, l'autre à côté d'Artosh. Le prix d'Armineh était une traduction arménienne des *Voyages de Gulliver*. Celui d'Arsineh, celle du *Petit Lord Fauntleroy*. Pendant ce temps-là, Nina se trémoussait sur sa chaise, cherchant vainement une occasion pour prendre la parole. Les lumières de la cour s'éteignirent, le rideau s'ouvrit et la représentation de *Cendrillon* commença.

Armen et la jeune fille que j'avais vue et dont j'avais oublié le nom que m'avait donné Mania furent si brillants dans les rôles du prince et de Cendrillon qu'ils furent applaudis trois fois sous une pluie de hourras. Vêtu d'une culotte noire et d'une jaquette galonnée, Armen arpentait la scène de long en large d'une telle façon qu'on l'aurait cru dans un vrai palais. Quand il vint s'incliner devant Cendrillon pour l'entraîner dans une danse je me dis : où ont-ils appris cela ? Était-ce bien là mon « pauvre petit » ? Comment le temps avait-il pu passer si vite ?

« Vive Chevy chérie ! » s'écrièrent Armen et les jumelles quand la Chevrolet démarra du premier coup. « Maintenant nous allons dîner au club, ajouta Artosh. On va fêter nos deux premiers prix et les débuts de notre fils au théâtre.

— Chérie, chérie, ah, ah ! » dirent les enfants en riant.

Me joignant à la liesse générale, j'oubliai la promesse que j'avais faite à Nina de passer voir les Simonian dès notre retour à la maison.

De l'école au club, les jumelles n'arrêtèrent pas une seconde de parler de la fête et de tout ce qui s'était passé en coulisse et dans les vestiaires. Elles complimentèrent leur frère sur son jeu d'acteur. « Ce n'était pas si difficile que ça ! » répondit Armen.

Nous n'étions pas encore entrés dans le club qu'Armineh s'écria : « Tu as demandé au photographe de prendre des photos de nous ?

— Beaucoup de photos ? » renchérit Arsineh.

Très gênée, je cherchai quoi répondre. « C'est moi qui le lui ai demandé », dit Artosh en entraînant des deux mains vers le restaurant les jumelles qui faisaient des bonds de cabri. Je m'arrêtai un instant derrière lui pour le regarder.

Le restaurant n'était pas très rempli. Nous n'étions pas sitôt assis, occupés à lire le menu, qu'une voix aiguë nous dit bonsoir. J'aperçus le nœud bleu pâle à fleurs marron de madame Nourollahi.

Artosh se leva pour lui offrir une chaise. « Je ne

vous dérange pas ? demanda-t-elle. Je vous ai vus arriver et j'ai eu envie de venir vous saluer. J'étais en train d'organiser la conférence de vendredi prochain », ajouta-t-elle en caressant les cheveux des jumelles, avec un sourire pour Armen. Artosh, par pure politesse supposais-je, demanda quel était le titre de la conférence. « Histoire des droits de la femme ! répondit madame Nourollahi, en me lançant un regard. Vous n'avez certainement pas le temps, sinon je serais si heureuse que vous puissiez venir », me dit-elle en caressant encore une fois les cheveux des jumelles avant de se retirer.

Nous passâmes commande. Les jumelles l'une après l'autre demandèrent : « Mama, c'est quoi les droits de la femme ? » Je rendis la carte du menu au garçon. « Vous comprendrez quand vous serez grandes. »

Madame Nourollahi était en train de parler à monsieur Saadat devant la porte de la salle de conférences. En la regardant, je me souvins que j'avais un ensemble du même tissu que celui de sa robe. Artosh racontait aux enfants quelque chose qui les faisait beaucoup rire. « Mama, tu as entendu ? » me dit Armen. « Attends, je reviens tout de suite », lui répondis-je en me levant.

Madame Nourollahi, comme si elle s'y attendait, ne fut pas le moins du monde étonnée de me voir. Je lui demandai ce que je pouvais faire pour leur association. « Beaucoup de choses ! me répondit-elle en souriant. Nous en parlerons vendredi. » J'acquiesçai en regagnant ma place : « D'accord, à vendredi. »

Quand nous descendîmes de voiture, à la porte de la maison, le regard des jumelles et le mien se tournèrent vers l'autre côté de la rue. Artosh mit la Chevrolet au garage. Armen sortit du coffre les costumes des quatre saisons. Le portillon du pavillon G4 était grand ouvert.

« Mama, demanda Armineh, demain on ira voir Émilie ?

— Mama, supplia Arsineh, s'il te plaît, tu nous permets d'aller la voir demain ?

— Demain, on y va absolument », répondis-je en caressant leurs cheveux frisés.

47

Quand je me réveillai, un rayon de soleil frappait la glace de ma coiffeuse. Je me souvins qu'en partant, Artosh m'avait glissé à l'oreille : « Dors, aujourd'hui les enfants ne vont pas à l'école. » Les mains derrière la tête je regardais les jeux d'ombre et de lumière dans la glace. Dans la cour, les moineaux pépiaient. « Aujourd'hui, je me suis levée plus tard que vous ! » leur dis-je tout haut en riant.

Étaient-ce les moineaux, les rayons de soleil dans la glace, la fraîcheur de ma chambre, toujours est-il que je me sentais en très grande forme. Je repoussai mes draps et me levai.

J'ouvris mon placard pour inspecter ma garde-robe : les habits que je mettais à la maison, ceux que je mettais rarement. J'enfilai une combinaison à fleurs que je n'avais mise que rarement car, selon ma mère et Alice, elle était « trop décolletée ». Je me peignai devant ma glace et je me frottai les mains. Pas de sécheresse de la peau.

J'allai vers la cuisine en récitant à voix haute une réplique de *Cendrillon* qu'Armen avait déclamée la veille avec force gestes : « Qui est cette beauté qui vient ? Oh ! C'est la fille de mes rêves ! » Je jetai un coup d'œil à la chambre des jumelles en riant. Les lits étaient vides. J'allai à celle d'Armen. Le lit vide. Sur la table de la cuisine, je trouvai trois verres de lait à moitié vides. En ramassant les verres, je me demandais où ils avaient bien pu passer, quand je les vis entrer tous les trois.

« Il n'y a plus personne au pavillon G4, dit Armineh.

— Ni Émilie, ni son père, ni sa grand-mère, précisa Arsineh.

— Je pense qu'ils ont dû déménager », dit Armen.

Je laissai tomber un des verres sur les carreaux.

« Aïe ! s'écrièrent les jumelles en faisant un bond en arrière.

— Tu n'as rien ? me demanda Armen en s'approchant.

— Non, rien. Mais vous, faites attention. »

Je pris la pelle et la balayette dans le coin de la cuisine. Où étaient-ils allés ? Pourquoi étaient-ils partis ? Quand ? Les jumelles dirent l'une après l'autre :

« Émilie était probablement très malade. Ils ont dû l'emmener à l'hôpital à Téhéran.

— Mais il n'y a plus de meubles !

— C'est peut-être la grand-mère qui est tombée malade.

— Mais les meubles ?

— Sans doute les ont-ils déménagés hier pendant que nous étions à la fête. »

Armen ramassa deux bouts de verre pour les jeter dans la poubelle.

« Vous êtes trop bavardes. Allez, dehors ! Vous allez vous couper. »

Ce soir-là, à son retour, Artosh dit qu'il savait seulement qu'Émile avait donné sa démission. Personne ne savait pourquoi ni où il était parti.

Pendant le dîner, le téléphone sonna. Armen bondit de sa chaise. « C'est moi qui réponds. » Les jumelles se regardèrent en riant sous cape. « Qu'est-ce qu'il y a encore ? » leur demandai-je. « Rien ! » firent-elles en reprenant leur sérieux.

« Tante Nina ! » s'écria Armen en revenant vers la cuisine.

Contrairement à l'ordinaire, Nina n'avait pas sa voix lumineuse et joyeuse. « Tu vois dans quel pétrin je suis tombée ? Le salaud est parti comme un voleur, abandonnant Violette qui déambule dans toute la maison depuis ce matin comme une possédée, pleurant et hurlant des imprécations. S'il lui arrivait malheur, qu'est-ce que je pourrais dire à sa mère ? Je suis totalement démunie. »

J'essayai de la consoler. « C'était donc si sérieux ? » Mais aussitôt je regrettai ma question. Si ça ne l'avait pas été, madame Simonian n'aurait pas bouleversé sa vie en déménageant. Tandis que Nina me racontait par le menu les propos échangés entre Émile et Violette, je me demandais combien de fois la mère avait dû déménager de ville en ville à cause de son fils. Chaque fois aussi soudainement ? Avait-elle bien réagi ou non ? Peut-être qu'Émile aurait mieux fait d'épouser Violette ? Peut-être que non ? La mère n'aurait pas dû s'interposer. Peut-être était-elle obligée de le faire, car elle connaissait bien son fils. Nina me délivra de tous ces dilemmes : « Est-ce que Sophie peut rester quelque temps chez toi ? Je suis obligée d'accompagner Violette à Téhéran. »

Je lui répondis que, bien entendu, Sophie pouvait parfaitement rester chez nous et qu'elle n'avait qu'à me dire si elle avait besoin d'autre chose. Nina me remercia distraitement et me dit au revoir avant de raccrocher.

Je posai le combiné quand Artosh et Armen sortirent de la cuisine. « Chevy chérie est à nouveau malade. On doit appeler le docteur ! » me dit Armen en suivant son père au garage. Appuyée contre la table du téléphone, je pensais : ils sont repartis aussi vite qu'ils étaient venus. Comme la pluie d'Abadan qui s'arrête avant que tu te sois rendu compte qu'il pleuvait.

J'aurais bien aimé que l'histoire d'Émile et de Violette n'arrive pas jusqu'à ma mère et Alice. Je n'avais aucune envie d'entendre les conseils d'Alice et les « je le savais depuis le début » de ma mère. Les jumelles papotaient dans la cuisine.

« Tu te souviens quand elle a dit : "Lançons des tomates à la figure de monsieur Joura" ?

— Oui. On a bien fait de pas l'écouter.

— Mais elle a fini par le faire, en faisant croire que c'étaient les huitièmes.

— Oui. Au réfectoire, c'est elle qui avait tiré la chaise sous Roubina en disant qu'elle ne l'avait pas fait exprès. Mais c'était bien elle, pas vrai ?

— Oui ! Elle l'avait fait exprès. Et le trou dans le fauteuil, c'était encore elle, pas vrai ?

— Si ! En fait, c'est juste pour Armen qu'elle est devenue notre amie. Elle détestait Raiponce.

— C'est dommage, cette robe rouge de Raiponce qu'elle a découpée aux ciseaux. Pourquoi est-ce qu'on l'a laissée faire ?

— Parce qu'elle disait que ce n'était pas une belle robe.

— Elle avait fait pareil avec sa robe blanche à manches ballon.

— Elle nous a appris à crier dans la cour de l'école : "Margarita est comme Cheeta !"

— C'est mal ce qu'on a fait !

— C'est mal ce qu'on a fait ! »

48

Les jumelles étaient à la piscine avec Sophie, Armen chez un copain. J'attendais ma mère et Alice qui étaient rentrées de Téhéran tard dans la nuit.

Le téléphone sonna. Je décrochai. Je me regardai dans la glace de l'entrée. Était-ce une illusion, ou avais-je un peu forci ? Après quelques « allô, oui, je vous en prie » sans réponse, je raccrochai. J'allai ouvrir à ma mère et à Alice. Ma mère m'embrassa sur les joues. Alice m'étreignit très fort. « Comme tu es belle ! On dirait que tu as un peu grossi, non ? Moi, au contraire, j'ai maigri. Regarde ! » dit-elle en faisant un tour complet sur elle-même. C'est vrai, elle avait maigri. Je ne sais pas ce qui m'étonnait le plus, qu'elle ait maigri, ou qu'elle me fasse de telles démonstrations d'affection.

Nous allâmes dans la cuisine. Ma mère et Alice posèrent sur la table les paquets de *peroks* et de *gatas* qu'elles avaient rapportés de Téhéran. Alice ne tenait pas en place. Elle me prit la cafetière des mains. « C'est moi qui vais le préparer. » En faisant le café, elle me raconta tout.

« Nous avons décidé de nous marier ici. J'ai commandé les faire-part chez un ami de monsieur Davtian. À propos, il te salue bien. Quel homme délicieux. S'il n'était pas intervenu, jamais ces faire-part n'auraient été prêts à temps. Je commanderai le gâteau ici chez Negro. Maintenant, devine ce que j'ai acheté à Téhéran ? »

Elle prit la cafetière sur le gaz pour la poser sur la banque avant de se retourner vers moi. En écartant les bras, elle pencha la tête avec un grand sourire : « La robe de mariée. »

Ma mère éclata de rire. Je l'imitai.

Ce fut à mon tour de prendre ma sœur dans mes bras et de l'embrasser : « Vraiment, toutes mes félicitations ! » La matinée passa à l'organisation de la fête et l'établissement de la liste des invités.

Quand les jumelles rentrèrent déjeuner avec Sophie, Alice les embrassa toutes les trois en leur demandant d'être ses demoiselles d'honneur et de porter des robes roses et bleues.

« Ma tante, dit Armineh, c'est toi qui te maries la première ou tante Violette ? » Avec Sophie et Arsineh, elles attendaient la réponse. Alice et ma mère me regardèrent.

Je bredouillai : « Le mariage de tante Violette a été

retardé, c'est-à-dire que… »

Sophie compliqua un peu plus les choses. « C'est pour ça qu'hier et avant-hier, elle ne faisait que pleurer ?

— Elle pleurait ? » firent les jumelles.

Sophie me regarda, ne sachant ou non si elle devait continuer. Ce qu'elle fit : « Elle pleurait et elle répétait que tout ça c'était la faute de la vioque.

— C'est quoi la vioque ? fit Armineh.

— La naine », répondit Arsineh.

Alice se leva pour leur servir des assiettes de gâteaux. « La vioque, ça ne veut pas dire la naine. Mais ni l'un ni l'autre ne sont très jolis. Emmenez vos gâteaux et allez jouer avec vos poupées.

— Ce n'est pas grave, dit Arsineh en passant un bras autour du cou de Sophie alors qu'elles quittaient la cuisine. On a quand même un mariage. On aura nos robes de demoiselles d'honneur. Et puis tu restes avec nous, n'est-ce pas Armineh ?

— Bien sûr, pourvu que tante Nina ne revienne pas trop tôt. »

Elles s'éloignèrent toutes les trois en riant.

« Que s'est-il passé ? » demanda ma mère, tandis qu'Alice s'appuyait contre la table.

Je leur racontai tout. Quand j'eus fini, ma mère s'écria : « Ne disais-je pas depuis le début que cette femme était folle ? Et son fils pareil ? Dis-moi si je mens, dis-le-moi ! »

Alice tripotait la ficelle du paquet de *gatas*.

« N'accuse pas les gens sans raison. Nous ne savons rien. De toute façon, cela ne nous regarde pas. Mais… La pauvre Violette ! »

Je regardai Alice comme si je la voyais pour la première fois. Depuis que je la connaissais, elle avait toujours été championne de la calomnie. Elle avait son mot à dire sur les plus petits détails de la vie des gens. Ses jugements étaient catégoriques. Et maintenant c'était : « N'accuse pas les autres. Cela ne nous regarde pas. La pauvre Violette. » Décidément, je trouvais ce Joop adorable.

Le téléphone sonna. Armen, qui était rentré sans que je m'en aperçoive, bondit en criant : « Je réponds. » avant de revenir à la cuisine pour annoncer : « Monsieur le Hollandais pour tante Alice. » Alice prit Armen par le cou et l'embrassa. « Premièrement, tu as avalé ton bonjour, deuxièmement *Monsieur le Hollandais* ça veut dire quoi ? Dorénavant tu diras *Oncle Joop* », lui dit-elle en riant avant de sortir dans le couloir. Armen répéta plusieurs fois « Oncle Joop » en riant puis embrassa sa grand-mère. « J'espère bien être là aussi pour assister à ton mariage », lui dit-elle en lui caressant la joue.

49

Nina m'aida à tout préparer pour le mariage d'Alice. J'avais craint inutilement qu'elle me bassine les oreilles avec l'histoire de Violette, mais non, depuis qu'elle était rentrée de Téhéran, elle n'en avait pas soufflé mot.

La veille des noces, Artosh et Garnik emmenèrent tous les enfants manger des *fishs and chips* chez Annexe. Nous étions assises à la cuisine, Nina et moi. Nous préparions les sachets de dragées de couleur pour les invités. Nous remplissions des petits carrés de tulle que ma mère avait brodés avant de les fermer avec un nœud de satin. Sur un des côtés du ruban était écrit « Alice et Joop » et sur l'autre la date du mariage.

La veille Alice était allée se coucher de bonne heure. « Demain, je veux être en forme. À condition que j'arrive à m'endormir. » Pendant ce temps-là, ma mère, comme disait Joop qui suivait tous les détails de la cérémonie avec grand intérêt, coudrait « le rouge et le vert ». C'était une coutume des Arméniens de Jolfa. Pour les cérémonies de mariage, ils posaient deux larges rubans de satin rouge et vert sur l'épaule des deux époux et pendant la bénédiction nuptiale prononcée par le prêtre, le garçon d'honneur devait échanger plusieurs fois les rubans. La couleur verte symbolisait le bonheur et la prospérité, le rouge l'amour. Artosh avait accepté sans broncher d'être le garçon d'honneur.

Tout en buvant son sirop de griottes, Nina fredonnait une chanson.

Finalement, je ne pus me retenir : « Quelles nouvelles de Violette ? »

Elle haussa les épaules en pouffant. Elle fit un nœud serré au sachet de dragées qu'elle déposa dans la corbeille que nous avions entourée de fleurs artificielles. Elle but tout son sirop et remua les glaçons au fond de son verre. « La vie t'apprend toujours quelque chose. Comme d'habitude j'en avais fait toute une histoire. Je m'étais inquiétée inutilement. » Elle reposa son verre sur la table pour prendre un carré de tulle. « Quand nous sommes arrivées à Téhéran, elle a pleuré pendant trois jours et cassé la porcelaine de sa pauvre mère jusqu'à ce qu'elle rencontre le frère du voisin du dessus. Avec l'arrivée de ce nouveau visage, elle est redevenue la pauvre Violette, la pure et l'innocente. Malgré ça, j'ai envoyé Tigran à la cité universitaire. Le danger y sera beaucoup moins grand que chez sa très chère tante. Passe-moi un des rubans. »

Je lui en donnai un. « Tu te souviens, poursuivit-elle, je te disais qu'elle te ressemblait un peu ? Comme dit ta mère, je ne suis qu'une sotte », dit-elle en éclatant de rire.

En posant le sachet de dragées dans la corbeille, je me disais : non, c'est moi qui ne suis qu'une sotte !

Le regard vers la fenêtre, Nina noua un ruban à son sachet. Elle ne riait plus. De là où nous étions assises, on ne voyait pas très bien les pois de senteur. « À propos de ta mère, tu as réfléchi à ce que tu ferais, après le départ d'Alice ?... »

Je regardai vers la fenêtre. Depuis des semaines je refusais de penser à ce qui se passerait après le départ d'Alice... « Je ne sais pas, répondis-je en tripotant le bout de ruban que je tenais à la main.

— Tu n'en as pas parlé avec ta mère ? me demanda-t-elle en posant le sachet dans la corbeille.

— Pas encore, dis-je en posant à mon tour mon sachet.

— Eh bien ! Peut-être après le mariage, hein ? » dit-elle en regardant à nouveau les pois de senteur.

Je hochai la tête en regardant les sachets. « Oui, après le mariage. »

50

Quelques jours s'étaient écoulés, après les noces d'Alice et de Joop puis leur départ pour la Hollande.

Lors de nos adieux à l'aéroport, Joop m'embrassa sur la joue en me disant : « Clarisse, pour la peine, je vous remercie. Soyez persuadée que je rendrai Alice heureuse. Ma mère et ma tante souhaitent que je la rende heureuse. » Le jour des noces, c'étaient elles qui avaient envoyé la plus grosse corbeille de fleurs. Des tulipes de Hollande rouges et blanches. « Comment a-t-on pu envoyer ces fleurs à Abadan, depuis ce trou perdu ? » avait dit Artosh.

Nous étions assises sur la balancelle, Nina et moi. Armen bricolait son vélo devant le portillon. Les jumelles et Sophie jouaient à cache-cache. « Qui est-ce qui ferme les yeux ? » demanda Sophie. Tirons au sort. Elles se firent face toutes les trois pendant que Sophie frappait sur la poitrine de chacune : « *Ân, mân, nâvârâ, do, do*... C'est toi qui t'y colles.

— Je n'ai pas encore compris ce que signifie cette espèce de poésie qu'on récite en tirant au sort, fit Nina, puis elle ajouta en montrant la cuisine : Finalement, tu as parlé avec ta mère ? Hein ? » On apercevait les cheveux blancs de ma mère par la fenêtre de la cuisine. « Oui », ai-je répondu.

Les filles se mirent à courir vers l'arrière-cour. Nina poussa du pied la balancelle. « Artosh n'a pas protesté ? » Je regardai l'arbre de Judée, qu'on appelle aussi *van* ou *zabân-gâvi-e sevvom*. Nous ne lui avions jamais trouvé de nom. Après l'invasion de sauterelles, il avait trouvé une deuxième jeunesse. Il avait bourgeonné à nouveau, donnant bien plus de fleurs que les arbres d'Armineh et d'Arsineh. À mon tour, je poussai la balancelle. « Non seulement il n'a pas bronché mais c'est lui-même qui me l'a proposé. » Nina se pencha vers moi : « Tu parles sérieusement ? »

La veille du mariage, quand je m'étais décidée à évoquer le problème de ma mère et de sa solitude après le départ d'Alice, Artosh m'avait dit, en pendant son pantalon dans le placard : « Quand ta mère va-t-elle nous rejoindre ? »

Nina éclata de rire. « Moi, je ne comprends rien à ton mari. Un jour, il est tout fiel, et l'autre il est tout miel... » On entendit Garnik klaxonner dans la rue. « Il te faudra juste supporter les manies et la grogne de ta mère. Que Dieu te vienne en aide ! » Puis elle se mit à crier : « Sophie ! Dépêche-toi, ton père est là. » Elle s'élança en boitant dans l'allée. « Aïe ! J'ai des fourmis dans les jambes. » Elle s'écria en direction de la fenêtre de la cuisine : « Au revoir, madame Veskanian. » Puis se retournant vers moi, elle me dit tout bas : « Peut-être qu'une cuillerée de grogne et de manies, ce n'est pas si mal que ça, hein ? » Je me levai de la balancelle en pensant : une cuillère ou cent louches ?

Ma mère pencha sa tête à la fenêtre. « Nina, où allez-vous ? Restez donc. J'ai fait du pilaf rouge. »

Les jumelles arrivèrent de l'arrière-cour suant et soufflant en compagnie de Sophie. Elles se mirent à faire des bonds : « Sophie reste avec nous.

— S'il te plaît, tante Nina, Sophie reste avec nous.

— J'adore le pilaf rouge », minauda Sophie.

Nina les regarda, puis me regarda.

« Vas-y, lui dis-je, va faire tes courses. »

Nina les regarda à nouveau :

« Petites friponnes ! Vous êtes ensemble depuis avant-hier soir, ça ne suffit pas ? Votre pilaf rouge est exceptionnel, dit-elle à ma mère, mais j'ai une foule de cadeaux à acheter pour Téhéran. »

Le pilaf d'Istanbul que faisait ma mère, ou comme disent les Arméniens le « pilaf rouge » était, en effet, exceptionnel.

J'accompagnai Nina jusqu'au portillon d'où je fis un signe pour saluer Garnik. « Ce n'est pas fini ? » demandai-je à Armen qui était toujours en train de bricoler sa bicyclette. Il fit signe que non : « Un vélo qui date de Mathusalem, tu crois que ça se répare en un clin d'œil ?

— Mathusalem, ça veut dire l'an dernier ?

— L'an dernier, c'est Mathusalem », répliqua-t-il en riant, les cheveux dans les yeux.

Je revins vers la maison. Les jumelles et Sophie se précipitèrent vers moi. Armineh tenait un livre à la main.

« Mama, tu nous lis la fin ?

— Tu nous l'avais promis !

— Ma tante, hier tu nous l'avais promis, confirma Sophie. Parole de femme ! »

Elles éclatèrent de rire. Je les rejoignis sur la balancelle.

Après avoir lu la dernière page, je refermai *le Petit Lord Fauntleroy*.

« Pauvre petit garçon, fit Sophie.

— Pourquoi pauvre ? demanda Arsineh.

— À la fin, ça finit bien pourtant.

— Oui mais au début il a eu beaucoup de malheurs. »

Le téléphone sonna dans l'entrée. Les regards se tournèrent vers Armen. Quand les trois filles comprirent qu'il n'avait pas entendu, Armineh bondit vers la maison. « Attends-moi », lui dit Sophie qui courut derrière elle. « Ah ! Si toutes les histoires pouvaient finir bien », dit Arsineh en regardant la couverture de son livre.

« Armen ! cria Armineh depuis la maison. Téléphone ! Jasmine !

— Armen ! Téléphone ! Jasmine ! » répéta Sophie.

Armen abandonna son vélo et courut dans l'allée jusqu'à la maison.

« Jasmine ? » demandai-je à Arsineh en me tournant vers elle.

Arsineh poussa la balancelle. « Tu ne te souviens pas ? dit-elle avec des yeux rieurs. Cendrillon ! » Elle ramassa son livre, sauta de la balancelle pour rejoindre Armineh et Sophie qui lui faisaient signe de les rejoindre.

J'entendis la voix de ma mère résonner dans l'entrée :

« Vous êtes encore rentrés avec des souliers crottés ? »

À travers le voilage, j'aperçus la silhouette fragile, les cheveux blancs et la robe noire de ma mère qui balayait l'entrée. Sa présence parmi nous était sans aucun doute d'une grande aide, pourtant... Ma mère avait sorti le tapis pour le secouer. Une brise légère s'était levée, ce qui était étrange pour cette saison à Abadan. Je poussai la balancelle. Je me demandais quels vêtements prendre pour ce voyage à Téhéran, quels cadeaux emporter. Un papillon passa devant moi. Blanc, avec des taches brunes. Quel beau papillon ! me disais-je quand un autre arriva, puis encore un autre… Sept ou huit papillons allèrent se poser sur le rosier.

Il m'avait dit : « Même les papillons émigrent. » Je regardai le ciel, bleu, sans un nuage.

LA COUVERTURE
DE *C'est moi qui éteins les lumières*
A ÉTÉ CRÉÉE PAR DAVID PEARSON
ET IMPRIMÉE SUR OLIN ROUGH
EXTRA BLANC PAR L'IMPRIMERIE
FLOCH / J. LONDON À PARIS.

LA COMPOSITION,
EN GARAMOND ET MRS EAVES,
ET LA FABRICATION DE CE LIVRE
ONT ÉTÉ ASSURÉES PAR LES
ATELIERS GRAPHIQUES
DE L'ARDOISIÈRE
À BÈGLES.

IL A ÉTÉ ACHEVÉ
D'IMPRIMER EN FRANCE PAR
L'IMPRIMERIE FLOCH À MAYENNE
SUR LAC 2000 LE VINGT-NEUF AVRIL
DEUX MILLE ONZE POUR LE COMPTE
DES ÉDITIONS ZULMA,
HONFLEUR.

978-2-84304-556-1
N° D'ÉDITION : 556
DÉPÔT LÉGAL : MAI 2011

NUMÉRO
D'IMPRIMEUR
79569

IMPRIMÉ EN FRANCE